C O G I T A M E N T A   P A R V A

思想小品

李雪涛 著

GUANGXI NORMAL UNIVERSITY PRESS
广西师范大学出版社
· 桂林 ·

SIXIANG XIAOPIN
思想小品

图书在版编目（CIP）数据

思想小品 / 李雪涛著. —桂林：广西师范大学
出版社，2021.9
ISBN 978-7-5598-4064-6

Ⅰ．①思⋯ Ⅱ．①李⋯ Ⅲ．①随笔－作品集－
中国－当代 Ⅳ．①I267.1

中国版本图书馆 CIP 数据核字（2021）第 151959 号

广西师范大学出版社出版发行

（ 广西桂林市五里店路9号　邮政编码：541004 ）
网址：http://www.bbtpress.com
出版人：黄轩庄
全国新华书店经销
广西广大印务有限责任公司印刷
（桂林市临桂区秧塘工业园西城大道北侧广西师范大学出版社
集团有限公司创意产业园内　邮政编码：541199）
开本：787 mm × 1 092 mm　1/32
印张：13.375　　字数：279 千字
2021 年 9 月第 1 版　　2021 年 9 月第 1 次印刷
定价：68.00 元

如发现印装质量问题，影响阅读，请与出版社发行部门联系调换。

序 言

思想念珠上的尖锐石头

夏可君

　　在一个不安的动荡时代，在一个不确定的过渡时代，保持心性健全的最好方式，乃是书写小品文。因为任何的长篇大论已经不具备整合时代碎散的能力，而闭门造车的学术研究其实不过是虚无的陪衬，这也是禅宗的公案为什么在唐宋之间兴起，蒙田为什么在文艺复兴时期写作睿智的散文。进入现代性，尼采的《漫游者及其影子》与波德莱尔的《巴黎的忧郁》，都深深影响了鲁迅在 20 世纪初期的小品文写作，并催生了杂文的文体。现在，我们则有了李雪涛教授的《思想小品》。

　　小品文，一直是闲散阅读时所收集的闪光片断，它需要闲散，就是随手翻翻，但却又保持觉醒的敏感。这是一种悖论式的思想经验，是袖子里随时要射出与收回的袖箭。小品文，乃是在"专心"的研究与"分心"的无聊之间，形成的第三种处于中间状态的"散心"游戏。在一个越来越被各种信息干扰且阅读材料极速增多的时代，能够在各种散碎的信息挤压中，发现散碎的星光，并不刻意促其形成聚集的星座，而是任其保持松散闲逸的关系，只是事后，在捡拾之中，以一根看不见的线，把这些闪烁的珍珠串联起来，这也是海边拾贝者式的开阔与欣喜的双重情怀。

这根线，其实就是思想的虔诚，就是灵魂的注意力，是一种祈祷的修炼功夫，是带有某种宗教感的自我修炼方式。雪涛兄的这些小品文，其实是他在德国学习比较宗教学，深入阅读佛经而获得的一种念力，是心念已经结晶后的闪光块面。这也是生命灵根种子的发芽与盛开，只是随着时间的成熟，他可以信手拈来，在一个个经典的佛教语词、概念与话头中，发现这些片断与我们这个时代的关系、与生命基本经验的关系，发现古老智慧与卑微人性的镜像对称法则。

我甚至想，雪涛兄的这些小品文，带有几十年阅读经验与反思体验的智慧片断，似乎就是诵经时掐捻的那串佛珠上的珠子。当然，雪涛兄会谦逊地说，这并非珍珠或什么宝石，仅仅是些小小的"木块"，甚至只是一些小小的"丑石"。带着隐秘的顿悟发现，但又带有笨拙的"钝贼"式快感，这些片断式的思想短文，内容看似常见，却有着思想的尖锐，因此，这可不是一般的石头，而是让人觉醒的小石头：小品文虽"小"，却有着尖锐的刺点，有着直击心胸的巧劲，这"小"也就不小了，而是一种心念的准确击打。每一次的投石问路，都可以打破我们的惯性思维，开启一种来自宗教的超越目光，但又不是已有的神学逻辑，而是一种原初诗性的"零碎敲打"，一种介于入世与出世之间的"穿越"审视的视角。

雪涛兄的小品文写作，就像在细心收集各种珍奇小石头。这些小品文来自浩瀚的佛教思想，来自中国禅宗话头的心传，来自与日本经验的对照，来自对欧洲历史灾难的反思，来自人性本身最为基本的差错与迷乱，其拓宽了内在的厚度，体现了具有世界史的广阔与正法眼藏的智慧，这需要丰富的语文学能力，以及哲学反思的良知。

看似短小的片断，就如同德国早期浪漫派所言的一种奇特的生命体，一种文体本身的基本寓意，这就是"刺猬式断片"。这些断片浑身都是刺，带着格言或箴言的锋芒，我们不可能直接领悟，除非加入自己的体会，才可能形成一层保护膜。

一旦触及这些小石头，我们自己就要在手上开始转动它们，开始思考，开始感受这些片断的灼热。小品文的平常性，更容易激发读者自己去思考的热情，而不是令读者陷入哲学体系的圈套。这些小品文并不刻意走向系统的结论与哲学的建构，而是保持开放——你不可能抓住一只刺猬而不刺伤自己的手，保持开放，保持对刺点的敏感，如同我们在日常生活中，在那些危险的边缘保持开放与敏感，一念之间，我们就从邪恶与不幸中抽离，获得生命的保护。雪涛兄主要书写佛教那些充满逻辑挑战与日常智慧的片段，以此作为现代人的护身符，在会心一笑中，我们就获得了某种祝福。

小品文，乃是一种心觉的自我锤炼，这也是雪涛兄认识到的，"片言只语内，便宛然见千古圣贤之心"。这不是知识的炫耀，而是智慧的洞察，是要把日常的经验与文明的智慧相连，把个体的经验与神圣的传承对照，把那些耳熟能详的习语或者思想的个案，与其他文化或者不同时期的经验，加以瞬间的综合，以获得穿透历史与人性的智慧。这种写作，需要有在各个文化、文明等不同的智慧形态之间，反复逡巡与自由穿梭的经验，需要一种世界史的目光，这也是雪涛兄最近几年从事的学术伟业。以世界史的广阔视野思考文明之间的互动，这是"以大观小"的学术抱负，譬如思考佛教与传教士文化传播时的动人细节，深入现代中国学人学习西方时的苦涩境况。而小品文，则是他"以小观大"的管窥心法，是非常中国式的——比如山水画的千里之势纳于咫尺之内，或盆景式的缩小修建把玩，当然还包括禅宗公案式的醍醐灌顶。阅读雪涛兄的思想小品，自然让我想到钱锺书的《管锥编》，只是钱先生以自己的卓越记忆与审美品味去组合学究式的文本世界，而雪涛兄的《思想小品》，乃是在伟大经典的文本中，击穿一个个灰洞，形成第五维的瞬间穿越，寻找世界文明潜在的智慧底线。

雪涛兄的不同之处还在于，他有一双侦探的眼睛，这是现代性的好奇与发现，如同本雅明对闲逛者散心目光的洞察，以及对大街上侦探目光的赞颂。这也是为何在此文集的最后，雪涛兄以日本侦探小说家东野圭吾的各个故事，来讨论当代社会最为基本也最为严峻的生命问题，又在其中带入了《正法眼藏》的"第三只眼"，一种慧心综合的独特观法。对于侦探小说的好奇，才是现代性最为基本的心性——永远保持好奇，保持对意外事件的期待，保持问题的开放。日本侦探小说为何如此具有这种的品格，而中国反倒缺乏？也许是因为中国缺乏侦探小说的大家，而只有大量历史侦探剧的流行，即为缺乏思维训练所致。或许现代性始于英国，亦与英国人对散文的热情及侦探经验故事的写作相关？

我们每个人，每个脆弱的生命，时刻可能会遭受意外，说到底都只是一篇小品文而已！随着交往的复杂，我们来不及整理与进行体系化完善，只能是一种即兴的组合。即，在一个没有圣人的时代，我们每个现代人在生命文体上，都是一篇小品文。这是尼采的现代性洞见，在打碎各种偶像之后，现代人只能以格言与片断的元写作，作为思想表达的马刺风格。小品文的谦卑在于，在一个缺乏智慧的世界，觉悟者只能在时代的枯枝上，采摘即将枯萎的花瓣，但只要花瓣还是鲜活的，文字就可以结出果实。

阅读这些小品文，也激发了我自己回归思想日记写作的热情，这让我想到海德格尔在危机年代写作的隐晦闪烁的《黑皮书》，当然还有雪涛兄更为钟爱的雅斯贝尔斯在灾变年代的日记。这些思想的片断偶尔触及时代的危机，袒露出个体最为隐秘的心性，却忠实于自己的心念，保持思想的高度觉醒。

诚如雪涛兄所言，小品文，在中国社会，乃是在专制制度与批评理论之间，所开启的第三条道路。就世界思想而言，小品文是危机时刻守护自我心念的保护伞，是江河上的航标灯。对于生命而言，它则是人性大脑上的第三只天眼，如同孙悟空的"火眼金睛"，我们每天去修炼，才可能通过它看透这个世界的光怪陆离。

雪涛兄指出东野圭吾小说《猛射》的最后一句话"一阵风吹过，花瓣如雪般飘落"，并认为这是他小说结构的极高明之处，既有日本人独有的生命感伤情调，又有一种超然的飘逸姿态。那么我也想说，雪涛兄的小品文也是如此：这是人类智慧枯枝上，飘落下来的最美花瓣。

或许，这些文章就是菩萨串珠上每日祈祷时不断在手指间回转的五彩小石，从尖锐到光滑，又从光滑到尖锐，让我们的心念保持觉醒。我们都钟爱的德国小说家黑塞在 1940 年代的历史危机时刻，写出了神奇小说《玻璃球游戏》，或许小品文就如同其中集《易经》的块量、音乐的赋格、瑜伽的苦行为一体的神秘玩法，吊诡地结合艰苦的训练与顿悟的冥想。小品文，就是卑微的人性个体在人类星空闪烁的宇宙图景中所发现的一个个思想图像，它看起来那么远，又那么近。

目　录

凡　例

中文的先秦作品、古诗词，只列出篇名和著作名。本书作者认为的部分校勘得比较好的版本，也会以页下注的方式单独出注。

汉译佛典在正文中尽可能给出作者、译者、篇名等信息。

西文的古典作品，也按照西方古典学通行的方式，在文中出注。所使用的中文《圣经》版本是"联合圣经公会"（新加坡、马来西亚）1988—1989 年出版的新教中文《新标点和合本圣经》。按通用的方式，只注明章节名，而不注明页码。

其他所有中外文的图书，均按规范做页下注。第一次出现时给出完整的信息，其后出现则以简注方式标出。

书后附有"人名索引""篇名索引"。"篇名索引"仅列出作者或译者、篇名或著作名，详细信息见相应的注释。

前　言

一

　　我将《思想断章》的文体看作是"小品文"，因此这一本的书名定为《思想小品》，这是经过一番考虑的。这一文体的名称实际上是从汉译佛经而来，在佛经中详者为"大品"，略者为"小品"，起初并无文体的含义。例如鸠摩罗什在姚秦弘始五至六年（403—404）译出的二十七卷本的《摩诃般若波罗蜜经》就被称作《大品般若经》；而于弘始十年（408）从梵本《八千颂般若经》译出的十卷本、仅相当于《大般若经》第四分被称作《小品般若经》。一直到了晚明才有诸如陈继儒（1558—1639）《晚香堂小品》、陈仁锡（1581—1636）《无梦园小品》这样的书名出现，在文学史上我们才知道此类的文体是"小品文"。实际上，此类短小精悍、富于理趣的文章，从先秦以来就存在，一直到今天。以中国现代文学史为例，当时执文坛牛耳的会稽二兄弟鲁迅（1881—1936）和周作人（1885—1967），也是以小品文著称：鲁迅擅长写作犀利的抨击时政的杂文，而周作人的大部分作品则都是知识性、思想性的散文。

　　我将上一本的《思想断章》拿给顾彬（Wolfgang Kubin）

教授看，他说我写的是 Aphorismen（箴言集）。实际上，Aphorismen 与小品文还是有很多不同之处的：最主要的是小品文中并非都是正襟危坐的箴戒，很多是纪事的小型散文，即便是箴言的话，也会有一个场景。我从来不认为存在所有时代都通行的绝对真理！不论箴言还是小品都是 ad-hoc（特定的、临时的）性质的，不可能是永久的。

尽管小品文的篇幅有限，但却给我以在"人的思绪有时如江河直下，纵横恣肆，一泻千里，有时又三弯九转，隐晦曲折"[1]之时随时截流的便利。

书中有很多的小品文充满着对哲学和审美的思考，但显然并非一本哲学著作，因为我并没有以抽象的文字加以诠释，而常常是以讲故事的方式讲出，寓理于象，希望在比较轻松怡然的情调中，表现出对历史、人生乃至对审美的领悟。书中大部分的段落着墨不繁，不过是希望读者能与我一起进行哲学思考或审美的体悟而已。

二

人的很多想法一旦生成，很难改变，有时自己根本意识不到。我写下我的一些观点后，有的时候忘记了，后来会再次写此类的"感想"。在最后汇总的时候，发现一些想法是一样的，只是在用词方面稍微有些差别而已。

1　李雪涛著《思想断章》，上海：华东师范大学出版社，2018 年，"前言"，第 4 页。

2004年我从波恩回到了阔别十五年之久的北外。之后我到图书馆去借书，竟然发现有几本书是我在1980年代的时候借过的，上面还有我用铅笔划过的痕迹。看样子，一个人对某一领域的兴趣，也不是很容易改变的。

赫尔岑（Александр Иванович Герцен，1812—1870）在《往事与随想》的序言中写道：

> 《往事与随想》不是接连不断写成的，有几章前后隔了整整几年。它们留下了写作时间和不同心情的痕迹，而我不想抹去这一切。[1]

这一本《思想小品》并非像第一本《思想断章》一样花了几年才完成，它尽管是在两年间完成的，但同样留下了我写作时不同心情的痕迹。

三

对于我的学生们而言，他们这一代人生来便手握鼠标，快速地转换着各种页面。数字生活成为他们生活的重要部分。我从来不反对数字生活，也享受着现代科技带给我们的便利，但对我来讲，这远远不是生活的全部。麦当劳、必胜客我有的时候也吃，但往往只是为了充饥，它们绝不能代替一顿真

1　赫尔岑著，项星耀译《往事与随想》（上），成都：四川人民出版社，2018年，"序言"，第9页。

正的珍馐美味。

在一个印刷品泛滥的时代里，如何保持自己的鉴别力和鉴赏力，我觉得不断阅读经典是非常重要的途径。对我来讲，经典既是中国古代的文史哲作品，同时也是古希腊、古罗马以及近代以来西方的知识。

生活之中，常常会有一闪而过的瞬间想法，有的时候仅仅是一个印象，或是一点情绪，或是一个意念，虽然根本不是什么成熟、完整的思想，却会有一段时间萦绕在你的脑海之中，难以忘怀。这些思想的萌芽，往往是系统思想的火花。当你真正找到知识间的关联后，很多的知识可以逐渐转化为你的思想了。

在第一本《思想断章》的前言中，我曾经指出，所谓的"断章"大都是读书思考时想到的，根本不是逻辑思维的结果，因此谈不上所谓的系统、完整。我有的时候在想，一个旅行者是否会走遍世间的所有角落？一个教师是否可以将他所有的知识都教授给他的弟子们？……更何况每一个人还有其他各种身份。因此，同样这本《思想小品》所展示的也只是我生活的一个面向。

知识史永远不是一种静态的发展，而是一个文化间不断调试、碰撞和融合的动态过程。正是由于知识的接纳和排斥往往根植于接受者的社会和文化背景之中，知识的传播者——知识分子的作用就格外引人瞩目。《思想小品》中的十二章并非可以独立分开的话题，而是以知识与知识分子为中心的不断相互激荡、互相交错的内容。

四

在写作的时候，我常常感到，在如此简短的小品文篇幅中，往往需要有机地串联和容纳古今中外的语言和思想，而又要写得自然流畅，曲折有致，确实不容易。因为是短小的文体，所以很多的道理都不可能说透，只能点到为止，更多的是让读者去思考，从而形成一种潜在的互动。因此，从这个意义上来讲，所有的这些小品文都是没有完成的，它们的最终完成还仰仗着读者的参与。

《思想小品》中引用了许多古今中外的书籍，对我来说，不论是禅宗的公案，还是东野圭吾的小说，都是我思考的材料。我从来不把它们看成是完整的东西，而是随时可以予以拆除的部分。德文中的 auseinandersetzen 的意思是分解开来进行研究，日文中将这个词翻译成"对决"，我想这些材料都是我进行"对决"的对象。书中一些篇章尽管包含很多源自古代中国、西方和印度的智慧，但经过"再脉络化"的过程后，这些被镶嵌在新的"文脉"（context）中的文字却成为了当下对自由、理性和审美的新探索。

也正因为如此，这本看似很小的书，不是一两天可以轻松对付得了的。如果想要真正理解这些横贯古今中外的文字背后的意义，不仅需要一般意义上的知识和方法，更重要的是人生的阅历，因为我从来不认为思想可以等同于直接的词意。我希望，读者读完此书后，并不意味着结束，而是自己思考问题的开始。

几年前我在读《断舍离》一书的时候，明显感觉到作者山下英子是一位具有现代意识的人士，只是运用佛教的观念和智慧来处理人生当下的问题而已。而今天在中国的市场上充斥着各种以传统文化和佛教来解释人生的书籍，但大部分作者很少有现代意识，这是最大的问题。

五

顾炎武（1613—1682）著有《日知录》三十二卷、《日知录之余》四卷。有的时候他在一年的时间内仅能写作数条，其中的艰辛，只有他自己知道。实际上，《日知录》每条文字短则不过几十字，长则有千余字或二千字，但以考据见长的顾炎武，一定要在排比考究、钩稽融会后，才会动笔著述的。有关自己做学问的方法，他在《与人书》中写道：

> 承问《日知录》又成几卷，盖期之以废铜；而某自别来一载，早夜诵读，反复寻究，仅得十余条，然庶几采山之铜也。

顾炎武在这里以铜铸钱作比喻，来说明他并不希望用翻铸旧钱的方式，省时省力来快速完成自己的著作，而是希望从自然界采集原始的原料开始，经过自己的加工，成为崭新的思想。他将那些使用已有旧材料做的学问称作"钝贼"。皎然（730—799）说："此则有三同。三同之中，偷语最为钝贼。"（《诗式·三不同语意势》）因此，在顾炎武看来，"期之以废铜者"就是"偷语"！我读的书一向很杂，其实不论是

"废铜",还是"偷语",都会成为我借以进行哲学思考的
材料。

六

1919 年的新文化运动以后,中国的文化受到西方文化
的冲击,这个时候的中国知识分子,一直在思考他们的使
命——如何继续中国文化的传统。1958 年元旦,以新儒家
的唐君毅(1909—1978)、牟宗三(1909—1995)、张君劢
(1887—1969)、徐复观(1903—1982)四人的名义联名发表
了《为中国文化敬告世界人士宣言——我们对中国学术研究
及中国文化与世界文化前途之共同认识》。其实他们所致力发
扬光大的无非是两个方面:道德与审美。这一点从徐复观先
生的代表作之一《中国艺术精神》中可以清楚地看到。[1] 徐复
观先生认为,中国文化虽然在科学上不如西方,但其中的道
德和审美两大支柱是无与伦比的。这部著作表面是在考察中
国艺术,实际上是借以讨论人性论,特别注重以先秦哲学家
在自己生命生活中体验所得为根据,来把握他们完整生命体
中的内在关联性。其实现代以来,有很多中国知识分子将阐
发中国文化审美这个方面看作最高的目标,视为他们的职责
所在。这一个方面的发展,我认为也可以避免道德儒学所带
来的意识形态的负面影响。通过更为宽泛的文史哲中的审美

---

1 徐复观著《中国艺术精神》,台北:学生书局,1966 年。

观念，来接续和重构中国文化的传统，这是非常有意义的事。[1]

七

读书的目的究竟是什么？一个人活得再久，也不过百岁而已。但如果养成了良好的读书习惯，那么他就可以经历多个精彩的人生：他可以与那些优秀的人共同分享过去的美好时光。反之，如果一个人不读文学和哲学的话，那么他就永远不会知道什么是闲适从容，很少会有高尚的情操。

徐梵澄（1909—2000）先生在室利·阿罗频多（Sri Aurobindo，1872—1950）《周天集》的"译者序"中写道：

> 即以目前这一小册子而论，皆是一点一滴。譬由管中窥豹，可见一斑。此一斑虽小，而全豹之文炳蔚可观了。
>
> 这一小册子简便易读，与高文大册不同。谓瑜伽既摄人生之全，则人间之重要事皆所涉及。无论称之为格言、或箴言、或名言、或片言、或寸铁、或散策，一一涵义皆异常丰富……其关于艺术、伦理、性灵、美、爱、乐、自由、和平……诸说，并非一概独创，而是多依傍前修。读者随意掇拾一条，是可供久久玩味的。[2]

1 感谢北京大学哲学系王锦民老师于2018年5月26日在外研书店举办的"历史和当下：知识与知识分子"的座谈会上提出以上的观点。
2 室利·阿罗频多著，徐梵澄译《周天集》，北京：生活·读书·新知三联书店，1991年，"译者序"，第10页。

《周天集》是我年轻时常常把玩的一本小册子，近日重翻1991年的这个版本，到处可以看到我当时标注心得的痕迹。

写得完美的文字跟活得精彩的人生一样难得。这样的一本小书是我平时思考的结果，当然不可能是完美的，同时也不是完整的。实际上，我一直信奉的一种说法是："Sensum, non verba spectamus."[1] 意义胜于言词。但这些文字记录了我这两年来对生活的思考，以及对美的追求。无论如何，这样的文字只是我个人精神气质的体现。

文字并非多就可以传达更多的信息，有时只言片语往往胜过千言万语。现在回想起我上大学时听过的报告，如果能记得什么的话，一定是对我产生过作用的片言而已。洪应明写道：

> 会心不在远，得趣不在多。盆池拳石间，便居然有万里山川之势。片言只语内，便宛然见千古圣贤之心，才是高士的眼界，达人的胸襟。(《菜根谭·闲适》)

常常是一个适当的时机使人悟道，而并不一定在呶呶不休之中。"片言只语内，便宛然见千古圣贤之心"，与其说是对作者的要求，更应当说是对读者的期许。我想，如果一个人没有对人生深邃的洞察反省，很难对本书中的"片言只语"产生共鸣。

---

1 *Dig.* 34, 4, 3, 9.

书成了之后，我向我的同事麦克雷（Michele Ferrero）教授讨教"思想小品"的拉丁文名称，他告诉我可以译作cogitationes parvulae 或是 cogitamenta parva，我选择了后者。感谢我的博士生何玉洁帮我做了索引。

2019 年 2 月于北外全球史研究院

如
是
吾
闻

谛听！谛听！

认真地去听，在佛教看来是人的一种品德。《大般若经》中提到受持此经的十种方法："一者书写，二者供养，三者施他，四者谛听……"（《大般若波罗蜜多经》卷五百七十三）在解释"四谛听"的时候，《辨中边论》认为："四谛听，闻他人读诵经典而解说之，深生爱乐，一心谛听也。"

因此，交往之道，除了有说者之外，还要有听者。对话的最高境界并非见解出众、口若悬舌者的滔滔不绝，而在于最后的沉默。冯友兰在《中国哲学简史》的最后，在举完俱胝和尚一指禅的故事后，写道："人必须先说很多话然后保持静默。"[1]

佛教的三个层面

多年前在波恩读书的时候，有一个学期跟王锦民和顾彬读《东坡志林》，印象最深的是其中的《诵经帖》一则：

> 东坡食肉诵经，或云："不可诵。"坡取水漱口，或云："一碗水如何漱得！"坡云："惭愧，阇黎会得！"

---

1 冯友兰著，涂又光译《中国哲学简史》，北京：北京大学出版社，1985年，第 395 页。

东坡那种凡事不执着的洒脱劲儿，尽显其中。实际上，从佛教的信众层次来看的话，可以划分为三种佛教：士绅佛教（知识分子佛教）、僧伽佛教，以及民间佛教。士绅佛教体现的是士大夫阶层对佛理的玩味，特别是在禅宗盛行之时，知识分子会将佛教对来世的追求与道家审美式的人生自由境界融为一体。佛教对于出家人来讲是安身立命之根本，不能越雷池半步，这是僧伽佛教。而民间佛教则是对各种神灵和仪式的认同。东坡的参禅当然是彻见心性，而非一定要拘泥于戒律形式。由于经常跟东坡一起通过公案对机开示，打破情识之网，阇梨本人也自然了解东坡那一针见血的机锋和理趣。今日读到《冷斋夜话》中有关苏东坡（1037—1101）《南歌子》的一段，极妙：东坡镇钱塘时，曾带领一群歌妓去谒见净慈寺的大通禅师，当时"大通愠形于色，东坡作长短句，令妓唱之"，词云：

> 师唱谁家曲，宗风嗣阿谁。借君拍板与门槌，我也逢场作戏、莫相疑。溪女方偷眼，山僧莫贬眉。却愁弥勒下生迟，不见老婆三五、少年时。（《全宋笔记》第二编）

"我也逢场作戏"，这是作为士大夫的东坡对佛教的理解。那股雍容洒脱的精神，不知是否感化了作为僧伽一员的大通禅师。

人生之苦

佛教里有所谓的"人世皆苦"的道理。"苦"是基于对世间人生不圆满的判断。儒家也有类似的说法，有时也会"望文生义"。《围炉夜话》中有一则用来解读"苦"字的："人心统耳目官骸，而于百体为君，必随处见神明之宰；人面合眉眼鼻口，以成一字曰苦（两眉为草，眼横鼻直而不承口，乃苦字也），知终身无安逸之时。"从"苦"字解读人生之苦，而又不让你感觉特别牵强附会、郢书燕说，这是王永彬的高明之处。

观心

洪应明写道："夜深人静独坐观心，始知妄穷而真独露，每于此中得大机趣；既觉真现而妄难逃，又于此中得大惭忸。"（《菜根谭·概论》）这里的"观心"是佛家的说法，所指的是观照己心以明心之本性。天台所谓"修一心三观"即于自己一念妄心之上，观其为假、为空、为中之法。人在夜深人静之时，才能领悟生命的真义。也正因为"妄"难逃，才有天台宗所谓的"一心三观"的存在。

正信不尚神通

以往在广济寺读佛经的时候，张范中老先生告诉我说："正信不尚神通。"其实佛陀的伟大之处，正是他具有与我们普通人一样的"人性"而非"神性"。否则的话，他所揭示给我们的存在的意义本身是没有价值的。因此，雅斯贝尔斯（Karl Jaspers，1883—1969）认为："佛典中所说的一切都是对一般觉悟意识的人而言的，因此也必然能为有一定程度的正常人所理解。"[1]

"浓肥辛甘非真味，真味只是淡；神奇卓异非至人，至人只是常"（《菜根谭·概论》）所讲的也是这个道理。

应无所住而生其心

罗什译《金刚经》中有"应无所住而生其心"一句，据说六祖听到这一句，"言下大悟"（《六祖坛经·行由品》），得传五祖弘忍的衣钵。只有此心能无所执着，才能认识到世间一切的虚幻不实，进而达到体认般若实相的境地。近日读克里希那穆提（Jiddu Krishnamurti，1895—1986）的一段话，可以作为《金刚经》这一句的注释：

---

1 卡尔·雅斯贝尔斯著，李雪涛主译《大哲学家》，北京：社会科学文献出版社，2014年，第110页。

"不去寻求什么"可能是唯一能产生这份洞识的方式。无所预期地巧遇实相，其中是没有任何欲求的，如此一来所有的传统修炼方式都被否定了，这样心才能变得高度敏感、彻底觉醒，而不再依赖任何经验来让自己保持觉醒。[1]

克里希那穆提根本不认为，温故可以知新，"学习并不是透过记忆去累积知识，而是有能力清晰地思考"[2]。很可惜，现在社会不去培养这一思考能力，当然也不可能获得什么深度，因为深度只有通过思考才能获得。这是阿伦特（Hannah Arendt，1906—1975）所谓的"恶之平庸性"（英文：Banality of Evil，德文：Banalität des Bösen）。

所知障

多年前我跟香港佛教图书馆的何泽霖馆长建立了联系，当时从香港往内地寄佛教方面的书不方便，何馆长常常通过他在东莞樟木头的一家毛织制衣厂寄来各类的书籍。其中包括尤智表（1901—?）的这本《佛教科学观：一个科学者研

---

1 克里希那穆提著，胡因梦译《生命之书》，南京：译林出版社，2011年，第151页。

2 出处同上，第13页。

究佛经的报告》。尤智表毕业于上海交通大学电机系，后来获得美国哈佛大学博士学位。在该书的一开始，作者以一位工科的科学者身份叙述了他的叔父——特别精通楞严、天台及贤首的教旨的前清秀才尤景溪对他的教诲：

> 我读了《佛学大纲》之后，虽没有引起我的信仰，却引起了我看经的兴趣。我问叔父："佛经哪一本最好？"他说："你所知障重，应先看《楞严经》。"我问："什么叫做'所知障'？知识越丰富越好，为什么说是障碍？"他说："你先入的科学知识，塞在门口，你便吸收不进科学以外的知识，所以叫做障。如果不执着各种的先入之见，再看佛经，就没有所知障了。"[1]

克里希那穆提也提到："你得靠自己才能发现新的事物，因此刚上路时必须放下一切的累赘，尤其是知识。"[2]这里所谓的累赘，就是所知障。

半夜枕头

《五灯会元》中有一则故事：

1　尤智表著《佛教科学观：一个科学者研究佛经的报告》，上海：上海佛学书局，1995年，第4页。
2　克里希那穆提著，胡因梦译《生命之书》，第11页。

> 香山有个话头，弥满四大神州。若以佛法批判，还
> 如认马作牛。诸人既不作佛法批判，毕竟是甚么道理？
> 击拂子、无镰锁子，不厌动摇。半夜枕头，要须摸着。
>
> （卷十二《香山道渊禅师》）

领悟佛理禅机，最终只能靠自己，靠自己的力量向本心
去求取。佛教根据修行者的根器不同，"自力"是利根者之修
行法，而"他力"是钝根者之修行法。利根者可以依凭自己
的力量，达到解脱之境，而钝根者却只能借助于佛、菩萨等
之他力，获得解脱。对于利根者靠自力脱离生死，就如同半
夜摸黑上床睡觉一般，需要自己动手去摸。

鳖谋猴肝

小时候都听过鳄鱼和猴子的故事。近日读《六度集经》，
发现这个故事的源头在佛经之中：

> 鳖妻有疾，思食猕猴肝，雄行求焉。睹猕猴下饮，
> 鳖曰："尔尝睹乐乎？"答曰："未也。"曰："吾舍有妙
> 乐，尔欲观乎？"曰："然。"鳖曰："尔升吾背，将尔观
> 矣。"升背随焉半溪，鳖曰："吾妻思食尔肝，水中何乐
> 之有乎？"猕猴心恧然曰："夫戒守善之常也，权济难之
> 大矣。"曰："尔不早云，吾以肝悬彼树上。"鳖信而还。

猕猴上岸曰："死鳖虫，岂有腹中肝而当悬树者乎？"（卷四《戒度无极章》）

佛陀希望通过这个故事来说明欲望多么可怕，从而强调持戒的重要性。

人身难得

尽管人世间不是佛教所追求的最终的存在，但在佛陀所谓三世六道中转化为人，依然是不容易的。而佛教的根本道理（正法）并不是任何人可以随便听闻到的，因此应当珍惜作为人的存在。《四十二章经》中说："人身难得，中国难生，佛法难闻。"

佛教一直特别重视人的生命，《智度论》中说："一切宝中，人命第一。"（卷十三）人身是成佛的前提，如果没有人身的话，成佛也是不可能的。

停囚长智

在当今一切都在加速的社会中，佛教的一些智慧是非常重要的。"佛书引语：停囚长智"（《全唐诗》卷八七六），告诫人们遇事不要慌忙，要先停下来思考一下，这样便能增长出相关的智谋来。"囚"应当是"留"字的讹音。

日短夜长

德国由于所处地理纬度较高，因此从秋分到冬至的一段时间，人们明显感觉到白昼一天天缩短。特别是秋天的德国在北莱茵地区基本上都是阴天，有时十点多天才蒙蒙亮，而下午三四点钟又暗下来了。因此，一个明亮的家，对于大部分人来讲特别重要。在德国留学的日子，我觉得这样的天最好是待在家中读书、写作，偶尔我也在雨中跑步。冬至前的一段时间，"日短夜长"在北半球的各地都会有所觉察：

> 开炉上堂，举丹霞烧木佛。师云："丹霞如虫御木，院主偶尔成文。报恩今日开炉，且无木佛可烧，只有些无明火，常在诸人面前，日短夜长，各自照顾。"（《虚堂和尚语录》卷一）

近代以前由于照明的工具难得，日短夜长很容易感觉得到。现代化以后，特别是在城市中，这一现象变得不那么明显了。

外圆内方与不露锋芒

2004年我从波恩回到北京不久，有一次在跟一位老先生吃饭的时候，他语重心长地告诉我说：在中国不比在国外，做人一定要"外圆内方"。他解释道，如果过于方方正正、有棱有角，必将碰得头破血流。为人处世之道在于圆通豁达，内心又要不失固守的准则。

洪应明说："处治世宜方，处乱世当圆，处叔季之世当方圆并用。"（《菜根谭·闲适》）禅宗里，自己能够攻击别人的尖锐利器常常要隐藏起来，如果能够不露一点痕迹的话，那么这一定是位高人：

全机敌胜，犹在半途。啐啄同时，白云万里。才生朕兆，已落二三。不露锋芒，成何道理？（《五灯会元》卷二十《万年道闲禅师》）

道闲禅师甚至认为，连自己话语的机锋也要隐藏起来。

比尔·盖茨的"火宅喻"

读到比尔·盖茨的一个有关"火灾"的说法：

也许，人的生命是一场正在猛烈燃烧的"火灾"，一个人所能做的，也必须去做的就是竭尽全力从这场"火灾"中抢点什么东西出来。[1]

1　转引自《读者》2000年第2期，第15页。

这个当代的"火灾"喻让我想起了《法华经》中的"火宅喻"——佛教用充满烈火的住宅来比喻烦恼多的众生世界。《法华经》载:"有大长者,财富无量。某日,宅舍起火,长者之诸子于火宅内乐着嬉戏,不知不觉。长者为救诸子出于火宅,乃设方便,谓屋外有羊车、鹿车及牛车,欲赐诸子。待诸子奔离火宅,长者乃各赐一大白牛车。"(卷二《譬喻品》)经的最后解释了设"火宅喻"的目的:

> 一切众生,皆是吾子,深着世乐,无有慧心,三界无安,犹如火宅。众苦充满,甚可怖畏。常有生老病死忧患。如是等火,炽然不息。(《大正藏》9-147c)

佛陀希望通过"火宅喻"让迷界众生对所居住之三界引起警惕。

罗什吞针

慧皎在《高僧传》中称赞鸠摩罗什:"为人神情朗彻,傲岸出群,应机领会,鲜有伦匹者。笃性仁厚,泛爱为心,虚己善诱,终日无倦。"姚兴曾对罗什说:"大师聪明盖世,天下无双,倘使一旦去世,岂不使法种绝后了吗?"于是送给了罗什多名年轻貌美的女性,让他接受,并专门为罗什建造了房舍,供养丰厚,从此这位佛教大师再也不住僧舍了。以后在说法之前，罗什总是先说这样的譬喻："譬如臭泥中生莲花，但采莲花，勿取臭泥也。"

"罗什吞针"的故事，总是让我想到洪应明的一句话："混俗之中能脱俗，似淡月之映青云。"（《菜根谭·应酬》）这的确需要很深的道德功夫，这同时也是大乘佛教的真精神所在。

平湖秋月

禅宗语录中常有所谓"指月"之说，一般来讲是以"指"喻言教，以"月"比佛法。意思是说，以言教而显示实相，然言教本身并非实相。因此禅话中有：

> 僧问："湛湛圆明，请师一决。"师曰："十里平湖，一轮秋月。"（《五灯会元》卷十《开元行明禅师》）

"平湖秋月"所指的是佛法之"湛湛圆明"。后来有好事者将杭州湖面平静如镜的西湖，秋日皓洁的圆月当空，月光与湖水交相辉映之景称作"平湖秋月"。1699年，圣祖康熙巡幸西湖，御书"平湖秋月"匾额，从此，景点固定在了白堤西端。"平湖秋月"也从一句抽象的禅话变为了具象的西湖一景了。

文字的限度

一、拈花微笑

禅宗标榜不立文字、不依经论，传佛法大义，只能以心传心。唐末以后的禅宗经典开始讲述拈花微笑的故事：释尊在灵鹫山说法，拈花示众，八万人中唯迦叶领知其意而微笑。禅门历代祖师即依此故事，确立不立文字而传佛法之宗风。《五灯会元》的记载为：

> 世尊在灵山会上，拈花示众。是时众皆默然，唯迦叶尊者破颜微笑。世尊曰："吾有正法眼藏，涅槃妙心，实相无相，微妙法门，不立文字，教外别传，付嘱摩诃迦叶。"（卷一《释迦牟尼佛》）

因此，在禅宗看来，正法眼藏实际上是以"拈花微笑"的方式由佛祖之心，传入众生之心。语言在这里成为了多余之物。

二、欺胡谩汉

禅宗认为佛法大意一定是离言说文字而以心传于心，即所谓的"以心传心"。而悟道者不涉文字言句，单以心传心之玄旨，所以也称作"不立文字，教外别传"。禅宗语录中说：

> 中秋上堂。僧问："灵山话月，曹溪指月，意旨如

何？"师云："欺胡谩汉。"(《虚堂和尚语录》卷二)

所谓"灵山话月，曹溪指月"都是禅宗的经典之说，但却被斥为"欺胡谩汉"——什么人都欺骗的原因在于悟之内容，根本无法用文字言语传述，必须由师心直接传予弟子心。

无知者之乐

张潮（1650—约1709）在《幽梦影》中说："目不能识字，其闷尤过于盲；手不能执管，其苦更甚于哑。"我常对学生们讲，如果一个人一辈子都没有读过一本佛经，那一定不是一个圆满的人生。只不过陈鹤山的评语一语道破："君独未知，今之不识字不握管者，其乐尤过于不盲不哑者也。"悲夫！

以书为友

张潮曰："求知己于朋友易，求知己于妻妾难，求知己于君臣则尤难之难。"江含征对这句话评曰："求知己于鬼神则反易耳。"江含征的意思大概是以书为友易，以人为友难。

纸币上的人像

中国古代对先人的画像有一种讳，因此这些画像只能在先贤祠中供奉。以前的铜钱，上面刻的基本上都是皇帝的年号，来代表皇帝的权威，而很少有像刻在金币上的希腊城邦或罗马帝国的君主像。

近代以来的情况当然不同了。朋友 Roland 搜集各种纸币，在他的房间中挂满了装有各种各样的各国纸币的镜框。日元中 1963 年一千元纸币上的头像是伊藤博文（1841—1909），1984 年换成了夏目漱石（1867—1916），2004 年则换成了生物学家野口英世（1876—1928）。每天用于流通的货币，好像是一部日本近代文化和科学史，与意识形态、党派全无关系。

保罗二世的忏悔

我在德国读书的时候，当时的教皇还是保罗二世（Ioannes Paulus PP. II，1920—2005），尽管很多德国人在言谈话语中不无讽刺地谈论这位波兰的前红衣主教大人，但不论是天主教徒还是新教教徒，对他寻求宽恕千余年天主教所犯下的罪过的做法还是心悦诚服的。

保罗二世在任期间，为罗马教廷千余年来所做的"错事"

向世人公开表示忏悔，这些"错事"包括：发动十字军东征；设立宗教裁判所，制造伽利略（Galileo Galilei，1564—1642）案；将捷克宗教改革者杨·胡斯（Jan Hus，1371—1415）迫害致死；羞辱女性；对抗犹太教徒……保罗二世一生致力于不同宗教间的宽容、对话，他希望通过这样的忏悔，唤醒人们的良心，"教会在迈入第三个千年前要'擦净道德的石板'"，更好地跨入新千年。

熟悉基督宗教历史的人都会知道拉丁文中的 infallibilitas 一词，意思是（教会）不会犯错误的一贯正确性。在 1870 年梵蒂冈第一次大公会议上宣布了教皇享有在训导上永远不错的特恩。保罗二世的忏悔，使得全世界用另外一种眼光看待天主教。

重读《阿登纳回忆录》

一、历史与对未来的设想

1965 年 9 月，阿登纳出版了他的回忆录，他在"引言"中指出：

历史学家，尤其是一位近代史教授，至少必须设法以类比推论的方法，从我们时代、甚至从我们当前发生的事情中，去认识发展进程的可能趋势。而且，他们应当在他们讲授的学说中，指出可望到来的发展，以及根据情况提出警告。[1]

阿登纳活了九十一岁，亲历了德国近代的整个过程：皇帝的时代、魏玛共和国时期、纳粹时代以及其后的联邦德国。他就此写道："长寿使人有可能总结其经验。经验可以成为思想和行动的指南，这是没有其他的东西可以替代的，也不是天生的才智所能取代的。对于政治领域来说，尤其如此。"[2] 阿登纳的出发点是一位政治家，而非历史学家。

二、几个波恩附近的地名

读阿登纳的回忆录，一开始他叙述从科隆回勒恩多夫家的情景，感到我自己又回到了波恩："但是，碰上发大水，我不能走克尼希斯温特（Köniswinter）到勒恩多夫（Rhöndorf）的来因公路（Rheinstraße），必须绕过整座七丛山（Siebengebirge），从大水淹不到的路上越过巴特霍内夫（Bad Honnef）到达勒恩多夫。"[3] 引文中的德文地名是我加上的，有一段时间是我每天都听到、看到的。

三、德法关系理应成为中日关系的榜样

德法之间的关系一直存在着问题，这是由于它们有着共

1　康拉德·阿登纳著《阿登纳回忆录》（一），上海：上海人民出版社，1976年，"引言"，第1页。
2　出处同上，"引言"，第2页。
3　出处同上，第3页。

同的边境线。拿破仑入侵德国、普法战争、第一和第二次世界大战，使得德法成为了"世仇"。但二战以后，德法尽释前嫌，成为朋友和伙伴。阿登纳说，他是一个德国人，也是一个欧洲人。"因此，我向来就致力于同法国取得谅解。没有这种谅解，就不可能有一个欧洲。"[1] 而值得庆幸的是戴高乐将军也认识到了这一点，他于 1945 年 8 月在萨尔布吕肯的演讲中说："法国人和德国人，必须把过去的事一笔勾销，要彼此合作和意识到他们都是欧洲人。"[2] 这是具有大智慧的政治家。

四、对于德国历史的反思

1945 年，被美国军方任命为科隆市市长之后，阿登纳曾对德国的历史进行了深刻的反思。他在回忆录中写道：

> 近百年来的德国历史映现在我眼前，我自问，怎么会出现这样一种历程的。这是一个必须给自己提出来的问题。如果我们要摆脱这一悲惨境地，要从这一深渊挣脱出来，如果我们要想找到一条正确的前进道路，我们首先必须明白，是什么东西把我们引入深渊的。只有我们认识了我们是怎样进入德国人民历史上这一极其不幸的时期的，我们才能找到一条前途美好的正确道路。要找到重新站起来的正确道路，扪心自问乃是必不可少的。[3]

1　康拉德·阿登纳著《阿登纳回忆录》（一），第 33 页。
2　出处同上，第 34 页。
3　出处同上，第 37 页。

这是真正的智者发出的声音。

五、德国的罪责

阿登纳在他的回忆录里特别谈到了德国的罪责问题：

> 我深信，这些原因远远产生于 1933 年以前。国家
> 社会主义直接把我们引进了这场灾难。但是，如果国家
> 社会主义没有在广大的居民阶层中找到它散播毒种的肥
> 沃土壤，那它也是无法在德国攫取政权的。我强调指出，
> 广大的居民阶层这一点。仅仅归罪于高级军官和大工业
> 家是不正确的。当然他们是完全负有责任；而且，他
> 们拥有的权势愈大，他们个人的罪责也就愈大。然而，
> 广大的人民阶层——农民、中产阶级、工人、知识分
> 子——并没有正确的思想立场，否则，从 1930 年起的那
> 些年月中，在德国民族中就不可能出现国家社会主义的
> 凯旋行列。[1]

在阿登纳看来，纳粹的"成功"，在当时的德国，实际上
是有其土壤的。

六、腐败的世界观

1945 年战争结束后，阿登纳希望重建一个正常的德国。

1　康拉德·阿登纳著《阿登纳回忆录》（一），第 37 页。

他在回忆录中指出：

> 我认为，国家应该对个人起服务的作用。唯物主义世界观使人丧失了个性，成为巨大机器的一个小零件。我认为这种世界观是腐败。……在今后德国的重建中，我们必须致力于教育整个人民具有责任感和在政治上进行独立思考。[1]

实际上，在一个健全的社会，是个人的正义守护着国家的正义，个人的尊严组成了国家的尊严。具有责任感和在政治上能够进行独立思考的个人，才是一个国家的真正希望。

教养

一

某领导在台上做有关教育的报告，认为我国教育吸收了世界各国的优秀成果，已经开始引领世界的潮流。在提到中国特色和创新的时候，更是口不择言，说得天花乱坠，不时喝水。这时，一位女服务员上去为领导重又斟满了杯子，而满嘴赞叹优秀成果的领导对此没有丝毫的反应，根本无视这样的一个小女子的存在。类似的"小节"我见到过很多，个

1　康拉德·阿登纳著《阿登纳回忆录》（一），第39页。

别国内的领导干部和学者，可能在他们的工作范围或专业范围中是专家，但常常连一点基本的教养都没有。德文中的Bildung，不仅仅指一个人所受的教育，更重要的是一种基本的做人的教养。实际上，儒家也讲究做人，认为内心有敬而外部不中礼谓之"野"，虽合礼节而内心不诚则谓之"史"。强调人的道德心理与行为方式要统一。"以道德为主，而养成其高尚优美之性情者，谓之教化。"[1] 可惜后来这些全部被作为"四旧"破除了，很多"有知识"的人并没有"教养"，也没被真正"教化"。

二

20 世纪的 90 年代我第一次到德国，当时觉得真正到了一个文明的国度。在北京的时候，我每次过马路都没有信心，即便是在斑马线上，也会趁车还没有到之前慌忙跑过。那天我在马堡（Marburg）市中心的马路旁想过马路，结果车停下来让我过。司机友好地挥了挥手，我则心急火燎地飞快跑着。转头看那辆车的司机，那位优雅的中年人在看着我微笑。他一定觉得，这是来自遥远野蛮国度的人。

后来我到了波恩，开始在那边做我的博士论文。有一年我所在国内大学的副校长带着几位系主任到德国，希望我来安排一下他们在波恩、科隆的游览计划。我的一个同学

1　东京都立中央图书馆实藤文库藏本《新尔雅》"释教育"（1903），转引自沈国威编著《『新爾雅』とその語彙——研究・索引・影印本付》，大阪：白帝社，1995 年，第 52 页。

Thorsten 正好住在科隆，也会说汉语，于是我让他带我们去一趟科隆大教堂（Kölner Dom），他愉快地答应了。当 Thorsten 在给我们介绍科隆大教堂的历史的时候，一开始大家还在听，后来可能觉得实在没有意思，结果最后只有我一个人在听，其他人全都跑到门口街上的商铺去购物了。

90 年代的时候，我已经在大学教书了，但业余的时间还是会去带一两个德国旅游团，这既能练习口语，又能挣点外快，何乐而不为。每次在景点，即便是我讲得不好，我的德国"客人"也会用善意的目光注视着我，认真听我做完每一个介绍。从那以后，别人在说话的时候，我都会全神贯注地倾听。

三

十四亿人口的中国，自然会出一些泼皮、泼妇。20 世纪末我还在德国留学的时候，有一年的夏天回北京度假，在官园那边过马路，我在绿灯的时候过斑马线，结果一辆富康车急刹车停到了我的脚前。我指了指斑马线，对带着防晒套袖的女司机说："这是斑马线！"没想到她摇下车窗破口便骂："你一臭走道的还有理了！滚一边去！"我唯一能做的是装作什么都没有听到，继续走我的道。恶语相加，好像不是我应当做的，尽管这种事情着实让人生气。对于这个令人厌恶的人，最好的做法可能就是不跟她一般见识。

政治才干的表达方式与化妆术

维也纳大学从 18 世纪开始教授现代意义上的政治学（Politikwissenschaft），到了 19 世纪逐渐出现了如"官房学"（Kameralwissenschaft）等分支。诸如政治学的学问并非每个人都可以从事的，最主要是针对那些有政治才干的社会精英开设的，目的是要通过一定知识和技能的训练使得政治家具有相当的能力和智慧。尼克松（Richard Milhous Nixon，1913—1994）将自己一次竞选的失败归罪于化妆师的蓄意破坏，之后他给爱德华·肯尼迪（Edward Moore "Ted" Kennedy，1932—2009）一个建议：减去二十磅的体重。波兹曼（Neil Postman，1931—2003）通过这件事得出结论说："政治家原本可以表现才干和驾驭能力的领域已经从智慧变成了化妆术。"[1] 当今世界的政治家，不仅仅谙熟化妆术，有些甚至掌握"易容术"，将世界玩于股掌之上。

食不厌精，脍不厌细

宋人罗大经（1196—1252 后）曾记载了一则小故事：

1　尼尔·波兹曼著，章艳译《娱乐至死》，桂林：广西师范大学出版社，2011 年，第 4 页。

有士夫于京师买一妾，自言是蔡太师府包子厨中人。一日，令其作包子，辞以不能。诘问之曰："既是包子厨中人，何为不能作包子？"对曰："妾乃包子厨中镂葱丝者也。"（《鹤林玉露》）

通过这一则小故事我们可以想见曾作为北宋权相之一的蔡京（1047—1126）府中厨房的壮观场面！其中竟然有专门雕刻葱丝的工种，让我们今天这些在饮食方面毫不讲究的人，真是开了眼界。不过，人的一生如果没有享受过雕刻了葱丝的包子，也不算什么损失吧。

猴性与人性

很喜欢读刘基（1311—1375）的小品文，常常是一篇小的寓言，却可能让人思考很久。《粤人舞猴》就是这样的一则寓言：

粤人养猴，衣之衣而教之舞，规旋矩折，应律合节。巴童观而妒之，耻己之不如也，思所以败之，乃袖茅栗以往。筵张而猴出，众宾凝伫，左右皆蹈节。巴童伣然挥袖而出其茅栗，掷之地。猴褫衣而争之，翻壶而倒案。粤人呵之而不能禁，大沮。郁离子曰："今之以不制之师战者，蠢然而蚁集，见物而争趋之，其何异于猴哉？"（《郁离子》）

僰人是古代西南部的一个民族，在今天川南及滇东一带。出于嫉妒之心而"砸场子"的巴童之所以"成功"的原因在于他熟悉猴子的性情：这种动物贪婪成性，根本经不起食物的引诱，因此以利攻其心，必胜无疑。有意思的是刘伯温在篇后的议论："今之以不制之师战者，蠢然而蚁集，见物而争趋之，其何异于猴哉？"这简直就是今天知识分子的侧面写照，很多人为了科研项目完全丧失了自己作为学者的底线，无耻之尤，其得陇望蜀之心与僰人所养的猴子并没有什么两样。按照《易经》的说法，"郁离"本身就是文明，刘伯温认为，天下后世若用《郁离子》的思想，必可抵文明之治。这得益于他对人性的洞悉。

朋友数的上限

我的微信朋友圈中有一千三百多个"好友"，手机通讯录中有一千六百多个联系人，当然其中大部分的人现在都不经常联系。此外，我的微信朋友圈也很少看，有朋友会因此抱怨我从不给别人点赞，问题是我实在没有时间看朋友圈，自己当然也不发朋友圈。

牛津大学研究认知与进化的人类学家罗宾·邓巴（Robin Dunbar）教授在20世纪90年代提出"社会脑假说"，认为，包括人在内的灵长类动物选择了一条独特的演化策略：待在一个相对稳定的种群中彼此协助。人类的种群大小是一百四十八人，这是著名的"邓巴数"（Dunbar's number）。一万年前的新石器时代，一个部落的平均人数是一百五十人。1086 年，征服者威廉一世统计出的英格兰村落平均居民数约为一百五十人。邓巴从人类学的角度证实了这样的假设：人的大脑新皮质大小有限，提供的认知能力只能使一个人维持与大约一百五十人的稳定人际关系。[1] 也就是说，即便我有一千多个"好友"，但真正在实际生活方面的朋友依然是在一百五十人以内。但每个人真正的"好友"可能只是个位数："相识满天下，知心能几人。"（《祖堂集》卷十《长生和尚》）

1　R. I. M. Dunbar, "Coevolution of neocortical size, group size and language in humans", *Behavioral and Brain Sciences*, 16, 1993, p. 681.

美
与
忧
郁

天运之乐

南朝宗炳（374—443）说："抚琴动操，欲令众山皆响。"善琴的宗炳拿着一把琴，在山涧的清泉旁，轻轻拨弄。弹着弹着便忘记了自己的所在，忽然感到群山都在回响着悠扬的琴声，自己完全融入了天地之间。

一声梧叶一声秋

北京不经常下雨，很多写于南方的诗句，是北方人很难理解的。

而对波恩的回忆，好像常常是跟下雨联系在一起的。特别是秋天的时候，如果是蒙蒙细雨的话，我在房间里听到更多的是花园后小溪的湍急的流水声。如果是暴风骤雨的话，更多的是打在绿植上的雨点声。元代的散曲作家徐再思（约1280—1330）写道："一声梧叶一声秋，一点芭蕉一点愁，三更归梦三更后。"（《水仙子·夜雨》）词人客中夜雨，顿感离人无限伤感。这一雨中的孤寂惆怅，的确营造出了一种美学的氛围。与杜牧（803—约852）的"一夜不眠孤客耳，主人窗外有芭蕉"（《咏雨》）有异曲同工之妙。但无论如何，我还是更喜爱苏轼"此心安处是吾乡"（《定风波·常美人间琢玉郎》）中所表现出的潇洒和闲适。

青山不碍白云飞

这几天北京开"中非论坛"，据说周围很多的工厂都被关闭了，所以我坐在办公室可以看到"青山不碍白云飞"的景色。《祖堂集》中有紫玉和尚与一位僧人的对话：

> 僧问："如何出三界？"师曰："你在里许多少时？"僧云："如何出离？"师云："青山不碍白云飞。"（卷十四《紫玉和尚》）

我看到的西山只是作为飘来白云的背景而已，西山与白云好像有自行的规则，并不相互妨碍，反而相辅相成构成了一幅和谐的画卷。

美容

以往的医疗观念，我想已经不太适应今天的形势了。最起码美容手术好像就不是医疗救护所必需的。经常在新闻中读到，经过美容后的女士回国不让入境，有些不让登机，因为本人与身份证、护照上的照片判若两人。渴望改变外形，获得自信的想法是可以理解的，但全国人都变成了非常近似的几种可人的容貌的话，也会让人觉得非常不舒服。有一年我去首尔，回来乘飞机之前，要从首尔市坐机场大巴到仁川机场。在大巴座位的口袋里，我看到一份美容外科手术的广告：很多组整容前和整容后的对比照片。我才想到，之前在大街上看到的美貌，实际上是白骨夫人变化的结果。《西游记》中对第一次出现的裙钗女作了描述：

> 好妖精，停下阴风，在那山凹里，摇身一变，变做个月貌花容的女儿。说不尽那眉清目秀，齿白唇红。左手提着一个青砂罐儿，右手提着一个绿磁瓶儿。从西向东，径奔唐僧：圣僧歇马在山岩，忽见裙钗女近前。翠袖轻摇笼玉笋，湘裙斜拽显金莲。汗流粉面花含露，尘拂蛾眉柳带烟。（第二十七回《尸魔三戏唐三藏　圣僧恨逐美猴王》，明万历二十年金陵世德堂刊本）

女人不因为美丽而可爱，正因为可爱而美丽。可惜大部分人会对此本末倒置，原因在于我们的确生活在一个越来越对身体和容貌进行不正常评价的社会环境中。实际上，健康而有个性的生活态度，比起对内心虚荣的不停纠缠更为重要。

亭子

凉亭对我来讲好像是供行人休息的小亭，常常让我想到杜牧诗"日晴空乐下仙云，俱在凉亭送使君"（《醉倒》），给人以舒缓、从容的感觉。这几天在党校学习，有一处掠燕湖，后面掩映着西山，让人赏心悦目。尽管党校新出版的画册中将掠燕湖描写为："伫立掠燕湖岸，看碧空如洗，层林尽染。收眼而望，鱼翔浅底，轻剪碧波；天鹅悠游，引颈高歌；水鸭共舞，飞掠而过，好一幅'万类霜天竞自由'的美好画卷。"[1] 只是这里的湖中凉亭有著名书法家题的"自强不息"的匾额，显得与环境完全扞格难入。

一生勤苦书千卷，万事消磨酒十分

看到山本竟山（1863—1934）为富冈谦藏（桃华，1873—1918）所书写的欧阳修（1007—1072）的名句"一生勤苦书千卷，万事消磨酒十分"[2]，我想用永叔的这两句七言联来谈论顾彬的话，也是非常恰当的。

三月景，宜醉不宜醒

上中学学历史，基本上是农民战争史，我们放眼看去，

1　中共中央党校编《中共中央党校・大有四季》，北京：中共党校出版社、中国摄影出版社，2018 年，第 26 页。
2　关西大学"山本竟山の書と學問"展示会编《山本竟山の書と學問——湖南・雨山・鐵齋・南嶽との文人交流ネッワークー》，大阪：游文舍，2018 年，第 40 页，图 69。

整个中国历史就是一部阶级斗争的历史。蒙古人统治的元代，更是阶级和民族矛盾层出不穷的一个时代。元朝建立后，蒙古人作为统治民族列为第一等级，其次根据所征服地区民族的时序，又依次分为色目人、汉人、南人三个等级。在我的印象中，元代的中国知识分子得不到什么公正的待遇，只有写写元曲发点牢骚而已。待我读到胡祗遹（1227—1293）的《阳春曲·春景》中"三月景，宜醉不宜醒……绿窗春睡觉来迟。谁唤起？窗外晓莺啼"，感到当时并非每一个人都惶惶不可终日的。阳春三月的景致实在令人陶醉，只适合醉眼蒙眬地去欣赏……绿荫窗下，浓睡得醒来已经很晚了。是谁将我唤起？是那窗外鸣叫的黄莺。作者对春日那暖融融、醉醺醺的浓丽之情跃然纸上。

人静也，一声吹落江楼月

哥德斯堡附近的莱茵河是我在波恩留学五年期间最常去的散步地方。莱茵河水到了北莱茵地区，跟在瑞士巴塞尔段相比，已经变得相当缓慢、舒缓。从科布伦茨（Koblenz）到波恩，这一段的莱茵河景色是最为壮丽且最富有民间传奇色彩的一段。后来即便有了更快的ICE（城际列车），我还是愿意走这一段比较慢，但特别浪漫的铁路。在哥德斯堡的这一段的莱茵河畔散步，可以看到美丽的七峰山（Siebengebirge）、从前的彼得山国宾馆（Hotel Petersberg）。有的时候，特别是秋天的夜晚独自在河边散步，偶尔能听到好像来自很远处的悠扬的汽笛声，让我想到白朴（1226—1306）《驻马听》中的一句："人静也，一声吹落江楼月。"夜晚、人静、笛声，有江、有月、有山，多么富有诗情画意的境界。在我看来，汽笛声与竹笛声一样悠扬动听。

失 去 的 审 美

实际上，现代性进入中国后，中国失去最多的是传统的审美。这一点好像我们自身关注的并不够。近日在读谢福芸（Dorothea Hosie，1885—1959）的《名门》（*Two Gentlemen of China*，1924）[1]的时候，可以明显地感到即便是进入民国的时代，在传统的知识分子和清代贵族遗少那里，依然能够看到那种婉约、含蓄和从容的人生。除了文字描写外，其中的几幅照片让人感到静谧、优雅的审美人生。"一位绅士家中漂亮的花格墙，正对着运河对面普通民居的空白墙面"[2]，至今依然让人无限向往。"时髦的中国年轻绅士：在花园的茶室中享受下午的美好时光。夏季，桥下池塘里的荷花和莲花竞相开放"[3]，这些都让今天大城市的过劳的人们不断思考生命的意义。前几天开会的时候，一位教授表达了他的观点：高清电视的

---

1 沈迦主编，谢福芸著，左如科译《名门》，北京：东方出版社，2018 年。
2 出处同上，第 53 页，插图及说明。
3 出处同上，第 83 页，插图及说明。

普及，使得很多发展中国家的犯罪率不断飙升，原因是贫民窟里的穷苦人第一次直观地看到了富人们一掷千金的生活方式，这激起了他们的仇富心态。在一个乱花迷眼、急火攻心的时代，还会有含蓄、从容的审美人生吗？

禅者的境界

读《五灯会元》中的一段：

> 昔日德山临济，信手拈来，便能坐断十方，壁立千仞。直得冰河焰起，枯木花芳。诸人若也善能横担竖夯，遍问诸方；苟或不然，少林倒行此令去也。（卷十四《大洪报恩禅师》）

这一段的描写气势蓬勃，根本不是一般没有气象的小文人能够写得出来的。在谈话中，禅者超凡脱俗、凌空高视的气概，也不是那些只会矫情感慨的烂文人可比的。

二十四桥风月夜

自从杜牧写下了"二十四桥明月夜，玉人何处教吹箫"后，扬州便成为了风流倜傥之人心向神往之地。文人墨客希望在那里找到"娉娉袅袅十三余"的"玉女"侍奉左右。明代的文人张岱（1597—约1680）也曾到过扬州，但所看到的却是另外一道风景：到处是败巷颓垣，其间满眼都是涂脂抹粉的"歪妓"穿梭往来。张岱通过族弟的话说出了他所看到的一个纯粹的生意市场：

> 弟过钞关，美人数百人，目挑心招，视我如潘安。弟颐指气使，任意拣择，亦必得一当意者呼而侍我。（《陶庵梦忆》）

来自汉堡的德国汉学家傅吾康（Wolfgang Franke，1912—2007）在1937年到了北平之后，他经常光顾前门的八大胡同。他在晚年的回忆录中也提到了早年在汉堡求学时对著名红灯区圣保利（St. Pauli）的印象："不过，圣·保利街的女孩不吸引我，反而让我觉得特别讨厌。"[1]声色犬马的绳索大街（Reeperbahn）对于年轻的傅吾康显然太商业化了，那里的妓女过分职业化并打扮得妖艳轻佻，仅仅是出卖肉体纵欲的场所而已。傅吾康在八大胡同还是找到了让他梦魂牵萦的"清吟小班"中的玉人。

---

1 傅吾康著，欧阳甦译，李雪涛等校《为中国着迷：一位汉学家的自传》，北京：社会科学文献出版社，2013年，第40页。

对西窗尽是诗材料

20世纪80年代我在北外上大学，当时认识了对外经贸大学的DAAD（德国学术交流中心）专家皮特·韦尔格（Pieter Welge），他对刚建成的香山饭店推崇备至，给我看了他拍摄的很多照片。尽管我个人也很喜欢这座依傍皇家古迹、人文积淀厚重的园林式的酒店，但一直到2011年冬天才有机会在这家由贝聿铭（1917—2019）设计的酒店中住上几个晚上。当时我编的一本德汉对照的文学读本出版，我跟顾彬教授有一个中德文的朗诵会，组织方帮我们订了几套"山景房"：窗外是香山的树木、流泉、古寺，仿佛远山近水、叠石小径，尽在窗中。冬天的香山，寒风萧瑟，树叶凋零，显得山的形状瘦削了。第二天早饭的时候，顾彬对我说，窗外简直是太美了，窗子就仿佛是画家的取景框一样。这让我一下子想起了张可久（约1270—约1350）的曲子："山容瘦，木叶凋，对西窗尽是诗材料。"（《双调·庆东原·次马致远先辈韵九篇（其九）》）之后不久，顾彬果然写了几首德文的《西山诗》。

时间—空间

放下

一

苏东坡在《定风波》中写道："莫听穿林打叶声，何妨吟啸且徐行。竹杖芒鞋轻胜马，谁怕，一蓑烟雨任平生。"东坡与一群朋友到山中踏青，回来的时候遇到一阵疾风暴雨，由于之前雨具被仆人带走了，同行的人每个都显得惊慌失措，唯有东坡心情放松：不用在意那穿林打叶的雨声，不妨一边吟咏长啸着，一边悠然地慢慢行走着。竹杖和草鞋轻捷得胜过骑着高头大马，下点雨有什么可怕的呢？一身蓑衣任凭风吹雨打，照样过我的一生。"莫听"二字说明了下雨对他来讲是外物，根本不足萦绕于怀。不仅仅是此次郊游偶遇的一场风雨，即便是江湖上的暴风骤雨又奈他如何？这是从生活的磨炼中真正体会到了将一切"放下"的心态。

二

问："'非言所及，非解能到'，什么人能到？"师云："阿谁教你担枷带索？"（《祖堂集》卷十二《仙宗和尚》）

披枷带锁一般是对待重犯的刑罚，而对一般的犯人，或戴枷或带锁，很少并用。佛教用"担枷带索"来比喻束缚太多。只有放下这一切，才可能见性成佛。也只有真正地"放下"之后，才可能悉心地去品味人生，感受到自然之美、茶的清香，才可能体会到别人的智慧。

三

曹洞宗僧智通景深参访宝峰惟照时，惟照嘱以"全身放下，方有自由之分"，景深于当下体得大死一番之道理而领悟，且将彻悟之因缘告于众。（《禅林口实混名集》卷下）

安心

有很多禅话说如何安心的。小和尚常常将自己的心悬着，禅师会教小和尚如何自己给自己安心，这个很重要。心是可以"放下"的，这我是从奶奶那里知道的。小时候我挨了骂或受到了惊吓，奶奶都会给我"叫魂儿"。现在想想，是将我悬着的心恢复到 Gelassenheit（放下）的状态。

菩提达摩来到中国后，曾面壁十年，凝住壁观，无自无他，凡圣等一，被称作"安心"（《续高僧传》卷十六《菩提达磨传》)。这是由修道之体验，而将心固定于一处，而达到不为一切外物所动的境界。天台宗有"善巧安心"（《摩诃止观》卷五）之说，净土宗的善导（613—681）也曾提出安心之说，即所谓"安心、起行、作业"（《往生礼赞》,《大正藏》47-438c)。可见，心安不外求。

勤靡余劳，心有常闲

朱光潜（1897—1986）有小文说：

> 世间有许多过于辛苦的人，满身是尘劳，满腔是杂念，时刻都为环境的需要所驱遣，如机械一般不停运转，没有一点儿人生之趣。这种人在事业和学问上都难有真正大的成就。我认识许多穷苦的农人、孜孜不辍的老学究，和整天待在办公室的人，他们都令我有这种感想。[1]

这些人真正成为了"器"，成为了"匠"。对于知识分子来讲，重要的是要有审美。不然的话，人生真的就是不停运转的机器。

闲者便是主人

《东坡志林》中的大部分文字尽管是苏轼在被贬时所写的，但其中很多有其闲适、审美、戏谑的一面。苏轼在临皋亭的时候，认为"其半是峨嵋雪水，吾饮食沐浴皆取焉，何必归乡哉"。原因是什么呢？他接下来写道："江山风月，本无常主，闲者便是主人。"（卷四《临皋闲题》）谁会成为江

1　朱光潜著《谈修养》，桂林：漓江出版社，2011年，第123页。

山风月的主人呢？那些每天在这里劳作的农人，整日在图书馆中爬格子的老学究显然都不是。唯有以闲适的心态，万事从容的恬淡心境，才能欣赏到江山美月，成为它们的真正主人。在苏轼看来，所谓的"主人"并非是对江山风月的占有（Haben），而是对之的细心观赏玩味（Sein）。

黄州的两位"闲人"

元丰六年十月十二日夜，苏轼与同时被贬到黄州的张怀民夜游承天寺。他写道："庭下如积水空明，水中藻荇交横，盖竹柏影也。何夜无月？何处无竹柏？但少闲人如吾两人者耳。"（《东坡志林》卷一《记承天寺夜游》）苏轼因"乌台诗案"被贬为黄州团练副使，谪居在此，与儒家的"经世济民"之理想相去甚远，所谓"闲人"一方面是揶揄之意，委婉地说明了苏轼宦途失意的苦闷。从另一个方面来看，如此美妙的月光美景，在当时的黄州，可能仅此二人能有幸领略而已。因此，承天寺的夜间之美，是由两位被贬的"闲人"创造的。

闲处看人忙，闹中能取静

洪应明说："从静中观物动，向闲处看人忙，才得超尘脱俗的趣味；遇忙处会偷闲，处闹中能取静，便是安身立命的工夫。"(《菜根谭·应酬》)我从一片岑寂的德国回到车水马龙的北京时，有时可以有很短的一段时间冷眼看"走毂奔蹄"的北京人，往往有一种超然的感觉。"忙里偷闲，闹中取静"，此类真正让自己的生活和精神都能有所寄托的安身立命的功夫，确实是一种难得的修养。

依仗闲看云去留

所谓的"闲"，不是外在的，更多的是内在的一种恬淡生活。在很多的情况下，真正的"闲"不仅仅是避开车水马龙的喧嚣，更重要的是在心中自有清风明月。我很喜欢禅宗语录中的两句诗："拾薪汲涧煎茶外，依仗闲看云去留。"(《虚堂和尚语录》卷三)隐遁山野之中的和尚的生活尽管清苦，但却清闲自在。

戴名世的观云气

康熙三十四年（1695）戴名世（1653—1713）从江宁赴京，途中所写的日记中有一段看云图景，对于倏忽万状的云彩的观察，可以看出这位著名桐城派文学家的情调以及语言的功夫：

> 仰观云气甚佳，或如人，或如狮象，或如山，如怪石，如树，倏忽万状。余尝谓看云宜夕阳，宜雨后，不知日出时看云亦佳也。（《乙亥北行日记》）

能从云的形状看出人、狮象、山、怪石、树，一定要有一种闲境。这同时也是一种动态的建构，因为下一个时刻很可能就变成了其他。

忙动与闲静的辩证法

如果一个人一生都在忙碌且不停奔波的话，那么时不时地空闲下来，清点和整理一下所做过的一切，是非常重要的。如果长时间疲于奔命的话，及时安静下来安排一下自己下一步的活动，也是非常有益的。因此，洪应明说："忙处事为，常向闲中先检点，过举自稀；动时念想，预从静里密操持，非心自息。"（《菜根谭·修省》）人生是需要"检点"和"操持"的。

一日清闲

"夜眠八尺，日啖二升，何须百般计较？书读五车，才分八斗，未闻一日清闲。"（《菜根谭·闲适》）实际上，人一生所需要的物质财富确实是有限的：睡的不过是八尺之床，吃的不过是两升之饭而已。因此那些常常不满足，百般计较之人，在洪应明看来真的很无聊。读书的目的究竟是什么？即便是才气之富者，每日疲于奔命，如此人生的意义又是什么呢？

无事以当贵

以前在德国生活的时候，我每次从大学回到住处，都要看一下信箱。一般来讲，信箱中最多的是各种账单！后来我最希望的是每次回来信箱是空的。"No news is good news!"（没有消息就是好消息。）张鄂请苏轼给他开个药方，苏轼提到了"四味药"之第一味："一曰无事以当贵。"（《东坡志林》卷一《赠张鄂》）现在每到周末我都很害怕手机突然响起来，不论是在办公室还是在家中，都想享受一个"无事"的周末！

饮茶

20世纪80年代后期我在广济寺阅藏，当时日本里千家茶道团来中国佛协访问，我有幸参加过几次。只记得整个的仪式非常烦琐，最终大家能够得以品尝的仅仅是一小杯茶而已。这些对于当时习惯用大瓷缸子喝茉莉花茶的我来讲，太过复杂。

那个时候我好像也不太理解《红楼梦》中妙玉刻薄的说辞："一杯为品，二杯即是解渴的蠢物，三杯便是饮牛饮骡了。"（第四十一回《栊翠庵茶品梅花雪　怡红院劫遇母蝗虫》，程乙本）饮茶当然不是用来解渴的，如果想解渴就去喝大杯矿泉水好了。

一直到新世纪以后，茶道突然在中国也流行起来了。慢慢地我也了解到了一些与喝茶相关的文化。尤其是在特别繁忙的时候，我觉得一些形式确实可以缓解压力，慢慢让人放松下来。

1786年袁枚（1716—1798）到武夷山，有关饮茶他写道："杯小如胡桃，壶小如香橼，每斟无一两。上口不忍遽咽，先嗅其香，再试其味，徐徐咀嚼而体贴之。果然清芬扑鼻，舌有余甘。一杯之后，再试一二杯，令人释躁平矜，怡情悦性。始觉龙井虽清而味薄矣，阳羡虽佳而韵逊矣。颇有玉与水晶，品格不同之故。故武夷享天下盛名，真乃不忝。且可以瀹至三次，而其味犹未尽。"（《随园食单·茶酒单》，《随园三十种》本）唇齿之间留下余香，这是饮茶的乐趣，这是"驴饮"者绝对体验不到的。

在有关诗的评论中，袁枚同样认为："我饮仙露，何必千钟。"（《小仓山房诗集》卷二十，嘉庆随园藏本）好诗与好茶一样，奇妙处并不在于量。

内心安宁的打破

回国之后，我每年都会有一段时间要在德国度过，为的是要找回自己内心的宁静。离开了车马喧阗的北京，来到了静谧无声的波恩，常常让我感到恍如隔世。几天前还到处都是聒耳沸腾摩肩接踵的热闹人群，突然窗外一下变成了万籁俱寂的绿色，感到有点不太适应。以前在德国生活的时候，每个周末都会实实在在感到是自己的，终于可以不受干扰地读两天书，或在老城散步……

北京的生活，特别是手机，真的让我们变成了二十四小时从不打烊的便利店。在家，在办公室，在火车上，在饭桌旁……我们时时刻刻都可以被联系到。更糟糕的是，手机使得人们公私之间的界限变得愈来愈模糊。人们都期待着赶快做完事情，之后再好好休闲、玩乐。但结果是，我们被纠缠到更多的事务之中去了。

人当然不可能做所有想做的一切！即便是再发达的科技，我想也没有办法代替在孤寂中思考，与他人交谈，慢慢品尝一杯茶香……自从在网上买书之后，我很久没有逛书店了。

明月清风

明月清风本来是世间最平常的现象，但却是那些能够享受清闲安静，过着与世无争生活的人才能感受得到的。虚堂

智愚写道："一口吸尽西江水，万丈深渊穷到底。掠彴不是赵州桥，明月清风安可比？"（《虚堂和尚语录》卷九）

随遇而安与平常心

读《祖堂集》中的一段：

> 曹山云："但念水草，余无所知。"僧云："成得个什么边事？"曹山云："只是逢水吃水，逢草吃草。"（卷十六《南泉和尚》）

佛法实际上存在于平常的事物之中，因此修道应当有平常心，刻意追求是没有结果的。曹山本寂和尚所谓的"逢水吃水，逢草吃草"即是提醒人们要有随遇而安的平常心。禅林中常说"平常心是道"，认为道在日常之饮茶、吃饭、搬柴、运水处，意思是说无思量计较的平常心就是道。《祖堂集》中记载岑和尚的一段，谈到所谓平常心，非常精彩：

> 问："如何是平常心？"师云："要眠则眠，要坐则坐。"僧云："学人不会。"师云："热则取凉，寒则向火。"
>
> 问："有人问和尚，和尚则随问答话。总无人问时，和尚如何？"师云："困则睡，健则起。"僧云："教学人

想什么处领会？"师云："夏天赤骨身，冬天须得被。"

问："南泉迁化，向什么处去？"师云："东家作驴，西家作马。"僧云："学人不会。"师云："要骑则骑，要下则下。"（卷十七《岑和尚》）

人生很多的东西自有其机缘，不是强求而来的。

一 无 所 有

我曾经问个不休，

你何时跟我走？

可你却总是笑我，

一无所有。

20世纪80年代上大学的一代人，都不会不记得崔健的一首歌《一无所有》。崔健给我们这些追求精神解放的大学生带来的精神上的触动是今天的年轻人很难想象的。近日读《敦煌变文集》，发现"一无所有"一词早在《庐山远公话》中就已经出现了：

第二、是无形者，不立性处不见性，如水中之月，空里之风，万法皆无，一无所有，此即名为无形。

这里的"一无所有"就是佛教中的"空",尽管崔健的歌中,"一无所有"讲的是外在的物质财富,但如果理解为佛教的"空"的话,可能会更有意思。

撒野

20世纪90年代初崔健的一首歌《快让我在雪地上撒点儿野》(1991),让我们这些在文明的堡垒中生活久了的人,感到自己就像是一匹野马,终于可以在草原上狂奔,拼命地想甩掉被加在身上的沉重枷锁,恢复压抑已久的天性。"给我点儿肉给我点儿血/换掉我的志如钢和毅如铁/快让我哭快让我笑哇/快让我在这雪地上撒点儿野"。崔健希望去掉所有的伪装,回到一个本真的自我。雪地上的撒野似乎是可以把感官生命从长期政治高压和僵化的意识形态束缚中解放出来的兴奋剂。

占有(Haben)还是存在(Sein)

1986年崔健以其高亢而真诚的嘶吼,唱出了《一无所有》,给我们这些当时的大学生带来了强烈的震撼。崔健以"一无所有"坦白陈述,好像让我们找到了一种释放自己能量的渠道。弗洛姆(Erich Fromm, 1900—1980)在《占有还是存在》中写道："马克思教导我们说，奢侈和贫穷同样是不道德的行为，我们的目标应当是更多地存在，而非占有。"

芝上人昙秀到惠州拜访苏轼，临走的时候，苏轼问他需要带什么东西回去吗？昙秀的回答非常妙："鹅城清风，鹤岭明月，人人送与，只恐它无着处。"（《东坡志林》卷一《昙秀相别》）昙秀认为，鹅城清风、鹤岭明月原本是存在的方式，如果以之相送的话，一定会将之异化为被人所占有之物，他自己也不会有地方存放。

宜山先生说："贪得者身富而心贫，知足者身贫而心富；居高者形逸而神劳，处下者形劳而神逸。"（《围炉夜话》）在王永彬（1792—1869）看来，"身贫而心富"以及"形劳而神逸"才是真正的存在（Sein）形式。因此，一个人快乐的心态，并非因为他占有得多，而是因为他本来要求的就少。放下诸般的挂碍，心里才能清静自在。

佛教认为如果一个人患得患失的话，就说明此人依然有欲望和烦恼，而这些是解脱的最大障碍。如果能做到得失两忘，以平常心修行的话，才可能修得正果："是非已去，得失两忘，净裸裸赤洒洒。"（《碧岩录》卷九）这才是存在的真状态。

今天谈到奢侈，如果你再搬出金表、名车来的话，可能会被人笑掉大牙，真正让人感到奢侈的是你可能对时间、对安全的占有，特别是你拥有一份闲适的心态。禅宗认为"金银窟里出来，彼此囊无一镪，斗贫不斗富，做尽穷伎俩"（《虚堂和尚语录》卷六），要想见性成佛，必须安于贫穷。

更多的存在——马克思（Karl Marx，1818—1883）的目标，绝不意味着物质的匮乏，但更强调的是精神的自在。当你用"存在"而非"占有"的观点来看待生活，你会发现很多美的东西。

啜 墨

明代的翰林院编修陆树声（1509—1605）在谈到自己的收藏爱好时，提到"所蓄二墨"，因为自己不擅长于书法，所以这两块墨能得以留存下来。他提到苏轼记载的一件吕行甫啜墨的逸事："吕行甫好藏墨而不能书，则时磨墨汁小啜之。"（《清暑笔谈·墨》）收藏是为了"占有"还是"欣赏"，决定着收藏者与收藏物之间的关系。吕行甫既然希望收藏而不愿以书法的方式用到这些墨，那么他便想到了另外一种占有墨的方式：经常磨墨汁小饮。即便是所谓古墨，也是由烟煤与胶合成的。不知道，吕行甫从中可以喝到古味儿，还是烟煤或胶的味道？陆树声认为，"余无啜墨之量，惟手摩香泽，足一赏也"（《清暑笔谈·墨》）。手持把玩，慢慢欣赏其色泽，好像比"啜墨"的方式更有些情趣吧。

知命之年

《论语·为政》中说："五十而知天命。"五十岁对很多人真是一道坎，只有进入了这个阶段，才能真正领会人生的很多道理。晨起，读《围炉夜话》，感触良多。这部箴言集成书于清咸丰甲寅二月（1854 年 3 月），已经经历了乾隆、嘉庆、道光、咸丰的王永彬此时已经六十二岁，可谓阅尽人世沧桑。宜山不喜科举，很晚才恩获贡生科名，为修职郎。《围炉夜话》虚拟了冬日拥着火炉，与至交亲友畅谈人生的诸多情境。书中自然有很多说教的成分，但其中也不乏有一些人生的智慧。在谈到处世哲学时，他写道："自奉必减几分方好，处世能退一步为高。"这样的人生准则是很多年轻人可能很难理解的。王永彬一生安贫乐道，他认为："安分守贫，何等清闲，而好事者，偏自寻烦恼；持盈保泰，总须忍让，而恃强者，乃自取灭亡。"这是在告诫所谓的"成功人士"，人在事业登峰造极之时，一定要保持平和安定之心态。自恃强大而不知收敛者，必然招致灭亡。

申涵光（1618—1677）在《荆园小语》中说："嗜欲正浓时，能斩断，怒气正盛时，能按捺，此皆学问得力处。"这哪里仅仅是一个人有学问的最有力的表现，更是在人生各个方面的至理名言。

中场休息

德国建筑师莱纳斯（Holger Reiners）写过一本小书《男人五十》（*Best Age: Männer um die* 50，2004）。他在书的一

开始提出了一系列的问题，之后写道："作为我自己的五十岁——这个重要的中场休息之时，思考接下来的人生之路的指南。"[1] 由此看来，孔子所谓"四十不惑，五十知天命"是有其道理的。在经历了诸多的疑惑、彷徨、欣喜之后，现在更多的是沉稳、冷静和理智。莱纳斯继续写道："以理智和自我反省为基础的清晰的生活目标——清醒地活着，而非任其发展；持续地、或多或少地，但却认真而幽默地思索走过的路。人生这块多棱宝石的每一个闪光的平面，都是耐人寻味的。"[2] 经过中场休息后的人生，是智慧和经验的人生。

世事从来不久长

人到了五十岁的时候，整个的时空观好像得以突然改变。今日读到《破魔变文》中的一个偈子曰："一世似风灯虚没没，百年如春梦苦忙忙，心头托手细参详，世事从来不久长。"（《敦煌变文集·破魔变文》）人生一世好像是在风中的灯，随时可能被吹灭。即便能活百岁，也恍如梦境一般，"苦忙忙"究竟是为了什么？此偈的作者实际上开始思考哲学的问题：人生何为？

1　霍尔格·莱纳斯著，姜乙译《男人五十》，北京：新星出版社，2008年，第4页。
2　出处同上，第4页。

知命之年的性情

陶渊明（352/365—427）辞官十余年后的420年，发生了刘宋代晋的大变故，一直过着归隐生活的陶渊明感到自己的余日不多。他在写给儿子的信中，既谈了自己早年的志向，也谈了由于他的挂冠而使得儿子吃尽苦头：

> 吾年过五十，少而穷苦。每以家弊，东西游走。性刚才拙，与物多忤。自量为己，必贻俗患，僶俛辞世，使汝等幼而饥寒。余尝感孺仲贤妻之言，败絮自拥，何惭儿子。此既一事矣。但恨邻靡二仲，室无莱妇，抱兹苦心，良独内愧。

> 少学琴书，偶爱闲静，开卷有得，便欣然忘食。见树木交荫，时鸟变声，亦复欢然有喜。常言五六月中，北窗下卧，遇凉风暂至，自谓是羲皇上人。（《陶渊明集》卷七《疏祭文》，四部丛刊本）

年过半百之后，陶渊明开始思考自己的人生了。他真是一个性情中人，考虑到自己的性情与世俗多有不合，才辞去了彭泽令，过着躬耕的生活。看到了树荫交映，不同季节的鸟鸣也改变了，他就感到喜庆愉悦。农历的五六月份的盛夏，躺在北窗之下，吹着阵阵袭来的凉风，这几乎是人生最大的快乐了。上面引文中的最后几句让我非常感动，因为其中包含的是审美的人生。

长 物 不 留

福柯（Michel Foucault，1926—1984）认为，由于权力的介入，知识带给人的往往是判断力的削弱。因此他认为："或许到了今日我们应该做的，不是去'发现'什么，而应是去'拒绝'什么！"[1]

这绝不仅仅局限于知识与思想领域，当今我们所拥有的一切，包括物质的，都是必需的吗？20世纪90年代，日本的德语文学学者中野孝次（1925—2004）在他很有影响的著作《清贫思想》中就提出要清心寡欲，回归简朴人生的说法。[2]

2009年山下英子出版了她风靡一时的畅销书《断舍离》[3]，倡导极简生活。她所谓的"断"是断绝自己本来就不需要的东西，"舍"是舍去多余的事物，"离"是脱离对物质的执着。

前些日子读《五灯会元》，其中的一段让我很有感触：

> 出家之法，长物不留。播种之时，切宜减省。缔构之务，悉从废停。流光迅速，大道玄深。苟或因循，曷由体悟？（卷六《洛浦元安禅师》）

不留多余的东西，这也是出家人清苦生活的一部分。人

---

1 转引自陈滢巧著《图解文化研究》，台北：城邦文化实业股份有限公司，2006年，第38页。
2 中野孝次著，邵宇达译《清贫思想》，上海：上海三联书店，1997年。
3 山下英子著，吴倩译《断舍离》，南宁：广西科学技术出版社，2013年。

生到了五十岁以后开始做减法，今天如果让我来做选择的话，我一定会选择更少。

Weniger, aber besser

这句德语的意思是："更少，但更好！"以往翻译成"少而精"是不对的。因为在德文中，"少"和"好"都用了比较级。有了电子邮件之后，我也发现邮件的增加，即便是你每天只处理邮件，有时也是没有办法处理过来的。现在再加上微信，世间的事物和机会之多，已经远非个人的时间和精力所能及的了。因此要学会有差别地对待事情，主张尽量只做必要的有意义之事。要慎重地进行选择，要有所不为而后可以有所为。

洪应明说："宇宙内事，要力担当，又要善摆脱，不担当则无经世之事业；不摆脱则无出世之襟期。"（《菜根谭·应酬》）因此，在洪应明看来，想做真豪杰，既要勇于担当，又要善于摆脱尘世羁绊，这样才可能成就经世的事业。

Citius, Altius, Fortius

2008 年奥运会期间，在北京到处都可以看到"更快、更高、更强"（英文：Faster, Higher, Stronger，拉丁文：Citius,

Altius, Fortius）的奥林匹克格言。人真的需要"更快、更高、更强"吗？前现代的时候，不论在中国还是在欧洲，人的理想一定不是社会的发展、国家的富强。在当时，劳动根本不重要，重要的是人要有闲暇，要会享受。在中世纪的欧洲，贫穷是一种美德。埃克哈特大师（Meister Eckhart，1260—1328）甚至认为，只有在贫穷之中，你才能与神同在。遗憾的是，现代性之后的世界成为了一个勇往直前的火车头，最终的结果是人类葬送了思想、审美，劳累至死。

一个人

住在大阪南方的酒店中，大堂处放着花里胡哨的各式刊物，供客人阅读。在其中我发现了《一个人》，多年前我曾得到过这份刊物有关日本佛教寺院的"保存版特集"。这个名字我觉得非常有意思，因为在中国一般人喜爱的一定是"热闹"而不是"一个人"。禅宗的语录中经常有警告陷入喧闹繁盛的场景之中的字句："尽是一队吃酒糟汉。与摩行脚，笑杀人去。兄弟莫只见八百一千人处去那里，不可只图热闹。"（《祖堂集》卷十六《黄檗和尚》）"一个人"的德文是 allein，中文实际上还有"孤独"的意思，这实际上是人真正面对神和自己的时候。因此儒家特别强调"慎独"：在闲居独处之时，尤其要谨慎地对待自己的行为。朱熹认为，对待人所不知而己所独知的细微之事，君子应常存敬畏之心，不敢稍微有所疏

忽："所以存天理之本然，而不使离于须臾之顷也。"（《中庸章句》）

古希腊哲学家安提斯泰尼（Antisthenes，约前445—约前365）在回答自己从哲学中究竟获得了什么这一问题时，回答说："同自己谈话的能力。"所谓的同自己谈话的能力，实际上是自我反省的能力，是"慎独"的功夫。人只有不断地同自己谈话，才能发现另外一个自己，一个真实的自己。

在社会科学方面常常要实施大型的项目，所谓"集体作战"。而在人文学科方面，重要的还是每个人所做的努力。儒家的"慎独"要求人在独处时能谨慎不苟，实际上也只有个人才能创造出真正有价值的人文财富。因为只有个人才能真正深入思考，正是这些奠定了一个社会的价值基础。而独立的思考和独立的判断是一个健全社会的知识分子所必备的素质。

爱因斯坦（Albert Einstein，1879—1955）说："我实在是一个'孤独的旅客'，我未曾全心全意地属于我的国家、我的家庭、我的朋友甚至我最接近的亲人；在所有这些关系面前，我总是感觉到有一定距离并且要保持孤独——而这种感受正与年俱增。"[1]

赫尔岑到了伦敦之后，他在1854年写道："我住在伦敦樱草丘附近一个偏僻所在，这里与世隔绝，雾影笼罩，正合

---

[1] 爱因斯坦著，许良英等译，李醒民编选《爱因斯坦论科学与教育》，北京：商务印书馆，2016年，第112页。

我的心愿。"[1]

以前我在德国留学的时候，曾经接待过一个做访学的国内学者。有一天他突然给我打电话，让我马上到他住的地方去。我以为出了什么事情，赶快乘车到了他的宿舍。他拉住我说，他很害怕，因为一整天的时间全是他的，不知道如何度过。早上起来就觉得黑压压的时间向他袭来，不知道如何应对。这位学者后来尽管在德国待了一年，但还是没有学会一人独处，一直与在那边的中国人打成一片。这是拉丁文所说的 horror vacui（对空白的恐惧）的真实含义。

不问世事最便宜

在香港城市大学参加东亚文化交涉学会的年会，看到酒店房间里放置的《纽约时报生活季刊》。其中有一篇文章，所讲的是特朗普当选美国总统之后，美国人哈格曼（Erik Hagerman）决定停止阅读有关政治方面的一切报道。"在美国现代历史上最重要的时期之一，他做到了令人震惊的不知情。"[2] 记者对此如是写道。我想问的是，凡是写出来的文字都必须读吗？凡是制作出来的电视节目都必须看吗？我以前读

---

1 赫尔岑著，项星耀译《往事与随想》（上），第 10 页。
2 多尔尼克著，陈亦亭、王相宜译《如何在特朗普时代过一种"一无所知"的生活》，《纽约时报生活季刊》2018 年 5—7 月第 28 期，第 20 页。

过一篇文章，是说一个德国人十年不看报纸，之后好像并没有错过什么，甚至比每天读报的人更睿智！

吴昌硕（1844—1927）在给日本书法家山本竟山肖像的题词中写道："十年不见好丰姿，聋耳谁云不入时。听水听风听到老，不问世事最便宜。"[1] 山本晚年耳聋，而吴昌硕却认为这是曾经在中国师从杨守敬（1839—1915）学习书法的竟山脱俗洒脱的一面。

东西与古今

民国时期的思想家常燕生（1889—1947）早在 1920 年就曾指出："一般所谓东洋文明和西洋文明之异点，实在就是古代文明和现代文明的特点。"[2] 后来的学者大都认为，这种认识极容易导致人们对本民族文化的全盘否定，倒向全盘西化。提出所谓既要承认在时代性上，中国要向西方学习，同时要看到中华民族在文化价值上的独特意义，这样四平八稳的说法当然正确，但究竟意义何在？

我跟学生在一起的时候，他们常常会提一个让我觉得特别"莫名其妙"的问题：如何用我们自己的传统文化对抗西

---

1 关西大学"山本竟山の書と學問"展示会编《山本竟山の書と學問——湖南·雨山·鐵齋·南嶽との文人交流ネツワーク一》，第 1 页，图 1。
2 常燕生著《东方文明与西方文明》，《国民》1920 年第 2 卷第 3 号。

方文化？我每次都会反过来问他们：什么是"我们自己的传统文化"？什么是所谓"西方文化"？他们马上会说，为什么我们要穿西方的服装，实际上唐装也很好啊。是的，现在所谓的"唐装"是什么时候"重构"出来的我们暂且不说，我们周边一切的物件实际上都是"西方的"：现代的住房、使用的电脑、戴的眼镜、写字用的笔、发式等等。我们真的要舍弃这一切，"回归"到唐朝吗？话又说回来，唐太宗李世民（598—649）的母亲是鲜卑贵族窦氏，他本来也不是纯种的汉人！我认为，当代人所使用的一切，都是人类文明共同的遗产，有些成果尽管产生在欧洲，但并非仅仅是欧洲人的贡献。例如西装（日本人称作"洋装"）本来是奥斯曼帝国的服装，后来被欧洲人改造成为自己的服装。在全球化的今天，再到处贴标签，过度强调民族主义的立场已经没有任何意义了！我们当然有理由继承包括所谓"西方文化传统"在内的一些文明形态。

白日催年酉前没

以前每周工作六天的时候，还不是特别明显，后来改成了一周五天工作制，周三之后就明显感到一周就要结束了。五十岁后，我好像感到时间的流逝加快了。难怪顾彬教授自从退休之后比年轻的时候更加倍地写作、翻译。读到白居易诗中的几句："谁道使君不解歌，听唱黄鸡与白日。黄鸡催晓丑时鸣，白日催年酉时没。腰间红绶系未稳，镜里朱颜看已失。"(《醉歌（示伎人商玲珑）》)丑时是午夜，也就是说，午夜过后公鸡啼叫催赶天破晓；而酉时古人又称"日入之时"，预示着一天即将过去。白居易在红颜知己商玲珑面前，当然感到自己垂垂老矣。不过，苏轼大醉之后，却写道："门前流水尚能西，休将白发唱黄鸡。"(《浣溪沙·游蕲水清泉寺》)他认为，没有必要因为头发白了就发日月催迫、生命短促的感慨。苏轼是在沙湖清泉寺与聋医庞安常一起游览向西流淌的兰溪时，发的这番议论。"是日剧饮而归。"(《东坡志林》卷一《游沙湖》)痛快地饮酒，之后愉快地回来，其飘逸风流的神态，如见如闻。

一念之间

一

苏轼寄居惠州嘉祐寺，有一天出门散步，想着要到附近的林间好好休息一下。可是放眼望去，林间的亭子还在树梢之外。此时的苏轼突然悟到：

> 良久忽曰："此间有甚么歇不得处？"由是如挂钩之鱼，忽得解脱。若人悟此，虽兵阵相接，鼓声如雷霆，进则死敌，退则死法，当甚么时也不妨熟歇。(《东坡志林》卷一《记游松风亭》)

其中最要紧的地方是"如挂钩之鱼，忽得解脱"的开悟。人的自由并不是外在的，就在每个人的一念之间。"挂钩之鱼"是我们每个人的常态，是"放下"之前的状态。而解脱之后才是"放下"的境界："虽兵阵相接，鼓声如雷霆，进则死敌，退则死法，当甚么时也不妨熟歇。"这是真正的安闲自得，得大自在。大部分人并非生活在此刻，人们常常等待着周末的来临，孩子的长大……苏轼告诉我们要活在当下。

二

我很喜欢陶渊明的诗文，更喜欢他的生活。可是在我们的时代，并非每一个人都要能跟他一样弃职而去、归隐田园的。其实对生活在世俗社会的人，重要的是对待生活的方式，它决定我们是否能够获得内心的平静。慧能（638—713）说："佛法在世间，不离世间觉。离世觅菩提，恰如寻兔角。"（《坛经》）寻找一种跟世俗生活没有关系的觉悟，就像愚人误以兔耳为角，实则无角也。这一大乘佛教的思想实际上是从龙树（Nāgārjuna，144—？）的思想中来的："涅槃与世间，无有少分别；世间与涅槃，亦无少分别。"（《中论》）因此，中观学派（Mādhyamaka）认为在世间可以实现涅槃，从而将涅槃与生死世间统一了起来。这些也都为后来佛教打通世间法与出世间法提供了理论基础。

活在当下

禅宗里有很多公案都告诉我们，人要真实地活在当下。这个问题看似简单，实际上大部分人是错位的，因为他们并不活在当下。儿子上高中之前从来没有上过补习班。有次他从学校回来的时候，告诉我们说，老师讲的内容，同学们各自在补习班都学过了。后来上了高中，发现所有的孩子周末都在补习，而儿子的物理有时明显跟不上，老师讲的内容同学们却说都学过了。于是妻帮他报了一个补习班，等于在外面将学校要讲的内容预先学了一遍。

后来儿子考到北外的意大利语专业，开学没多久，他告诉我们：班里有个同学，知道考上意大利语专业后，一个假期都在补习意大利语。

很多中国人常常会忽略当下，而活在对未来某一时刻的焦虑之中。诸多中国的家长在孩子还在上幼儿园的时候，就开始担心孩子上小学的事情；之后中考、高考让他们忧心如焚；好不容易大学毕业了之后，孩子的工作还是让他们犯愁……人不可能预知明天，但却可以充分利用好今天，可以掌控好当下。

禅宗灯录中对"饥来吃饭，困来即眠"有这样的解释："他吃饭时不肯吃饭，百种须索。睡时不肯睡，千般计校。所以不同也。"（《景德传灯录》卷六《大珠慧海》）"百种须索""千般计校"之人并非活在当下。只有自己的心在当下，才有一份闲心自在生活。

四季的西山

有时忙起来，从中午一直到傍晚，直到发现办公室已经被夕阳染红了，才想到一下午就这样过去了，才发现窗外夕阳正在墨色的西山处缓缓落下。夕阳的好处在于不再像正午的太阳耀人眼目，但依然十分明亮，云蒸霞蔚，照亮了秋色的天空。其后便是一片宁静，包括西山在内的一切都融入了苍茫之中。从办公室往西眺望，可以看到被称为"神京右臂"的、从西部拱卫着北京城的西山。一年四季可以欣赏到四时俱胜的西山，可谓奢侈之至。

春季，晴云碧树，花气鸟声给人以无限生机。

夏季，日午的蝉声，令人想到在苍翠连绵的山中的清凉："日午蝉声懒，庭荫榻迹深。白云如有意，穿竹伴清吟。"（陈志岁《夏栖西山》）

秋季，四扇落地飘窗，好像将西山的风景加上了镜框。清瘦峻爽的西山，的确是一幅令人赏心悦目的美景："山容瘦，木叶凋。对西窗尽是诗材料。"（张可久《双调·庆东原·次马致远先辈韵九篇（其九）》）傍晚的时候，有时也会看到夕阳西沉，秋日的山峦逐渐在暮色中隐没的瞬间："微阳下乔木，远色隐秋山。"（马戴《落日怅望》）

冬季，据说乾隆曾经到了西山静宜园，写下了《西山晴雪》诗，其中的两句我特别喜欢："只有山僧颇自在，竹炉茗碗伴高清。"

有灵魂之物

自 2015 年秋天我们研究院搬到了北外国际大厦六层之后，我跟顾彬分享一间大的办公室，房间的四周和中间都是书架，我们彻底被书包围了。我特别喜欢在这种环境下工作，特别是每当别人都下班了之后，我一个人独自在房间中，看着窗外西山的落日，听着安静的背景音乐写我的文章的时候，这些书籍就像是有灵魂之物一样，加持着我，每每让我神清气爽。

四海之内

井底之蛙

《海国图志》（1842）是当时介绍西方历史和地理最翔实的专著，并提出"师夷长技以制夷"的著名主张，魏源（1794—1857）的这些观点对于当时的大清来讲真可谓振聋发聩。但在日本明治初年的历史学家重野安绎（1827—1910）看来简直是小儿科："目不接海波，而自外来者，皆帆于海，遂目以海国，而自称曰中土。是童观耳，是井蛙之见耳！"[1] 重野成斋并不认为魏源具有现代意义上的世界观，依然是华夏中心观。

行到路穷处

前天飞来厦门，之后闽南佛学院（闽院）的圣智法师将我接到位于厦门岛最南端的南普陀寺的"上客堂"。入住之后，我发现房间里有王维的诗句挂在墙上："行到水穷处，坐看云起时。"（《终南别业》）是日清晨，南普陀寺的副寺静安法师带着我和日本的何燕生教授去看了太虚法师、会泉法师、广洽法师等人的灵塔。在山上可以看到对面的鼓浪屿。静安法师说，以前到了南普陀就到了海边了，现在围海造田又造

1　重野安绎著《萬國史記序》，载冈本监辅编纂《萬國史記》，冈本氏藏版，和装本，1878 年。

出来了一片陆地。在半山腰的兜率陀院，看着南海，感到真的是"行到路穷处，坐看云起时"。

转益多师是汝师

在闽院的时候，跟教务长静安法师一起商量下一步的合作。他认为对于闽院的学僧来讲，除了佛教的知识之外，外学也很重要。我觉得很有道理，如果从我的角度来看的话，可能会说得更极端：单纯接受佛教的教育实际上是有害大脑的！如果只拘泥于耳熟能详的专门佛教法相术语之中，就会丧失对事物进行宏观全面认识的能力。因此，我认为即便是佛学院所培养出来的人才也一定要是具有宽容心、理性和清晰头脑的健全的僧人。杜甫借助于《诗经》风雅的传统，认为"别裁伪体亲风雅，转益多师是汝师"（《戏为六绝句》），是非常有道理的。

哥德斯堡桥下的音乐家

在哥德斯堡住过几年，每次从大学回家，坐 63 号地铁到哥德斯堡车站下车，穿过一个地下道，走过电影院 Kinopolis 的停车场就回到了家。有一段时间，在地下道有一位欧洲姑娘坐在凳子上拉手风琴，下车的很多人从她面前经过，偶尔能听到硬币落入她前面的铁罐的声音。有一次我还在手扶电梯上就听到了从地下道传来的《喀秋莎》，当我走到那位陶醉于苏联歌曲之中的"音乐家"前面的时候，我才意识到她原来是俄罗斯人。我也将一枚硬币扔到她的铁罐里，她抬头冲我点了点头。这之后，我也听到过《莫斯科郊外的晚上》《红梅花儿开》《神圣的战争》《莫斯科保卫者之歌》等等我父辈时期的老歌。因为每次来回大学时间都很紧张，我在"音乐家"前从来没有停下来过，也从来没有跟她说过一句话，也许她根本不会德语，但从她的音乐中我听到了很多熟悉的内容。我每次经过的时候，她都会冲我微笑一下。

做事的方式

我有一个博士生，每做一件事，都会小心翼翼地思考很久。他是一个完美主义者！但却很少能做成事情。我告诉他，做论文也好，做事情也好，要在一定的时间内做完、做好，而不是没有做成，却一味强调各种客观条件。事情做成之后，当然还会有很多不尽如人意的地方，需要你不断去总结经验教训。

家事国事天下事事事关心

在昆山千灯镇看了顾炎武的故居之后，离开的时候，看到停车场墙上的"博学于文""行己有耻"这两句话，感触良多！这两句话是孔子在不同场合答复门人问难时所提出的主张，出自《论语》的《颜渊》和《子路》。顾炎武将二者放在一起，并融入了时代的特质，成了他的为学宗旨与处世之道。他说："愚所谓圣人之道者如之何？曰'博学于文'，曰'行己有耻'。自一身以至天下国家，皆学之事也；自子臣弟友以至出入往来、辞受取与之间，皆有耻之事也。"（《顾亭林文集》卷三《与友人论学书》）因此，在顾炎武看来，"博学于文"是和"家国天下"之事相联系的，因而也就不仅仅局限于书本上的知识，还包括广闻博见和考察审问得来的社会实践知识，二者相比较的话，他特别注重经世致用之实学的后者。顾炎武希望用羞恶廉耻之心来约束学者的言行，这是他所谓的"行己有耻"。其范围包括"自子臣弟友以至出入往来、辞受取与"等处世待人之道。而明末清初一些学人寡廉鲜耻，特别是没有民族气节的行为，让他觉得学者应当将这两种品德结合起来。顾炎武的名言有"士而不先言耻，则为无本之人；非好古而多闻，则为空虚之学。以无本之人，而讲空虚之学，吾见其日从事于圣人而去之弥远也"（《顾亭林文集》卷三《与友人论学书》），在我看来，通过集孔子的话，顾炎武想要告诉当时的学人和士大夫的是，人既要有学问，同时行为也要有底线。读书的目的是使人明事理，如果一个时代连士大夫都厚颜无耻、趋炎附势的话，那这个民族不可能会有什么希望。因此他会说："故士大夫之无耻，是谓国耻。"（《日知录》卷十三）

节　制

　　人的很多病是由于过度饮食造成的。因此苏轼告诉大家要"已饥方食，未饱先止"（《东坡志林》卷一《养生说》）。真饿了，才开始进食，吃到七八分饱，就要停止了。实际上，"常带三分饥与寒"（《万密斋医学全书》）对人来讲并没有什么坏处。除此之外，苏轼也为自己定下了吃饭的规矩："不过一爵一肉。有尊客，盛馔则三之。"喝一杯酒，吃一种肉，是在自己平常吃饭的时候，如果有尊客的话，可以喝三杯酒，吃三种肉。即便在当时，后面的标准也不算高，其目的在于"一曰安分以养福，二曰宽胃以养气，三曰省费以养财"（《东坡志林》卷一《记三养》）。养福、养气和养财实际上是养德的一种方式。按照程颐（1033—1107）的说法，养气首先要养心和正志，其后人的气质才能得以改变："君子莫大于正其气，欲正其气，莫若正其志。"（《二程遗书》卷二十五）

谪居之乐

苏轼一生政治上不得志，被一贬再贬，但由于他以佛教、道教的方式将自己很多的郁闷、不满和不平统统有效地排遣出去，因此，即便是在谪居的恶劣的环境之中，他仍然能显示出自己快乐和幽默的一面。他在儋州的时候，发现了食蚝（吃牡蛎）之美，曾不无幽默地给小儿子苏过（1072—1123）写信说："无令中朝士大夫知，恐争谋南徙，以分此味。"（陆树声《清暑笔谈·东坡海南食蚝》）尽管这其中有些反语的意味，但到了谪居之地，苏轼还是有一份清闲之心在，却是真的。他后来记道："吾终日默坐，以守黄中，非谪居海外，安得此庆耶？"（《东坡志林》卷一《记养黄中》）养黄中之气，亦即养心。这句话所说的也是实话，如果当时的苏轼在京城的话，忙于各种应酬，怎会有时间食蚝、养心？

大智若愚

世间有很多眼界不宽，只知道在小事上要聪明者。因此洪应明说：

> 廉官多无后，以其太清也；痴人每多福，以其近厚
> 也。故君子虽重廉介，不可无含垢纳污之雅量；虽戒痴
> 顽，亦不必有察渊洗垢之精明。（《菜根谭·评议》）

因此，在做人方面，不可过分深察苛求。据说，曹操（155—220）官渡之战击败袁绍（？—202）后，缴获一堆信函，很多是自己的属下与袁绍私下的通信。左右曰："可逐一点对姓名，收而杀之。"操曰："当绍之强，孤亦不能自保，况他人乎？"遂命尽焚之，更不再问。（《三国演义》第三十回《战官渡本初败绩 劫乌巢孟德烧粮》）这也是为什么教皇约翰二十三世（Ioannes XXIII，1881—1963，1958 年至 1963 年在位为罗马教皇）要有他的座右铭 "Omnia videre, multa dissimulare, pauca corrigere" 的缘故。意思是说，要关注每一件事，大多数要予以忽视，少处做修正。这是人生的大智慧。

心不在焉

我是最不能容忍心不在焉的学生的了。今天来办公室，在楼下一层碰到一同等电梯的两个女生，每个人都戴着耳机，打着游戏。上了电梯之后就魂不守舍地按着电梯的楼层按键，按错了之后就来回乱按。然后在我之前就心猿意马地下了电梯。

很多学生，以他们的才智，专心致志地认真学习，还可能成为正常心智的人。如果这些孩子连自己究竟要做什么都不知道，每天沉迷于手机游戏、微信联络的话，究竟会有什么样的前途呢？

"心不在焉，视而不见，听而不闻，食而不知其味。"

（《礼记·大学》）这样的人生意义究竟何在？孔子曾经三次见
到卫灵公，最后一次的时候，卫灵公表面在跟孔子讲话，实
际上心不在焉："与孔子语，见蜚雁，仰视之，色不在孔子。
孔子遂行，复如陈。"（《史记·孔子世家》）孔子对卫灵公的
驰心旁骛非常失望，于是决定离开。孔子对于他的弟子宰予
白天睡觉的懒惰行为说道："朽木不可雕也，粪土之墙不可圬
也！"（《论语·公冶长》）

职 业

一、体面的工匠

20 世纪 90 年代，我在德国带着一个国内的代表团去一所
职业技术学校访问，在学校的大礼堂，他们给我们展示了学
习建筑的学徒砌砖和砌马赛克的地方。"他们要在这里理论加
实践地学习一年的时间！"一位指导学生做建筑工作的教员
向我们解释道。"不就是垒砖嘛！我们那边都是民工去干，至
于这么麻烦吗？"我们团里的一位对此提出异议！"这是我
们德国建筑的质量保障！"教员严厉地回答说。

在一个中世纪就有着行会（Zunft）传统的国家，任何
的一种工匠工种，都有着悠久的历史。有一年，当时还任
德国沃尔芬比特尔的奥古斯特大公图书馆（Herzog August
Bibliothek Wolfenbüttel）馆长的施寒微（Helwig Schmidt-

Glintzer）教授带着他儿子来北京，我请他们一起吃饭。席间还有一位张姓的教授。当施寒微向我们介绍他儿子在莱比锡学习厨艺时，我表示了祝贺。小伙子特别兴奋地对我说，下次去莱比锡，一定去找他，他会做一桌拿手的好菜给我吃。之后，张姓的教授对我说，不管怎样，施寒微的职位也是相当于国家图书馆馆长，他儿子怎么可以当厨子？我觉得，首先，应当理解并尊重他人的选择；其次，一个年轻人全凭自己的努力而能在社会上自立，这一行为本身就是令人尊敬的；最后，德国对于职业的认识跟中国的确有所不同，德国人好像从来没有觉得厨师的地位一定就比一位教授低！我每次去杜塞尔多夫的时候，都会跟大学校长腊碧士（Alfons Labisch）教授在老城的一间酒吧闲坐。多年来，那边的侍者跟这座城市里最有学问的学者正常地聊着天，开着玩笑。我从未见到过侍者的低声下气，也未见到校长的傲慢自大。四年小学之后，德国孩子在中学就可以分上实科中学（Realschule）还是文理中学（Gymnasium），之后他们会根据自己的特点决定是走职业的道路，还是上综合性大学。但德国人很少有"万般皆下品，唯有读书高"的看法。韦伯对此的评价是：

> 对儒家而言，一切真正的经济行业都是职业匠人的市侩工作。然而，对儒家而言，职业专家决不可能上升到真正荣耀的位置，无论根据社会有用性，他的价值可能有多大。……儒家伦理学的这一中心表述是对职业专

门化的排斥，它排斥现代职业的官僚体制和职业教育。[1]

而在德国，即便是理发师或建筑工人，他们也都会不卑不亢，非常自信。

二、学术作为天职

我选择了教师职业，尽管不比在公司富有，没有在行政部门的权大，还异常辛苦，但却有更多的学术和时间上的自由。有时我真的不太理解一些已经选择了做教师的人，那种对物质和权力的汲汲以求，为什么不提前选择经商或当官？如果真的需要很多物质的享受，需要权力的话，为什么还要选择在大学里工作？

我一直认为，你选择什么样的职业，绝不仅仅是关乎你做什么事、得多少报酬的问题，而是关乎自己生命的问题。我知道，对于大部分人来讲，工作不过是谋生的手段，而对于我来讲，作为天职的教师职业是需要我去用生命对待的事情。

跟其他的职业比较起来，作为大学教师依然有自己的一片"净土"。在这里好像不需要为了什么行政上的指令，而默默忍受上司苛刻的指责，也不必一直违心地赔尽笑脸，强颜

---

1 马克斯·韦伯著，柳卸林译《儒教和清教》，载何兆武、柳卸林主编《中国印象：世界名人论中国文化》（上册），桂林：广西师范大学出版社，2001年，第250页。

欢笑。如果你愿意的话，可以不去申请各种项目，以自己的方式平息各种无休止的喧嚣，回归到自己内心的平静之中。我可以拒绝参加无谓的应酬，可以选择跟家人或朋友喝上一杯。

在欧洲中世纪，如果在大学教书的话，需要有 licentia docendi（大学教授课程的许可），除了学问之外，当时对每一位在教会大学任教的教授的道德要求特别高。

选择教师的职业，意味着选择了体面的贫穷，但你会有一种淡泊、安静的心态。

三、博导的三项工作

作为一名教师，我从父母那里继承了对这一职业的敬畏。除了做好自己的科研工作外，我觉得，对待我的博士生要做的事情主要有以下三点：一是尽可能给予他们简洁且充分的指导，特别是在方法论和学术前沿方面，让他们有足够且清醒的认识，同时也要赋予他们完全发挥的自由。二是要让他们尽快进入学术领域，参与各种会议，组织各种系列讲座，这实际上是让他们拓展自己的视野的重要途径。三是让他们尽可能在三到四年的读博期间能有半年到一年的时间在国外的大学访学、查资料，因为如今已经很难区分中国的学问和外国的学问了。

安稳的家

以前读丰子恺（1898—1975）《缘缘堂随笔》，其中有一篇《家》，写他对旅馆、寓所和家（本宅）的感受。他在描写到自己住旅馆的时候写道："我睡在旅馆的眠床上似觉有些浮动；坐在旅馆的椅子上似觉有些不稳；用旅馆的毛巾似觉有些隔膜。"[1]

儿子从日本回来，从他所在的吹田市的关西大学，经关西机场飞到北京，折腾了大半天的时间。晚上回到自己的房间，好好放松地睡了一觉。第二天早晨，我问他睡得怎么样。他说，好极了。我开玩笑说，床腿终于安稳地趴在地上了。

按照罗马法的规定，罗马居民在自己的家中是不可以被拘禁的。因此，对于罗马人来讲："Debet sua domus cuique esse perfugium tutissimum."（每个人的家应当是绝对安全的地方。）

泗州大圣近在扬州出现

2018 年 9 月份去扬州参加会议之前，我从来没有去过这座历史上的名城！不过扬州实在有名，近来在禅话中读到：

1　丰子恺著《缘缘堂随笔》，武汉：长江文艺出版社，2016 年，第 52 页。

瑞州洞山晓聪禅师，游方时在云居作灯头，见僧说泗州大圣近在扬州出现。有设问曰："既是泗州大圣，为甚么却向扬州出现？"师曰："君子爱财，取之有道。"（《五灯会元》卷十五《洞山晓聪禅师》）

有一些道理，可能只有自己知道。

胸怀

洪应明在有关人的宏大气象时写道：

物莫大于天地日月，而子美云："日月笼中鸟，乾坤水上萍。"事莫大于揖逊征诛，而康节云："唐虞揖逊三杯酒，汤武征诛一局棋。"人能以此胸襟眼界吞吐六合，上下千古，事来如沤生大海，事去如影灭长空，自经纶万变而不动一尘矣。（《菜根谭·评议》）

这是一种气势磅礴的宏大气息。

作为短居之地的香港

多年前我曾在香港大学小住数日，当时正值盛夏，香港的天气本来就让我感到憋气，再加上狭小的港岛高楼林立，让我感到一种好像是咄咄逼人的情势所造成的压迫感。香港当然有很多有意思的地方，自1994年我第一次到过这个"东方之珠"后，去过多次。除了地方小常常有压迫感之外，我也不太适应香港热带的潮湿气候，一年四季竟有三季如夏。不过，短暂的停留，我还是蛮喜欢的。

在家靠父母，出门靠朋友

五伦之中，父子和朋友为其中重要的两种关系，而关系的准则则常常用"孝"和"善"来表达。以前听说书的，常常会说到"在家靠父母，出门靠朋友"这句话，来表示书中的某人已经成年，开始了其真正的江湖人生。近日读禅宗的语录，发现有"生我者父母，成我者朋友"的说法：

> 住止必须择伴，时时闻于未闻；远行要假良朋，数数清于耳目。故云："生我者父母，成我者朋友。"亲于善者，如雾里行，虽不湿身，时时有润。（《祖堂集》卷六《洞山和尚》）

除了所受的教育之外，一个人之后取得的成就，最主要的是要靠结交好的朋友。

真 话

某次外地学习一个月，学校除了让我们这些哲学社会科学的"骨干"听报告、受教育之外，还组织了几次学员的讨论。让我吃惊的是，在讨论的时候，几乎所有的人只是重复一些大话、套话，说一些毫无意义、毫无内容的空话。我还是谈了一下自己的想法和看法，之后有同学善意地对我说："你真勇敢！"其实这跟勇敢不勇敢没有关系，我只是信奉罗马时期的一句话："Qui non libere veritatem pronunciat, proditor est veritatis."（不愿说真话的人，是对真理的背叛。）

底 线

香港某寺院的住持是我多年的好朋友，这家寺院拥有一所香港的某重点中学，进入这所中学就意味着已经迈入了名牌大学的校门。由于这位住持也是这所中学的董事长，因此，每年到升学季，很多人托关系来找他帮忙。他对我说，如果是信徒，或者是熟人的话，他一定会帮忙的。但要有一定的底线，也就是说考生一定要达到分数线。不然的话，他这边放水，教书的老师们也会因为生源质量的降低而勉为其难。这让我想到拉丁文中的一句话："Propter scandalum evitandum veritas non est omittenda."[1] 意思是说，即便是为了避免丑闻，也不可以放弃真理。这要求一个人要有一定的底线。

时刻准备着

大学毕业后我在北京某高校的外语系教德语，当时学校教务处的处长很有智慧。有一次在闲聊的时候，他嘱咐我一定要为自己的未来做好准备。他说，机会对每个人来讲都是一样的，但是有些人能抓住，而有些人却白白失去了。他举例说，这就像是猎人射兔子一般，如果你时刻拉着弓的话，兔子出来，就会有射着的机会。如果等兔子出来之后，你再找弓，之后再拉弓的话，兔子早就跑得无影无踪了。

近日在《五灯会元》中读到"贼过后张弓"（卷十六《广福惟尚禅师》）一句，如果一个人总是在事故发生后才想办法应付，为时已晚。

贼来须打，客来须看

上小学的时候全国都在学习雷锋，我们唱学雷锋的歌，背诵雷锋日记。有一则雷锋日记是这样说的："对待同志要像

1　Gregorius IX, *Decretalia* 5, 41, 3 Summarium.

春天般温暖，对待工作要像夏天一样火热，对待个人主义要像秋风扫落叶一样，对待敌人要像严冬一样残酷无情。"在一个斗志昂扬、意气风发的时代，当时感觉这些豪言壮语真是响当当。近日在禅宗灯录中读到一则禅话：

　　问："不问二头三首，请师直指本来面目。"师默然正坐，问："贼来须打，客来须看，忽遇客贼俱来时如何？"师曰："屋里有一纳破草鞋。"曰："只如破草鞋，还堪受用也无？"师曰："汝若将去，前凶后不吉。"（《五灯会元》卷九《芭蕉慧清禅师》）

　　今天看来，雷锋的豪语，我总觉得没有这句"贼来须打，客来须看"来得直接。

僧文荤食名

　　前些日子在北大开一个佛教的会议，之后跟几位出家人一起吃饭。主办方拿出一瓶酒，首先礼貌地询问几位出家的师父，他们是否介意我们在同一桌上喝酒。有位师父说酒是"般若汤"，几位教授但喝无妨。我当然知道"般若汤"的来历，只不过苏轼认为这种粉（文）饰荤食名的做法，是自欺欺人，所以会遭到世人的讥笑："人有为不义而文之以美名者，与此何异哉？"（《东坡志林》卷二《僧文荤食名》）

多年前我请香港妙法寺修智大和尚来北外演讲，之前我们一起吃午饭。我问他午饭的要求时，他说简单的素菜就好，不过一定不要那种有着鸡鸭鱼肉菜名的餐厅。后来我们在中关村一家很一般的素食馆吃的饭，那里的素菜是什么就叫什么名字，味道非常鲜美，修智法师也很满意。

知识分子

林中路与林间录

1950 年 1 月 14 日雅斯贝尔斯在写给海德格尔（Martin Heidegger，1889—1976）的信中，提到海德格尔的《林中路》（*Holzwege*，1950）。[1] 注释中说这一赠阅本上有如下的题词："致卡尔·雅斯贝尔斯以衷心的问候。马丁·海德格尔。49 年 12 月 12 日。"[2] 2014 年 6 月我去奥登堡的雅斯贝尔斯图书馆的时候，看到了这本有着海德格尔题赠，也有雅斯贝尔斯评语的版本。

在海德格尔《林中路》标题的解释下面，雅斯贝尔斯在有海德格尔题词的赠阅本上评论如下："'林中路'的意思是将砍伐的木头运走的路，而不是作为穿行的道路。林中路并不是森林中的道路。"德文"林中路"作"Holzweg"，正如雅斯贝尔斯所指出的那样，这一词所指的是树林中将砍伐的木头运出去的路，他认为海德格尔所指的应当是"Waldwege"——树林中的道路。实际上，海德格尔在该书的扉页上专门对此做了解释：林（Wald）乃木（Holz）之古名，在林中有路，它们大都在人迹罕至处突然为杂草所阻塞……伐木工和护林工认识这些路，他们知道什么叫作在林中路上。

1　瓦尔特·比默尔、汉斯·萨纳尔编，李雪涛译《海德格尔与雅斯贝尔斯往复书简（1920—1963 年）》，上海：上海人民出版社，2012 年，第 276 页。海德格尔此书的中译本见海德格尔著，孙周兴译《林中路》（修订本），上海：上海译文出版社，2004 年。

2　出处同上，第 363—364 页。

《林中路》实际上是海德格尔很看重的一部哲学著作，其中的六篇文章是他在20世纪30—40年代创作的。正是因为这是人类命运的一个非常时期，海德格尔才用多歧路的"林中路"来说明尽管很多道路为杂草所阻塞，但伐木人还是认得通往外部世界的通道的。

当时在翻译《海德格尔与雅斯贝尔斯往复书简（1920—1963年）》的过程中，我一再将《林中路》误写成了《林间录》，这是我多年前比较熟悉的一本颇为有名的有关丛林见闻的宋代笔记，主要是编者觉范慧洪（1071—1128）与禅林间释子名贤抵掌清谈的札记，涉及尊宿之高行、丛林之遗训、诸佛菩萨之微旨，贤士大夫之余论等共三百余篇。其特点是泛而杂，可谓包罗万象。

海德格尔小木屋

一、偃月枕云的小木屋

读到《虚堂和尚语录》中一段描写，又让我想到海德格尔的小木屋：

> 清泉白石，偃月枕云，竹屋茅堂，怡神适意。可谓顿忘身世，绝俗幽缁，无端禁足安居，佛法朝朝在己；克期取证，功行时时上心。（卷九）

如此清雅幽静的环境，的确有利于佛教身心之修炼。

二、得乾坤清纯之气，识宇宙活泼之机

初夏时节，站在海德格尔的小木屋前，想到霜雪天气时这里的情景："霜天闻鹤唳，雪夜听鸡鸣，得乾坤清纯之气。"（《菜根谭·闲适》）托特瑙山（Todtnauberg）仿佛离天空特别近，而从山上引下来的泉水，更让人感到"晴空看鸟飞，活水观鱼戏，识宇宙活泼之机"（《虚堂和尚语录》卷九）。

三、孤峰无宿客

> 问："恁么来底人？师还接否？"师曰："孤峰无宿客。"曰："不恁么来底人，师还接否？"师曰："滩峻不留船。"（《五灯会元》卷十六《崇梵余禅师》）

这一公案，常常会让我想起海德格尔的小木屋。他在那里不仅完成了《存在与时间》的写作，也接待了很多来访者。不过这些来访者我想都是与他"禅机"相契者。

四、临皋景色

> 白云左缭，清江右洄，重门洞开，林峦坌入。当是时，若有思而无所思，以受万物之备。（《东坡小品·书临皋亭》）

这天酒醉饭饱的东坡，跑到了黄州南面长江岸边的临皋亭，看到了一片壮丽的景象：白云在左面缭绕，而长江在右面绕了一个圈，重重的大门洞然敞开，林木山峦尽收眼底。元丰二年（1079）以"乌台诗案"的犯官身份被放逐到黄州的东坡，以旷达高远的胸怀，超越了人事的纷争。东坡所描绘的临皋景色，又让我想起站在海德格尔小木屋旁的情景，那里除了没有"清江右洄"之外，其余皆备。

我随身带来的私货，/ 都在我的头脑里藏着

今晨读余光中（1928—2017）1962 年写的一篇小文章《翻译与批评》，在谈到他要从美国回台湾的时候，他写道："方以直先生说，他愿意在松山机场欢迎浪子回来。他的话很有风趣，可是他的原意，我想，不会是指那些在海关检查时被人发现脑中空空囊中也空空的赤贫归侨吧。"[1] 我想余先生这里的典故出自德国作家海涅（Heinrich Heine，1797—1856）的《德国，一个冬天的童话》（*Deutschland: Ein Wintermärchen*，1844）吧。我本人硕士和博士期间在波恩大学的第二副专业都是德国近现代文学，海涅当然是我特别关

---

1 余光中著《翻译与批评》，载《翻译乃大道》，北京：外语教学与研究出版社，2014 年，第 2 页。

注的"青年德意志"的作家。

1843 年 10 月海涅从巴黎回德国看望母亲，当诗人踏上德意志故土，听到弹竖琴的姑娘在弹唱古老的"断念歌"和"催眠曲"时，感到这些陈词滥调与自己的思想感情格格不入。当然，现实的普鲁士根本不是"天上王国"，当姑娘正在弹唱时，诗人受到普鲁士税收人员的检查。诗人嘲弄那些翻腾箱子的蠢人："你们什么也不能找到！／我随身带来的私货，／都在我的头脑里藏着。"[1] 海涅接着吟诵道："我头脑里有许多书，／我可以向你们担保，／该没收的书籍在头脑里／构成鸣啭的鸟巢。／／相信我吧，在恶魔的书库／都没有比这更坏的著作，／它们比法莱斯勒本的／霍夫曼的诗歌危险更多。"[2] 实际上，海关人员是没有办法发现入关者是否在脑中携带"危险品"的。余光中先生反其意而用之，"那些在海关检查时被人发现脑中空空囊中也空空的赤贫归侨"的意思是说，海外归来的人中尽可囊中空空，但却不可脑中空空。

罗马法中明确规定："Cogitationis poenam nemo patitur."[3] 意思是说，没有谁会因其思想而受到惩罚。人的思想和感情，法律是没有办法来评判的。因此拉丁文中会有这样的说法："De internis non iudicat praetor."（官司不判内心的事情！）此外，拉丁文中还有一句话说："Lex loci actus."意思是说，有

1 海涅著，冯至译《德国，一个冬天的童话》，北京：人民文学出版社，1978 年，第 12 页。
2 出处同上，第 13 页。
3 Dig. 48, 19, 18.

行动的地方才有法律。

德厚者流光？

古人常常有着非常明确的价值判断，如《穀梁传·僖公十五年》有一段话说："天子七庙，诸侯五，大夫三，士二。德厚者流光，德薄者流卑。是以贵始德之本也，始封必为祖。"（阮元校刻本）引文所提到的是从天子到士设祖宗牌位的规定：天子设七庙供奉七代祖先……士设二庙供奉两代祖先。之后提到所谓的"德厚者影响深远，德薄者影响不远"的判断。但我们从实际情况来看的话，可能情况正好相反。前一段我在一所大学参加博士开题，碰到一位从前的朋友，得知我还在做有关雅斯贝尔斯的翻译和研究时，他对我说："这个四平八稳的老学究究竟有什么研究头？他一生甚至连一点绯闻都没有。还是做一点有意思的研究和翻译吧。"我明白这位老兄的意思，他希望我研究曾经与阿伦特有婚外恋情，曾希望投身于纳粹政治运动之中，近年来又因为《黑皮书》（Schwarze Hefte）而一直被学界和社会所关注的海德格尔。我有时在想，大部分人所关注的一定不是海德格尔的哲学，而是他"有意思"的一生。实际情况常常是"德薄者流光"！

代大匠斫，希不伤手也

1933 年海德格尔认为，纳粹的上台是德国新纪元的开端，是"一种新事物"，"一次破晓"。他希望德国在"元首"的指引下，能够出现一个建立在国家基础之上的德意志精神的复兴。于是他开始了投身于纳粹的政治冒险活动。[1]朱子从反面认为："德未成而先以功业为事，是代大匠斫，希不伤手也。"（朱熹、吕祖谦《近思录》卷二《为学大要》，清吕氏宝诰堂刊《朱子遗书》本）而管子却从正面讲道："道德当身，故不以物惑。"（《管子·戒》，浙江书局本）尽管朱子和管子早海德格尔几百年乃至两千多年，但作为德国哲学家的海德格尔依然没有办法从中国智慧中汲取适当的养分！

积极生活

以前我从来不关注养生，每次回父母家，他们总是告诉我要吃什么、不要吃什么。电视的养生节目，各类养生的报纸、杂志也都是他们关注的对象。2017 年我有几个亲朋好友去世，其中有一位师兄，是癌症去世的，他放纵地吸烟、喝

1　瓦尔特·比默尔、汉斯·萨纳尔编，李雪涛译《海德格尔与雅斯贝尔斯往复书简（1920—1963 年）》，第 68—70 页。

咖啡，有时也会酗酒，这都伤害了他的身体。从我的角度来看，这位师兄挥霍、消耗了健康。健康很重要，它是生活质量的重要保障。五十岁以后，人开始不断为疾病所扰。尽管衰老不可避免，死亡是每个人的终极，但我仍然愿意将健康作为生活、思考的中心。1958 年阿伦特在美国出版了她的《人的境况》(*The Human Condition*，1958) 一书，1960 年出版由她本人负责修改并进行补充的德文版时，她将书名改为《积极生活》(*Vita activa oder Vom tätigen Leben*，1960)。尽管这是一部对西方政治哲学进行批判的著作，我还是很喜欢这个拉丁文书名。同样，充满活力，积极的生活才是人生最重要的。

直面惨淡的人生

中学的时候，学习鲁迅的《记念刘和珍君》，需要背诵的其中的段落，至今依然朗朗上口：

真的猛士，敢于直面惨淡的人生，敢于正视淋漓的鲜血。这是怎样的哀痛者和幸福者？然而造化又常常为庸人设计，以时间的流驶，来洗涤旧迹，仅使留下淡红的血色和微漠的悲哀。在这淡红的血色和微漠的悲哀中，又给人暂得偷生，维持着这似人非人的世界。我不知道这样的世界何时是一个尽头！[1]

当时未必理解其中含义，后来慢慢理解了鲁迅的用心。前些日子写悼念萨纳尔（Hans Saner, 1934—2017）的文章，萨纳尔曾提到雅斯贝尔斯给他留下最深印象的原因是，他敢于直面所有的问题。我本人也非常欣赏这样的品格。

据说草原上遇到暴风雪的时候，能够肩并肩一起面对暴风雪肆虐的赫里福德牛（Herefords），其死亡率要大大低于四散逃亡躲避风雪的其他牛群。

罪行与罪责

这是当今在德国非常流行的两本小说的书名，德语分别是 *Verbrechen* 和 *Schuld*。作者是专司刑事案件的律师席拉赫（Ferdinand von Schirach）。席拉赫是一位讲故事的高手，尽管每一个故事都一气呵成，但我读到最后，依然觉得过于残忍，甚至有一些故事让人觉得怪诞得不可思议。席拉赫写道："我写的是一些关于谋杀、贩毒、抢劫银行和妓女的故事。他们各有各的遭遇，他们与我们并没有多大的不同。人的一生都是在薄冰上跳舞，冰层下异常寒冷，一旦失足跌落，生命即

1　鲁迅著《记念刘和珍君》，载王世家、止庵编《鲁迅著译编年全集》卷七，北京：人民出版社，2009年，第106页。

刻逝去。这冰层有时无法承受某些人，他们便掉了下去，而这恰恰是我要剖析的瞬间。我们也可能幸免于此，便可以接着跳舞。如果我们足够幸运。"[1] 也就是说，罪犯与普通的人之间根本没有区别，只是一念之差而已。前些天，我的老师克鲁默（Peter Krumme）来北外主持德语考试，我们竟然谈了一个多小时的席拉赫和他的小说。

现代人的生命

禅宗的"禅"字是从梵文的 dhyāna 而来的，其目的在于逐渐排除贪嗔而明心见性。佛陀的一生，大部分的时间都是用来思考人生的问题。一日他在菩提树下入定，洞见了宇宙的真理。今天看似生活便利了很多，但真正用来思考自己问题的时间反而少之又少。设备"齐全"的现代化生活，实际上消耗了人的时间和生命。

尽管今天的时间与佛陀时代的时间没有任何的区别，根据现代生物学的研究，由于工业化以后的世界发生了巨大的变化，人所具有的压力与以前完全不同。在人类身体大量分泌肾上腺素、氢化可的松以及儿茶酚胺等压力激素的今天，出现了时间不够用的心理错觉。

1　费迪南德·席拉赫著，吴掏飞译《罪行》，海口：南海出版社，2012年，第5页。

告讦者

　　按照元丰年间（1078—1085）的法律，凡是依据匿名举报而破的案，写匿名信的人依法应当遭到流放。当时做开封尹的苏颂（1020—1101）给神宗赵顼上书，认为"投匿名者可免罪"。赵顼却认为"此情虽极轻，而告讦之风不可长"。苏轼后来在讲述这个故事时，写道："先帝犹恐长告讦之风，此所谓忠厚之至。"而在熙宁、元丰之间（1068—1085），每立一法，朝廷"皆立重赏以劝告讦者，皆当时小人所为。"（《东坡志林》卷二《记告讦事》）优良的治理秩序是靠出卖朋友和组织获得的吗？告密文化直接败坏了公共治理的根基——人心。因此，告密直接危及当代人的道德底线。告密成风的社会，使人与人之间失去基本信任，甚至毁掉社会的道德基础。冷战时期的东德，作为国家安全部门的史塔西（Stasi）有特别响亮著名的口号：我们无所不在（Wir sind überall.）。据说当时东德民众无一不在监视之中，无一不在被告密的恐惧之中。史塔西运作40年，收集了大量人民的告密档案：159公里长的文件、140万张图片、16.9万份录像录音带，以及15500袋撕碎的材料。当时的告密文化，使得东德人处于极度的恐惧和焦虑的状态之中，使这里成为了一个人人自危的社会。

时代的悲剧

读到苏轼《洗儿》："人皆养子望聪明，我被聪明误一生。惟愿孩儿愚且鲁，无灾无难到公卿。"苏轼本人一生仕途坎坷，痛定思痛，感到最根本的原因在于"我被聪明误一生"。苏轼不仅因反对新法、在诗文中讥讽"新进"而入狱，之后的"乌台诗案"更是仰仗朝中元老重臣营救，才免于一死，被贬黄州。经历了这些人生大磨难的苏轼，发出了"惟愿孩儿愚且鲁"的感慨，当然可以理解。如果一个时代的知识分子成为了噤若寒蝉的惊弓之鸟的话，真是这个时代的悲剧。这几句大白话的"诗"，尽管没有什么文采，读起来真的令人心寒。

苏轼的人生

苏轼一生多次遭贬谪，铸就了其多灾多难的知识分子的人生。元丰八年（1085），宋哲宗即位，高太后临朝听政，苏轼以礼部郎中被召还朝，之后升为起居舍人、中书舍人，不久又升翰林学士、知制诰、知礼部贡举。可见官宦生活对他来讲也并不陌生，但这并不意味着苏轼乐意过这样的挥霍奢靡的生活。元丰四年（1081），苏轼被贬至黄州，老友马正卿为他请得城东的营房废地数十亩，让苏轼躬耕其中，这便是著名的"东坡"。第二年苏轼在那边筑了雪堂，自号"东坡居

士"。他在《二红饭》中写道:

> 今年东坡收大麦二十余石,卖之价甚贱,而粳米适
> 尽。乃课奴婢舂以为饭,嚼之啧啧有声。小儿女相调,
> 云是嚼虱子。日中饥,用浆水淘食之,自然甘酸浮滑,
> 有西北村落气味。今日复令庖人,杂小豆作饭,尤有
> 味。老妻大笑曰:"此新样二红饭也。"(《东坡小品・二
> 红饭》)

这样的简单生活本来也是知识分子应当过的生活,并非
有些论者所认为的,苏轼真的受到如此的迫害,他只能自甘
其苦。这其实更显示出了苏轼本真的一面。在《东坡志林》
中也到处可以看到,他常常满足于箪食瓢饮、粗茶淡饭,这
是一种对人生的豁达态度。

道 器 之 论

清初历法之争的主角之一杨光先(1597—1669)在面对
以汤若望(Jean Adam Schall von Bell,1591—1666)为代表
的耶稣会士所传入的科学知识时,认为所谓的"西学"很有
可能动摇维持中国政治结构和统治秩序基础的儒家伦理纲常。
通过各种天文仪器和舆地图的介绍,杨光先已经清楚地嗅到

了汤若望将器层面的知识，转换成道层面的意识形态的企图，同时洞彻到基督教对于瓦解和分裂中国传统的道德伦理所具有的巨大潜在威胁。[1]波兹曼指出：

> 自从钟表发明以来，人类生活中便没有了永恒。所以，钟表不懈的滴答声代表的是上帝至高无上的权威的日渐削弱，虽然很少有人能意识到其中的关联。也就是说，钟表的发明引入了一种人和上帝之间进行对话的新形式，而上帝似乎是输家。[2]

实际上，随着技术的发明，道器之间的转换，并非以人的意志为转移的。

人琴俱亡

王徽之（字子猷，338—386）和王献之（字子敬，344—386）都是著名书法家王羲之（303—361 或 321—379）的儿子，两人之间的感情非常深。弟弟子敬先兄而卒，子猷悲痛欲绝，但奔丧时并没有痛哭，而是径入弟弟的灵床，拿起子

1　参考李雪涛著《自身置入与道器之论——如何看待杨光先对天主教之拒斥》，载澳门大学澳门研究中心编《全球视野下的澳门学——第三届澳门学国际学术研讨会论文集》，北京：社会科学文献出版社，2014年，第55—73页。
2　尼尔·波兹曼著，章艳译《娱乐至死》，第12页。

敬生前所弹之琴，顿感人琴俱亡之痛：

> 弦既不调，掷地云："子敬！子敬！人琴俱亡。"因
> 恸绝良久，月余亦卒。（刘义庆《世说新语·伤逝第
> 十七》，四库全书本）

其实，人亡琴在，但物是人非，子猷弹之，极不协调，等于人琴俱亡。这则故事让我想到有"山中宰相"之称的陶弘景（456—536）的一首诗："我有数行泪，不落十余年。今日为君尽，并洒秋风前。"（《先秦汉魏晋南北朝诗》卷十五《和约法师临友人诗》）尽管前者是骨肉之情，后者是朋友之谊，但都是发自内心的真情实感。如此契心、如此真挚的情感并不多见。

星座问题

多年前，历史学家雷颐写过一篇题为《星座问题》的文章：

> 在30年代恐怖无比的"大清洗"时期，有一天晚上，莫洛托夫和卡冈诺维奇在斯大林别墅的花园中夜宴闲谈时，为天上一个星座的名称小有争论。莫洛托夫说是猎户星座，卡冈诺维奇说是仙后星座。由于二人争执

不下，在一旁笑听争论的斯大林认为此事容易，给天文馆打个电话就可搞清楚，便吩咐秘书给天文馆打个电话。谁知原天文馆长、一位天文学家已与其他几位著名的天文学家一起被"清洗"，而新上任的天文馆长并非天文学家，原是内务人民委员部的军官，回答不了这个问题。对斯大林秘书的电话，这位新馆长当然不敢怠慢，急忙派出去找一位尚未被"清洗"的天文学家。这位天文学家自许多同行好友被捕后一直惶惶不可终日，此时见一辆汽车半夜突停在自家门口，门铃又按得很急，以为末日已到，在开门时突发心脏病死在门口。汽车只得疾驶去找另一位天文学家，而这位天文学家与新近被"清洗"的那些天文学家亦是好友，也因此而惴惴不安。他家住在楼上，在夜里两点半突然被急促的门铃声惊醒，见一辆小汽车停在楼下，也以为自己的大限已到，这位年已六十的老人不愿再受凌辱，便纵身从窗口跃向夜空，结束了自己的生命。几经周折后，天文馆长终于在清晨5点打听清楚了星座的名称，急忙给斯大林的别墅挂电话："请转告莫洛托夫和卡冈诺维奇同志……"但值班人员回答说："没人可以转告，他们早就睡觉去了。"[1]

这是一个让人感到悲哀，同时又似曾相识的故事。2008年我参加过一次有关苏联汉学家波兹德涅耶娃（Л. Д.

---

1 雷颐著《星座问题》，《南方周末》1999年10月22日。

Позднеева, 1908—1974）的座谈会，她整个的人生不断遭批判、被怀疑，但依然坚持自己的中国现代文学研究，让人肃然起敬。波兹德涅耶娃的父亲波兹涅耶夫（Д. М. Позднеев, 1865—1937）曾为学养深厚的东方学家，在被派往中国期间被俘，于1937年的"大清洗"中被捕，并很快被枪决。波兹涅耶夫家破人亡，两个儿子（即波兹德涅耶娃的两个弟弟）被捕后失踪，女婿被捕，被剥夺公职的女儿（日本学家）在穷困潦倒中死去。之后在海参崴工作的波兹德涅耶娃受父亲事件的株连，受到苏联当局的拘禁。作为学者的波兹德涅耶娃之后的人生充满着各种政治的不确定性。[1]学者、科学家要对自己研究的领域负责任，而不是政治。他们需要一定的弹性空间和社会的灰色地带，这样才能从事好自己的研究。如果连他们都必须表明立场、个个过关的话，这个社会是没有希望的。

权 力 者 的 意 识

在法国哲学家福柯看来，人类历史上根本没有所谓纯粹的知识，所有的知识体现的都是"权力者的意识"。他一生关

1　参考柳若梅著《波兹德涅耶娃与中国的特殊情缘》，载李明滨编选《苏联时代的中国文学研究——波兹德涅耶娃汉学论集》，郑州：大象出版社，2016年，第201—203页。

注的是知识与权力的关系——权力怎样通过话语权表现出来，并配合各种规训的手段将权力渗透到社会的各个细节中去。也就是说，当人们学习、接受并认同某一特定知识的时候，与其说认同的是知识本身，不如说是认同由权力核心所介入的社会的价值。因此福柯认为，知识并非真理的真实反应，权力关系才是知识建构的主轴。经过权力介入的知识带给人的往往是判断力的削弱，而不是增加。因此我们需要对所吸收的知识时刻保持适度的怀疑和批判的态度。[1] 近日读到一篇文章，谈到外国留学生质疑中国的字典对动物的解释，认为中国人仅仅从"人"的角度来看待动物。《新华字典》中对"猪"的解释：哺乳动物，肉可食，鬃可制刷，皮可制革，粪是很好的肥料。我小时候的课文中就有《猪的全身都是宝》，也是从对人的用途方面来讲猪的。其实我们每天都在自以为更加自由的同时，却严重地被意识形态所塑造。

最低限度的道德

1951 年刚回到法兰克福的阿多诺（Theodor Adorno，1903—1969）出版了他的小书《最低限度的道德：对受损害生活的反思》（*Minima Moralia: Reflexionen aus dem*

---

1 参考汪民安著《权力》，载赵一凡等主编《西方文论关键词》，北京：外语教学与研究出版社，2006 年，第 442—456 页。

beschädigten Leben，1951）。2001 年有一个学期我在杜塞尔多夫大学的课程结束后，一个德国学生送了我一本苏尔坎普出版社（Suhrkamp Verlag）的简装本，这是为了纪念这本书出版半个世纪的纪念版，尽管很朴素，但我觉得很漂亮。

1934 年阿多诺从纳粹德国逃往了牛津，后于 1938 年到了新大陆的美国。最初他在纽约，其后到了德语国家名流聚集的洛杉矶，他的邻居中就有作家托马斯·曼（Thomas Mann，1875—1955）、布莱希特（Bertolt Brecht，1898—1956），音乐家勋伯格（Arnold Schönberg，1874—1951），以及后来他最亲密的同事马克斯·霍克海默（Max Horkheimer，1895—1973）。从那个时候起，他开始写作随笔《最低限度的道德》：其中第一部分写于 1944 年，第二部分 1945 年，第三部分 1946—1947 年。这本书就是献给霍克海默的，在"献词"（Zueignung）中，阿多诺说想奉上的是一门"悲伤的科学"（traurige Wissenschaft）。[1] 作为"对受损生活的反思"，他想要将所有社会上的不公正放在一起，一一展开来叙述。在这本书中，阿多诺记下了他认真分析极权主义野蛮状态的积极努力。这本随笔最有名的座右铭是："在错误中没有真正的生活。"（Es gibt kein richtiges Leben im falschen.）[2] 德文中的 im falschen 除了可以解释为"在错误中"外，也可以解释为"在

1　Theodor Adorno, *Minima Moralia: Reflexionen aus dem beschädigten Leben*, Frankfurt a. M.: Suhrkamp Verlag, 2001, S. 7.

2　Theodor Adorno, *Minima Moralia: Reflexionen aus dem beschädigten Leben*, 22. Aufl., Frankfurt a. M.: Suhrkamp Verlag, 1994, S. 42.

虚伪中"，这是洪应明所谓的"伪果"（《菜根谭·修省》）。在交替于失眠症、丑恶的环境、童年时代的记忆、性关系、死亡率、陈词滥调的意识形态语言等等的主题间，阿多诺揭露了纳粹极权统治下日常经验最隐私时刻中可怕的社会状况。

恩 宠 与 禀 赋

天主教认为，人如果要信教的话，必然要有一定的资质，亦即应当具备理性与一定的理解力。不然的话，人很难理解教义，自然也不会得到恩宠。因此拉丁文中有这样的说法："Gratia supponit naturam."意思是说，恩宠的基础是一定的天资。

13世纪的时候，当时很多基督徒都在认真研究从阿拉伯语重新翻译成拉丁语的亚里士多德（Aristotle，前384—前322）的作品，他们在思考这样的问题：基督教信仰与古希腊理性主义所诠释的世界，哪个才是正确的？此时的托马斯·阿奎那（St. Thomas Aquinas，约1225—1274）指出，信仰和理性并不冲突，没有理性的基础，人没有办法真正信仰基督教，而没有与神的沟通，人也不可能获得最高的快乐。

缠缚

昨天科研处给每位老师发了假期里可以申请的课题指南，一共有十几个国家级、省部级的大项目，希望各个院系的教师争先恐后地去申请。我周围的教授们好像都在为了一些"大事"而不停地忙碌着，根本没有时间顾及其他。万众一心，都在创造，似乎自己的生活真的会随着财富的增加而变好，人也会愈来愈幸福。实际上，除了在特别贫穷的国家里，在大多数的国家里，收入和幸福的相关性是可以忽略不计的。佛教里有一个词叫作"缠缚"，在大学做教师意味着挣脱了社会上的各种束缚。佛经中说："况复诸凡夫，结使所缠缚。无明覆心识，而能知导师。"（《华严经·卷六十》）

经历了纳粹的专制和覆灭，认识到了斯大林的极权，阿伦特在《人类生存条件》一书中指出：

> 以前所未有的方式发挥人的所有能力，这样一个充满希望的新时代完全有可能在亘古未有的、致命的、毫无结果的被动消极中结束。[1]

一种自由的、民主的、追求内在之美的审美人生，才应当是人类的未来。

---

1 转引自特亚·多恩、里夏德·瓦格纳著，丁娜等译《德意志之魂》，北京：社会科学文献出版社，2015年，第38页。

飞蛾扑火

中国读书人最高的人生理想就是在辅佐君王成就大业的同时，也成就自己的功名，"了却君王天下事，赢得生前身后名"（辛弃疾《破阵子·为陈同甫赋壮词以寄之》）。遗憾的是，除了极少数的"幸运儿"之外，绝大多数参与到政治之中去的知识分子，都处在了被压抑、被扼杀的境地。

孟子说："穷则独善其身，达则兼济天下。"（《孟子·尽心上》）对于政治，知识分子就像是飞蛾扑火。当然大多数处于被贬、被诽谤境地的知识分子，会主动放弃自己之前对人生的设计，隐居山林，以诗酒自娱。实际上，这种退回内心自我，求得精神上解脱的人生，才是知识分子真正的归宿。

耳目近玩与恃勇跳跃

知识分子尽管与世界的关系是一种批判的关系，强调自由的思想与独立的人格，但为了生存的需要，他们也总是在不断调试自己与社会的关系。在具有反抗精神的士大夫看来，大部分时代社会的发展，常常是与文人的意愿背道而驰的。在这种情况下，士大夫有两种选择，或者屈从于权威，逆来顺受，也有一些可以做到助纣为虐，或者是冒着生命的危险，追求生命的价值。崇祯年间的举人曾异撰（字弗人，1590—1644）曾感叹道：

某未衰而老，颠毛种种，每顾影自叹。唇腐面皱于八股中，而又似不愿处其罗笼之内。私念我辈，既用帖括应制，正如网中鱼鸟，度无脱理。倘安意其中，尚可移之盆盎，畜之樊笼，虽不有林壑之乐，犹庶几苟全鳞羽，得为人耳目近玩。(《赖古堂名贤尺牍新钞·与邱小鲁》)

在政治专制化程度极高的晚明，其制度在保证帝国高效运转的同时，必然扼杀士人的天性，使得他们成为"网中鱼鸟"。如果在体制之中生存的话，那么就得终日埋首于陈腐的八股文的"生产"之中，其结果必然导致思想的僵化与人格的堕落。不过这样的方式，很多人选择了，因为这是最为保险的。当然还有另外一种方式：

一或恃勇跳跃，几幸决网而出，其力愈大，其缚愈急，必至摧翼、损毛，只增窘苦。如某得无类是？缚急力倦，正不知出脱何日耳！小鲁何以教之？(《赖古堂名贤尺牍新钞·与邱小鲁》)

那便是以自己的努力来摆脱困境，因为个人的力量相对于专制的制度，就好像一只蚂蚁面对驶来的一辆巨大无比的装甲车一样，被碾死在履带之下都没有任何声响。因此，弗人认为："其力愈大，其缚愈急，必至摧翼、损毛，只增窘苦。"遗憾的是，秦汉大一统之后，中国国家强于社会，社会批判的声音很少能够发出。一些不愿意选择以上两条道路者，开始寻找营建自己的内心园地，撰写闲适隽永、爽心悦目之事物小品文的第三种道路。这就是在明末小品文特别兴盛的深层次思想史的原因。

权 力

对于权力的依赖，好像是人的本性使然，这才有为了自己的权力而不择手段的做法。即便是能保持自己的权力不旁落他人之手，也不能保证你能一直很好地使用这些权力。我认识的一位教授曾经是某一研究中心的主任，前一段时间要退休，搞得到处沸沸扬扬，但最终还是被迫退了下来。至今，没有任何一件事情是他不插手的。在退休前最后几年里，他是在惴惴不安之中度过的，因为他时刻害怕组织部门来人宣布他退休之事。因此他怀疑每一个人，去跟别人说，有人迫不及待想接他的班了。他所创办的研究中心也毁在了自己的手里，因为他选人的标准是是否对他忠心！

在跟朋友一起聊天的时候，我一直说自己希望尽早退下来读书、思考、写作、翻译，而不再想一直做行政工作。朋友说，那是因为我现在还年轻，等到了一定年岁，会开始留恋权力。我想是不会的，对我来讲有两点特别重要：一是我们研究所的持续发展。这需要不断物色、培养能够真正担得起责任的后继者，并且要及时给他们让出必要的空间。二是自己要有自己的事业和兴趣。我还有很多的想法要实现，除了写作和翻译之外，能跟家人静静坐在一起，喝喝茶，聊聊天，我觉得也很重要。我的的信念是："忽睹天际彩云，常疑好事皆虚事；再观山中古木，方信闲人是福人。"（《菜根谭·闲适》）这里的"山中古木"，所指的是庄子所谓"此木以不材得终其天年"的闲人。（《庄子·山木》）

以美育代宗教说

前一段时间我们组织了一个以蔡元培（1868—1940）和吴雷川（1870—1944）"完全人格教育"为主题的工作坊。1917 年蔡元培在北京神州学会做的著名的《以美育代宗教说》的演讲，成为了 1920 年代非基督教运动的先河。1922 年 3 月 21 日以李石曾（1881—1973）、蔡元培为主的七十七位著名学者联合发表宣言电通全国，提出了《非宗教大同盟宣言》："我们要为人类社会扫除宗教的毒害。我们深恶痛绝宗教之流毒于人类社会十倍于洪水猛兽。有宗教可无人类，有人类便无宗教。宗教与人类，不能两立。"[1] 既然宗教十恶不赦，那么蔡元培理所当然提出以美育代宗教的主张了。在纳粹时代，希特勒政权也提出以纳粹意识形态代替宗教的主张，但纳粹政

1　李石曾等著《非宗教大同盟宣言》，载唐晓峰、王帅编《民国时期非基督教运动重要文献汇编》，北京：社会科学文献出版社，2015 年，第 535 页。

权只存在了十二年。以前学习英语的时候，经常做替换练习（substitute exercise），这对于熟悉句型、扩展自己的词汇都很有好处。但作为信仰的宗教，是否也能由其他的东西来替代呢？

我们经历过将宗教作为反动意识形态而进行批判的时代，也经历过将宗教看作是历史、文化的时代，但为什么唯独不将宗教看作宗教呢？

"我是老师"

我从德国回来以后，一直到今天，只要在学校，基本上都会上课。我认为，上课是一个老师的本分，特别是给本科生上课。大部分本科生从中学考到北外，他们的思维模式依然是中学应试式的，主要用背诵的方式对待材料，一直在寻找所谓的"答题点"。在一个学期的课程中，我慢慢告诉他们，知识的积累、方法的获得、视野的拓展分别是什么。当然不可能所有的学生都能理解我在讲什么，但是对于上了大学依然在学习一门技艺——外语的学生来讲，一门包含旨在多元文化条件下进行批判性和创造性分析能力训练的通识课程，特别是与历史、哲学相关的此类通识课，我认为至关重要。

有的学期我每周会上十节以上的课，很多人善意地劝我说，本科生的课可以不用上了。而我觉得恰恰是本科生的课，是必须上的。如果说，硕士、博士的课属于锦上添花的话，那么让本科生尽快适应大学的批判性思维（critical thinking），这才是雪中送炭的事情。十八岁的年轻人，需要学会独立的态度，掌握批判性地思考问题和分析问题的工具，成为具有丰富知识和强烈上进心的人，这些当然要靠教育。

以前我在波恩读书的时候，发现汉学系只有顾彬一个教授，他每周要上十节以上的课。他以新教教徒固有的方式挥洒着精力，付出着劳动。我当时跟他讲，你的课上得太多了，一位中国的系主任顶多上你一半的课。他淡淡地说："我是老师。"我知道，这是他的本分，在德国如果你是教授的话，就得上这么多的课，没有什么好抱怨的。

极端的恶抑或平庸的恶

1946 年 8 月 17 日在美国的阿伦特给她的博士导师雅斯贝尔斯写了一封长信。阿伦特认为，跟以往暴君的征服欲和权力欲不同的是，纳粹主义所犯下的恶行是一种无法理解的、极端的恶（radical evil）。以希特勒为首的纳粹极权者认为，他们自身是全能的，已经超越了毁灭、屈辱等各种最极端的形式，他们试图通过改造人性本身来对抗另一个全能者——上帝。[1] 此时的阿伦特更多地是以一种愤怒的心态谴责纳粹的

---

1 *Hannah Arendt/Karl Jaspers: Briefwechsel 1926-1969*, (hrsg.) Lotte Köhler und Hans Saner, 2. Aufl., München, Zürich: R. Pipcr & Co. Verlag, 1993, 2001, S. 90.

残暴，并没有解释清楚这一恶的本质问题。实际上，中世纪已经有所谓 intrinsece malum（绝对之恶或极端之恶）的说法。这是一个伦理学的名词，用在十恶不赦之恶的行为。

雅斯贝尔斯在同年 10 月 19 日给阿伦特的回信中，对她所谓的纳粹罪行无以理喻的极端的恶的观点，予以了回应。他写道："对您有关纳粹的行径超出了'罪行'的观点，我感到很可疑，因为超越所有刑事犯罪的罪责，都不可避免地会具有'重要'的特征——魔鬼般的重要特征，但根据我的感受，不论是纳粹，还是希特勒'恶魔般的'讲话，都没有什么重要的特征。在我看来，我们不得不从这些事物完全的平庸性来看待它们——细菌可能会产生令人致命的瘟疫，但细菌还是细菌。"[1] 在这里，雅斯贝尔斯第一次提到恶的平庸性（Banalität）一词。这封信的这一段后来成为了阿伦特 1963 年关于艾希曼（Adolf Eichmann，1906—1962）审判的报告《艾希曼在耶路撒冷：关于平庸的恶的报道》（英文版：*Eichmann in Jerusalem: A Report on the Banality of Evil*，1963；德文版：*Eichmann in Jerusalem: Ein Bericht von der Banalität des Bösen*，1964）的副标题。[2] 在艾希曼身上阿伦特惊异地发现，这位纳粹刽子手并没有什么邪恶的动机或狂热的信念，他并非由于生性残忍才做出那些可怕的事情，尽管在被屠杀的六百万

---

1 *Hannah Arendt/Karl Jaspers: Briefwechsel 1926-1969,* 2. Aufl., 2001, S. 98–99.

2 不同观点请参见 *Hannah Arendt/Karl Jaspers: Briefwechsel 1926-1969,* 2. Aufl., 2001, S. 736, Anm. 7 zu Brief 46。

犹太人中，大约有两百万的死是跟他有着密切的关联的。艾希曼仅仅是一个平庸浅薄、近乎乏味的人，他之所以签发处死数万犹太人的命令，在于他根本不动脑子，没有自己的思想、自己的语言，只会像机器一样顺从、麻木和不负责任地实施元首的"彻底解决方案"，因为在这种情况下，屠戮计划只不过是平淡无奇的日常生活的一部分而已。在他的回答中，充斥了纳粹官方意识形态化的陈词滥调："帮助犹太人""疏散""特殊处理""最终解决"等等。阿伦特认为，真正的可怕并非在于杀人不眨眼的残忍，而在于可怕的正常，这种"平庸的恶"可以毁掉整个世界。极权主义正是借助于这样的一种没有任何深度、没有任何动机的平庸的恶，摧毁了德国社会普遍的道德准则，这难道不令人深思吗？

对中体西用的批判

日本学者实藤惠秀（1896—1985）在《中国人留学日本史》中，对比了中日近代化的差异，同时也批判了所谓的"中学为体，西学为用"的说法：

> 其实"西学源于中国"说也好，"中学为体西学为用"说也好，都表露了儒家学术的完全性已有了破绽，并显示出中国已从天朝上国的睡梦中惊醒过来。西洋的文明即使源出中国，但却由西洋人去发展，中国今日不

得不把它学回来。不论怎样自吹自擂，说甚么中国之学为本、为道、为体，而西洋之学为辅、为法、为器、为用；说甚么中国人为主人，西洋人为仆人，今天却不得不学习此仆人之文化。[1]

甲午海战之后，中国才知道自己的国力远逊于日本。不过就在数十年前，还是向中国不断学习的"弟子"，明治维新之后没有多少年就可以战胜以前的"老师"。不过一直到此时，中国人骨子里还一直是"中学为体，西学为用"的想法，并没有一种谦卑、敬畏的心态对待"西学"。

不大的志气

今晨读杨绛（1911—2016）的《杂忆与杂写》，读到钱锺书（1910—1998）卧床期间她为《钱锺书集》写的《钱锺书对〈钱锺书集〉的态度》中的几句话：

> 钱锺书六十年前曾对我说：他志气不大，但愿竭毕生精力，做做学问。六十年来，他就写了几本书。本《集》收集了他的主要作品。凭他自己说的"志气不大"，

1 　实藤惠秀著，谭汝谦、林启彦译《中国人留学日本史》，北京：生活·读书·新知三联书店，1983年，第15页。

《钱锺书集》只能是菲薄的奉献。我希望他毕生的虚心和努力，能得到尊重。[1]

这篇写于钱锺书去世一年前的文字，很好地表达了作为学者和书生的钱锺书的真性情。一个人一生能做的事情真的有限，如果一个学者能守住自己的本分，我觉得已经是了不起的事情了。杨绛的最后一句话，"我希望他毕生的虚心和努力，能得到尊重"，让我感到社会的浮躁，以及作为学者和文人的她和钱锺书的无奈。

写作的意义

雅斯贝尔斯在《哲学自传》（*Philosophische Autobiographie*）中写道：

> 1938 年一位年轻的朋友对我说："您为什么还在写作呢？这些书永远也不能被印出来，并且有一天您的所有手稿也都将被焚毁掉。"我很自负地回答说："未来并没有定数；写作让我愉悦；我所思考的东西，在写作的过程中变得更加清晰了；最后我想说的是，一朝纳粹政

1　杨绛著《杂忆与杂写》，北京：生活·读书·新知三联书店，2010 年，第 330—331 页。

权被颠覆，我不想两手空空地站在那里。"[1]

在雅斯贝尔斯看来，写作的目的显然不是为了一时。此外，写作可以让他的思维变得更加清晰。而在俄国作家赫尔岑看来：

在忧伤的时刻，僧侣靠祈祷获得解脱；我们不能祈祷，我们可以写作。写作就是我们的祈祷。[2]

对于作为作家、思想家和革命者的赫尔岑来讲，写作是他的"祈祷"，而"祈祷"的内容只有笃信宗教的人才知道其丰富性。

教育是什么？

研究院组织了一个小型的工作坊，将现在活跃在当代思想史领域的贺照田请来，一起讨论了改革开放四十年来中国思想界的一些问题。到目前为止，我依然认为基础的人文教育和职业教育非常重要。如果一个大学生从来不懂得诠释学

1 Karl Jaspers, *Philosophische Autobiographie*: Erwiterte Neuausgabe, München: R. Piper & Co. Verlag, 1977, S. 75.
2 赫尔岑著，项星耀译《往事与随想》（上），"序言"，第13页。

（Hermeneutik）的基本理论的话，那他对很多问题的看法依然是中世纪的理解模式。最大的一个问题是，我们的中小学的教育，基本上是机械地解说教科书的内容，把传授各种考试应试技巧作为教育的全部和目的。我认为，一个人文的、民主的通识教育，一定是我们未来的保障。

李政道的逸事

中午跟港科大的李中清教授一起吃饭，谈到他的父亲李政道教授——1957年的诺贝尔物理学奖的获得者。李政道一生最值得自豪的是，二十六岁开始在哥伦比亚大学做物理学教授，做了六十年，一直到他八十六岁。现在他住在旧金山，已经九十二岁了，每一两天出门散步。

我问李中清，他父亲目前主要做什么。他说，以前他每天读他年轻时候写的文章，做计算。现在那些文章已经读不懂了，早些时候还读他研究生阶段的笔记，现在在读他大学时候的演算笔记了。好像没有思考，他没有办法生活。我说，他应当开始写自己的回忆录，不然以后这些宝贵的遗产都不存在了。

李中清讲了他父亲的一件逸事：抗战的时候，只有十五岁的李政道随着逃难的队伍到了江西，当时日本人的飞机到处轰炸。在一家饭馆，一拉警报，大家都躲进了防空洞。李政道当时为了吃饱饭，他跟饭馆老板说，飞机来的时候，他可以在上面整理桌椅和碗筷，但要老板给他足够的饭菜吃。老板同意了。更让他觉得高兴的是，他在被人丢弃的东西中，找到了一本物理书，才知道什么是自然科学。之后他一直说自己是学生的身份，后来进入了西南联大。

李政道差不多是当时全世界最聪明的几个脑袋之一，我想，此类的契机对他来讲仅仅是早晚的事情。可惜的是，他现在年岁已大，其实真的应当有人专门给他撰写口述史。

读 谱

有几次跟腊碧士教授一起坐比较长时间的飞机，发现他可以几个小时一直在看乐谱。乐谱构成了另外一种逻辑群的关系，是一般的人很难理解的。它所表现的看不见的内在关系远在文字之上。遗憾的是，人在这个方面的能力好像并未得到开发。"读谱"对腊碧士教授来讲，就像是他的禅定一般。

腊碧士教授每次旅行，行李再多，都会带上他的爵士吉他。他告诉我，他在杜塞尔多夫大学做校长的几年中，每天早晨六点钟准时起床，弹一个小时的吉他。无论多么忙，仅仅是他和吉他独处的一个小时总是不能省去的。在紧张的一天来临之前，他会为自己保留一个小时属于心灵的空间。

何谓雅斯贝尔斯的超越？

如果说尘世将人的灵魂打倒，将人的梦打碎的话，那么作为出世间的超越会将这一切修复，从而使你拥有一个完整的灵魂。

学者的笨功夫

曾做过文化部部长的作家王蒙，在谈到中国学者的大道理、整体研究时举例说：

> 一位日本学者说，他感到奇怪，中国的文学评论家一个个高屋建瓴，挥斥遒劲，甚至可以对一个作家一个年头的文学创作发表结论性见解，却没见什么人做一点"笨"的工作。比如，你要评论一位作家，你能不做搜集一下该作家的生平、著作篇目索引、有关评论研究文章索引的工作吗？[1]

不仅仅是文学评论家，此类专门从事宏大叙事的学者依然充斥着学术界，很多人不屑于做个案研究。

1　王蒙著《欲读书结》，深圳：海天出版社，1992年，第4页。

屠隆的归田

晚年的屠隆遭到罢黜后，回到宁波的故乡，写下了《归田与友人》的小品文。此时的他，已经看透了官场之醍醐，回归到了自己内心向往已久的田园生活：

> 一出大明门，与长安隔世，夜卧绝不作华清马蹄梦。家有采芝堂，堂后有楼三间，杂植小竹树，卧房、厨灶，都在竹间。枕上常听啼鸟声。宅西古桂二章，百数十年物，秋来花发，香满庭中。隙地凿小池，栽红白莲。傍池桃树数株，三月红锦映水，如阿房迷楼，万美人尽临妆镜。又开有芙蓉蓼花，令秋意瑟。更喜贫甚道民，景态清冷，都无吴越间士大夫家艳气。（施蛰存编《晚明二十家小品》）

屠隆的文章常常信手写来，任性适情，独具匠心。这一小段充分显示出了逃出令人厌倦的仕途生涯后的轻松和欣喜。回到故乡后，自己住处之幽美，的确与帝都名利场恍如隔世。

发白齿摇五十矣

明代的文人徐渭（1521—1593）可谓一个狂人。他曾在极端忧郁发狂之下多次自杀却不死，后因杀继妻被下狱，被囚七年后，得好友相救而出狱。之后他应宣府巡抚吴兑（1525—1596）之邀，到了今天的河北宣化。徐文长在写给朋友的信中感叹说：

> 发白齿摇矣，犹把一寸毛锥，走数千里道，营营一冷坑上，此与老牯踉跄以耕，拽犁不动，而泪渍肩疮者何异？（《徐渭集·与马策之》）

徐渭出狱时已经五十岁了，但也不至于"发白齿摇"，这主要是他当时穷困潦倒的写照。他将自己描绘成一头老公牛，踉踉跄跄地在耕地，而拉犁又拉不动，此时的泪水却已渗进了肩头的伤疤里。接下来的"每至菱笋候，必兀坐神驰"（《徐渭集·与马策之》），是说每当菱角和竹笋丰收的季节，他一定坐着发呆，他所神驰的地方当然是江南。曾经的才情，此时只落得一副落魄相而已。

制 度 使 然

以前我认识某研究中心的领导，完全不懂得现代管理，依然拿他当兵时的方法，对每一件事情都亲力亲为，既不懂得授权，也不懂得分层管理。除此之外，他常常将一切提到道德的高度，很少就事论事地分析问题。四年前我成立了全球史研究院之后，一再告诫自己，要用制度的方式来保障很多事业的延续。以前学拉丁文的时候，有一句话我一直铭记至今："Summa caritas est facere iustitiam singulis, et omni tempore quando necesse fuerit."意思是说，公正地对待每一个人，并且在任何需要的时候都如此，这是最大的爱。其前提就是制度的保障。"Rex regnat, sed non gubernat." 国王是统治一个国家，而不是具体去管理各种事务。这是需要每一位管理者切记的。

理性与权威

拉丁文中说："Ratio et auctoritas, duo clarissima mundi lumina."（理性和权威是世间最明亮的两座灯塔。）平衡好理性与权威的关系，也是管理好一个机构的关键。

长恨此身非我有

自从担任了行政职务以后，常常要到行政楼开会，很多的行政事务让我非常苦闷。有时开完会后，我回到办公室已经是傍晚了，同事们都离开了。我会泡一杯酽茶，听一会儿安静的音乐，再回家吃晚饭。在外做官二十余年的薛昂夫（1267—1359）在退休之前写下了《山坡羊》：

大江东去，长安西去，为功名走遍天涯路。厌舟车，喜琴书。

早星星鬓影瓜田暮，心待足时名便足。高，高处苦；低，低处苦。

尽管作者一生宦游风尘奔波了几十年，依然没有忘却一介书生"喜琴书"的本性。陶潜说"乐琴书以消忧"（《归去来兮辞》），作者却为了功名而一生扰扰攘攘，没有安宁之时。这也暗合了苏轼的慨叹："长恨此身非我有，何时忘却营营。"（《临江仙·夜归临皋》）

壶中日暖

禅宗中有"壶中日暖，虚室生白"（《虚堂和尚语录》卷九）的说法，来形容清闲自在清净无欲的悠闲日子。几年来，自从跟顾彬教授合用一间办公室，由于他特别爱喝中国的高度白酒，我充分感受到了"壶中日暖"的含义。只不过作为新教教徒的他每天早上五六点钟就到办公室写他的文章，不太符合"虚室生白"而已。

学者和文人

颜之推（521—约597）在告诫他的后人时，对"学问"和"文章"做了区分：

> 学问有利钝，文章有巧拙。钝学累功，不妨精熟；拙文研思，终归蚩鄙。但成学士，自足为人。必乏天才，勿强操笔。(《颜氏家训·文章第九》)

颜之推认为，做学问迟钝的人，只要持之以恒，并不妨碍他达到精通熟练的境地；而文章写不好的人，即便钻研精思，终归还是鄙陋之人。因此他劝告自己的晚辈，如果缺乏写作天才，就不要勉强做文人。这也让我想到拉丁文中的一句话："Ultra posse nemo obligatur." 意思是说，没有人必须做超出其能力范围的事情。这是罗马法的基本原则。人当然要有进取心，但不要树立超过自己能力的目标。

过眼云烟

旧时征战之场

小时候在徐州，有时会经过九里山。稍大一点，知道那里曾经是古战场。再后来读《水浒传》，知道这样的一首儿歌："九里山前摆战场，牧童拾得旧刀枪。"徐州是历朝兵家必争之地。楚汉相争之时，韩信曾在九里山下兵困项羽，张良一管洞箫散楚兵。最后，西楚霸王乌江边上别姬自刎。宋代的时候好像在九里山还可以拾起当年残留着骁勇战士的血痕的兵刃，而今却连一丝的痕迹都不再有。"狐眠败砌，兔走荒台，尽是当年歌舞之地；露冷黄花，烟迷衰草，悉属旧时争战之场。盛衰何常？强弱安在？念此令人心灰！"（《菜根谭·概论》）每次去西安或罗马，走在路上，我都会想，这些残垣断壁都曾经是轻歌曼舞的地方，再强大的帝国也有毁灭的一天。兴盛真的会长久？

徐 州

作为历来兵家必争之地的徐州，一直到内战的淮海战役，不断上演着惊心动魄的战争。如果从地缘政治学的角度来看的话，作为京沪线和陇海线交界的铁路枢纽，徐州到作为传统政治中心的西安（关洛）、作为北方边疆政治中心的北京乃至作为中国财政支柱的上海（江南）是基本上等距的。因此，从古至今没有谁会放过这座重要的城池。生兹长兹的地方，我从来没有想过"徐州"这两个字的来历。直到几年前，有一次在徐州师大（后更名为"江苏师范大学"）开会，住在那里的宾馆，房间里有一本介绍徐州的小册子，才知道有一种说法，"徐州"源于平缓的地理形势。

徐州城外，基本上都是平原地带，其势舒缓、舒展，故有"舒徐"一词。《说文解字》注曰："徐，安行也。"安行，即平稳步行。"平畴沃野，汴泗交流，安居乐业"，据说这是徐州地名的来历。我想，这只是一种美好的期盼吧，因为在其后，在徐州上演的更多的是代表着无尽杀戮和死亡的战争。当然，也产生了无数的历史英雄人物。

这里有项羽灭秦后自立为西楚霸王，于城南的南山上所建的戏马台；有范增墓，也有刘向墓……云庄（张养浩，1270—1329）散曲中有一句"山河犹带英雄气"（《山坡羊·未央怀古》)，尽管两千多年过去了，在他们之后更换了多少朝代，人世沧桑，但即便到今天，当地人在谈起项羽在戏马台戏马、演武和阅兵的故事时，好像就在昨天。

不过每次残酷的战争之后，当地的人都会流离失所，怎么会有"舒徐"的感觉？

我原是寄居尘世的旅客

《旧约·诗篇》中第119篇19节中的一句话，天主教思高本（2009）译作："我原是寄居尘世的旅客。"（新教和合本译作："我是在地上作寄居的。"）路德将这句译作："Ich bin ein Gast auf Erden."[1]歌德（Johann Wolfgang von Goethe，1749—1832）在《东西合集》的《天福的向往》一诗中写道："你只是个郁郁的寄居者 / 在这黑暗的凡尘。"（Bist du nur ein trüber Gast/ Auf der dunklen Erde.）[2]在这里，歌德显然是借用了路德的说法。[3]

忠于守旧，而又乐于迎新

我在读中学的时候，读到德国哲学家海克尔（Ernst Haeckel，1834—1919）的《宇宙之谜：关于一元论哲学的通俗读物》（*Die Welträthsel*, 1899）[4]，这本书引起了我对自然科学的极大兴趣。目录前所引的一首歌德的诗，至今我一直还可以背诵：

辽阔的世界，宏伟的人生，

1　*Die Bibel: Nach der Übersetzung Martin Luthers*, Stuttgart: Deutsche Bibelgesellschaft, 1985, S. 611.

2　歌德著，钱春绮译《歌德诗集》（下），上海：上海译文出版社，1982 年，第 339 页。

3　Johann Wolfgang von Goethe, *West-Östlicher Divan*, Stuttgard [sic]: Cotta'schen Buchhandlung, 1819, S. 31.

4　恩斯特·海克尔著，上海外国自然科学哲学著作编译组译《宇宙之谜：关于一元论哲学的通俗读物》，上海：上海人民出版社，1974 年。

长年累月，真诚勤奋，

不断探索，不断创新，

常常周而复始，从不停顿；

忠于守旧，

而又乐于迎新，

心情舒畅，目标纯正，

啊，这样又会前进一程！

歌德《上帝和世界》

这是歌德晚年写的一组题为《上帝和世界》诗歌的题诗。后来找到德文时，仿佛觉得中文的翻译是原诗，而歌德的德文好像是从中文翻译而来的。

全球史研究院成立三年以来，我想最重要的一条就是像歌德在诗中所说的"忠于守旧，/而又乐于迎新"（Ältestes bewahrt mit Treue,/Freundlich aufgefaßtes Neue）。这样，我们的事业才可能会更上一层楼。

凌云之志

我邀请四位德国青年人一起在北外附近的一家餐馆吃饭，看着他们谈笑风生的样子，突然想到1930年代末傅吾康刚来北平时就应当是这样的情景吧。"且将新火试新茶，诗酒趁年华。"（苏轼《望江南·超然台作》）四位德国青年人，其中两位已经获得了博士学位，另外两位则正在做他们的博士论文。现在的他们，意气风发、壮志凌云，真的觉得世界是属于他们的。"指点江山，激扬文字，粪土当年万户侯。"（毛泽东《沁园春·长沙》）青年人都在向往美好的未来，包括事业和爱情。反观当年我刚去波恩的时候，完全不知道自己的未来会怎样。

逃于清虚

近日读屠隆（字长卿，1544—1605）写给王士性（字恒叔，1547—1598）的回信，对于恒叔建议他出游的劝慰，长卿回答说："尘嚣易生厌恶，既生厌恶，必思逃于清虚。久寂易生凄凉，既生凄凉，必眷念旧时年华光景。"[1]意思说，出游仅仅是对尘嚣的逃避而已，等到处于静寂的环境之中，反倒会眷恋起以往的荣华光景来。可见，这样的出离是不彻底的。在《复长卿》的信中，恒叔对这几句也赞赏有加："真于学人隐锢之病，切中心髓。"[2]这些书信也让我浮想联翩。

我在波恩读书的时候，特别是写博士论文的那一段时间，常常一整个星期也不出门。那时不仅仅是眷恋"旧时年华光

1　王士性著，周振鹤编校《王士性地理书三种》，上海：上海古籍出版社，1993年，第560页。

2　出处同上，第560页。

景"，我也特别希望看到人，跟人说话。因为有学生月票，可以免费往返科隆，所以有时我会坐车到科隆，在繁华的宽街（Breite Straße）看川流不息的人群。回北京久了之后，好像很难有宁静的日子，因此每年我需要回到德国住上些日子，以逃避北京的"热闹"。

人离乡贱

现代性的危机在于人与神的分离，在先验性的无家可归中，人认识到其自身与其整个的存在都成为了问题。人和土地的关系是农耕社会留下来的传统，土地是人生存的根基，是人生生不息生活的动力。海德格尔将这一状况描述成所谓的"扎根状态"（Bodenständigkeit）。[1] 也正因为如此，禅宗公案中有"人离乡贱"（《虚堂和尚语录》卷八）的说法。1985年我到北京读书，离开了故乡徐州，之后就没有在徐州住过一个月以上的时间。上大学的时候还会在假期中住上两个星期以上，之后每次都行色匆匆地"路过"父母家而已。三十多年来，不知道有过多少对故乡山水的怀想，对孩提时代的美好回忆，对亲人的无限想念。而近年来却不断传来他们一

1　Martin Heidegger, *Gelassenheit*. Stuttgart: J. G. Cotta'sche Buchhandlung, 1959, S. 16. 此外请参考李雪涛著《海德格尔的 Gelassenheit 与禅宗的"放下"》，《比较哲学与比较文化论丛》（第 14 辑），长沙：岳麓书社，2019 年 12 月，第 76—86 页。

个个离世的消息。这些经过选择的记忆，有时会一下子涌到我心头。1999 年中秋的时候，我在哥德斯堡跟我的房东海因茨（Heinz）一起在花园里赏月，尽管我们喝着朋友从摩泽尔河（Mosel）带来的雷司令，聊着很轻松的话题，但清冷的秋气依然让我思绪纷然，我当时完全不知道自己什么时候能完成学业。进入夜晚后，哥德斯堡常常是万籁俱寂，除了我们的聊天声外，花园铁栅栏后面的哥德斯堡河哗啦啦的流水声显得格外真切。

人生的三个重要阶段

很多人对人生的重要阶段都有描述，最著名的是孔子所谓的"吾十有五而志于学，三十而立，四十而不惑，五十而知天命，六十而耳顺，七十而从心所欲，不逾矩"（《论语·为政》）。这些人生的特征，今天都已经成为这个年岁的代名词。近日读北宋诗人汪洙（11 世纪末—12 世纪初）的《喜》："久旱逢甘雨，他乡遇故知。洞房花烛夜，金榜题名时。"如果我们将后三句的顺序重排，就会发现实际上所说的也是人生的重要阶段。

金榜题名时：这在古代是事业的开始，而今天仅仅是学业的开始！学业的开始，意味着崭新人生的开始。

他乡遇故知：人在求学的时候，往往会经历在异域他乡的生活、学习的情况，也只有在他乡，人才会有自我身份的认同！

洞房花烛夜：这是人生特别重要的阶段，人开始从一个依附于父母的孩子，成为了独立的人。不只是在中国文化中，在基督教传统中，也将婚姻（matrimonium）作为七圣事（sacramentum）之一重要的仪式——这可以追溯到耶稣亲自建立的有形可见的宗教仪式。从这个时候开始，对一个人来讲，关键的不仅仅是纵向的家庭的关系，也包括了横向的夫妻关系，而且开始有了自己真正的朋友！最根本的是知道自己要为自己的未来负责了！人开始独立地承担起家庭的责任了。天塌下来的话，不再有父母身躯的支撑！我想这也是为什么，1784 年在启蒙运动如火如荼地进行之时，康德（Immanuel Kant，1724—1804）要发出"Sapere aude!"的呼喊，希望人类走出其未成年状态。"洞房花烛夜"意味着一个人已经足够成熟，可以不再依赖父母的权威生活，可以自己找到自己的道路。

倒 闭 的 书 店

近年来我的中文书和外文书大部分都是在网上购得的。2014 年春季的时候，我曾经在北外图书馆举办过一次书展"Clavis Sinica（中国之匙）——一个多世纪德语世界中的中国（1846—1982）"，展出了我的五十本有关中国和汉学的藏书。这些藏书的一部分是我在杜塞尔多夫的星出版社（Stern-

Verlag）书店买到的。我上个世纪 90 年代在波恩读书，在杜塞尔多夫教书，每次去杜市，都会到这家书店待上半天的时间。除了旧书之外，我还在那里买过日本的瓷器和南亚的佛像。可惜的是，2016 年的春天，这家有着百余年历史（1900 年创立）的书店停业了。我记得很清楚，之后的某一天，下着雨，我独自跑到弗里德里希大街（Friedrichstraße）那家书店的门市部，看到的是展窗里的有关书店历史照片的小型展览，以及前些日子停业时书迷们组织的各种活动的照片。2004 年我离开波恩不久，大学附近的布维尔（Bouvier）旧书店也关张了。记得当时我每学期期末在书店买到的《课程总表》（*Vorlesungsverzeichnis*）的封底都是布维尔出版社和书店的广告：施密特（Helmut Schmidt，1918—2015）总理与勃列日涅夫（Леонид Ильич Брежнев，1906—1982）主席检阅部队。黑白照片上，施密特左肩背着布维尔书店的布包，勃列日涅夫头上戴着红色的布维尔网球帽。波兹曼的思考则更进一步，他指出：

> 印刷时代步入没落，而电视时代蒸蒸日上。这种转换从根本上不可逆转地改变了公众话语的内容和意义，因为这样两种截然不同的媒介不可能传达同样的思想。随着印刷术影响的减退，政治、宗教、教育和任何其他构成公共事物的领域都要改变其内容，并且用最适用于电视的表达方式去重新定义。[1]

1　尼尔·波兹曼著，章艳译《娱乐至死》，第 8 页。

如果波兹曼看到今天地铁上大部分人在沉溺于玩手机的话，不知道他会作何种感想。书籍慢慢要淡出人类的视线，互联网的时代更是图像的时代。

并没有进步的智慧

生活在今天的人可能会笑话古人，认为他们生活在物质条件极其匮乏的时代。现代社会本应当为人们提供更多的时间和精力，用来思考人生重要的问题，或者享受生活。其实却不然。现代化的生活其实耗费更多的时间。两千五百年前的佛陀实际上有更多的时间思考生命的问题。今天有谁可以说，自己比老子或苏格拉底更深刻？如今的科技水平与那时相比先进了不少，但人的智慧可能并没有什么进步。尽管我们会用智能手机，但好像很难说今天的人比苏格拉底、老子更聪明。

我出生的年代

人生有不同的阶段，青年时代属于那种非理性的造反时代，它同时也塑造了一个人和一个民族的未来。1960 年代真是一个疯狂的年代，当时的中国内地青年"造反有理"，香港青年"反英抗暴"，以美国青年为主的西方青年反战，法国学生掀起"五月风暴",德国学生成立了极端组织"红军旅"(Rote Armee Fraktion)……他们无一不崇拜格瓦拉(Ernesto Guevara,1928—1967)、毛泽东(1893—1976)、胡志明(1890—1969)、马丁·路德·金(Martin Luther King, Jr., 1929—1968)、鲍勃·迪伦(Bob Dylan)等等。起初他们希望改变世界,但很快他们自身得到了改变:嬉皮士、牛仔裤、摇滚乐、裸体游行……他们真的生活在一种理想之中。前几天我在翻阅当时的《明镜周刊》(Spiegel)的时候,依然能够感到那个时代的朝气蓬勃和玩世不恭。

君欲钓鱼须远去

小时候在奶奶家长大,吃饭的时候,小姑常常说我拿筷子的时候,特别靠下,这说明以后离家不会特别远。到北京上大学之后,有一次回徐州,在奶奶家吃饭,小姑看见我使筷子的方式,笑着说:"没有想到老二(我在家中排行第二)会走得那么远!"近日读到韩愈(768—824)两句诗:"君欲钓鱼须远去,大鱼岂肯居沮洳。"(《赠侯喜》)大鱼游弋四海,沼泽池塘是不可能钓到大鱼的。"昂昂千里,泛泛不作水中凫"(辛弃疾《水调歌头·将迁新居不成》),当时的心气非常之高,一心想着到外地读书,急不可待地认识外面的世界。

被轻视的政治势力

1923 年在慕尼黑的啤酒馆政变（Hitlerputsch）后，当时很多德国知识分子依然认为希特勒仅仅是一个政治小丑而已，根本不可能引起社会精英的关注。即便到了 1933 年希特勒上台后，奥地利犹太作家茨威格（Stefan Zweig，1881—1942）仍然坚信德国文化对精神和理性的尊重。1933 年，当纳粹在德国掌权的时候，茨威格决定去伦敦。尽管岛屿出版社（Insel Verlag）不再出版他的书，但他并没有中断与德国的联系。1934 年开始茨威格流亡至英国和巴西，后来他在南美时目睹了自己的"精神故乡"欧洲的沉沦而感到绝望。1936 年他的作品开始在德国被禁。1942 年，作家完成了自传《昨天的世界》（*Die Welt von Gestern: Erinnerungen eines Europäers*）后，于 2 月 22 日同夫人双双服毒自杀。

可以设计的人生？

一个熟人的女儿在美国一所培养同传的学院毕业，非常优秀，她向我咨询有关女儿的未来之路。她说，自己以往的人生走了很多的弯路，希望女儿尽可能地多走直路。她已经为女儿设计好了璀璨、幸福的人生。人的一生真的可以设计吗？我认为，孩子的教育过程是可以设计的，但他的人生还是要靠自己的努力。慧能（638—713）说，"如人饮水，冷暖自知"（《坛经》），人生只能靠自己的经历、体验和感悟，"纸上得来终觉浅，绝知此事要躬行"（陆游《冬夜读书示子聿》）。如果没有自己的亲身体验的话，孩子也不会真正形成自己的思考和判断能力。

家长常常会对孩子说，某某多么成功！不要拿别人的人生与自己比较，因为我们永远不清楚他人的人生究竟怎样！

悲惨的人生？

如果读林肯（Abraham Lincoln，1809—1865）传记的话，可能你会觉得他所拥有的是世界上最悲惨的人生了。他幼年丧母，初恋情人早逝，夫人在第三个儿子死后精神彻底崩溃，中年丧子，最终他自己遇刺身亡。但对于林肯来讲，这些不幸却铸就了他坚忍不拔、不屈不挠的性格。如果一个人一直能从自己的经历中及时总结出人生的教训，那么即便是痛苦的经历也是人生的一笔财富。

高薪聘用的人才

一段时间以来，国内的高校竞相高薪聘用人才。一时间冠以各种"江"的学者层出不穷，好像只有在别人那里自己的价值才能体现出来。这令我想到晏殊（991—1055）的词：“满目山河空念远，落花风雨更伤春，不如怜取眼前人。”
（《浣溪沙·一向年光有限身》）与其高薪引进外来的人才，真
的还不如善待已有的人才。

大师

多年前我陪一个奥地利气功代表团前往峨眉山，山上某
气功组织的一个秘书拿着一幅大师端坐在莲花之上的照片让
我们传看，告诉我们大师神通广大。有"不识抬举"的奥国
人提出，要实地看一下大师是如何端坐在莲花之上的。秘书
煞有介事地说，并不是所有人都有这样的缘分来看大师的修
行的，大师特别不愿意向外人显示他的真功夫。我所不理解
的是，既然大师认为自己的能耐最好"秘不示人"，弟子们为
何又以此来宣传所谓的大师神力？

匿采以韬光

杨修之躯见杀于曹操，以露己之长也；韦诞之墓见
伐于钟繇，以秘己之美也。故哲士多匿采以韬光，至人
常逊美而公善。（《菜根谭·应酬》）

与其说洪应明教导世人不要将自己的聪明才智外露，以

便在复杂的人际关系中保全自身，还不如说是告诫人们不可与小人为伍。对此我深有体会，因为我自己也有类似的一段经历，同时也感谢它给我带来的反省："毁人者不美，而受人之毁者遭一番讪谤便加一番修省。"（《菜根谭·评议》）其实即便是面对负面的经历，只要善于总结的话，也会使之变成自己人生宝贵的财富。

人生有定分

《东坡志林》中有一些是关于怀疑人生有定分的，这其实是哲学的问题，"吾无求于世矣，所须二顷田以足饘粥耳，而所至访问，终不可得"（卷一《人生有定分》）。海德格尔说，施瓦本人的一句俗话说得好，人到了四十岁就知道自己不能做什么了。一生不得志的苏轼，在元丰三年（1080），因"乌台诗案"被贬为黄州团练副使的时候，是四十三岁。这个时候的苏轼，开始思考人生的各种问题。在风华正茂之时，在飞黄腾达的时刻，人是不会思考哲学的问题的。

苏轼认为自己跟韩愈一样，以磨蝎为命宫，这是他平生多遭诽谤的原因所在。（《东坡志林》卷一《退之平生多得谤誉》）

细　节

一

20世纪90年代中期的时候，我们将儿子从徐州接回北京，当时因为我的课不多，常常陪着儿子在紫竹院游玩。有一年的夏天在湖北岸的福荫紫竹院前，我给儿子买了根冰棍儿后，自己就坐在面湖的椅子上看起了带来的书。儿子到处乱跑，一会儿跑回来，问我冰棍儿的包装纸应当扔哪儿。我指了指不远处的果皮箱，他跑过去，将攥在手里一段时间的包装纸扔到了里面。这个时候，旁边一个也带着孩子的老外向我走来，用英语对我说，这是他见到的第一个将冰棍儿纸扔到垃圾箱里的中国孩子。我们聊了几句后，知道他和他女朋友都是德国之声的记者，之后我们开始说德语。后来我们成了朋友，我们一家受邀到他们位于紫竹院附近的家中做客。后来我到波恩读书的时候，还到他们家去过一两次。再后来他们随着德国政府搬去了柏林。

二

我认识一位"老三届"的教授，身上带着很多的"时代气息"。最让我不能容忍的是，在台上坐着的时候，他常常会将一条裤腿卷起来。有一次我在下面看着他露出一条白花花的大腿，感觉尴尬极了。有时坐得比较近的时候，我也会看到他指甲里全是黑泥。在开会的时候，他会用一只手的指甲，去清理另外一只手的指甲。在我们这样一个社会中，一个人的知识与他的修养好像没有太多的关系。

三

1994年年底我从德国去香港，在屯门的妙法寺小住了几天。我每天跟着出家人一起吃早餐、做早课。吃早餐的时候，喝粥是用筷子而不是用勺子，让我特别不习惯。因为如果用筷子的话，就得拿着碗呼噜呼噜大喝，而这之前，我在德国的时候，汤碗是不能拿起来的，喝汤的时候只能从勺边轻轻吸吮。好像欧洲人很难习惯某些中国人吃饭时发出的声音。在德国的餐厅里，保持安静的习惯，好像是他们最乐意接受的一种生活方式。我以前有一个朋友告诉我，吃饭其实没有什么所谓文明不文明之分，有朝一日中国变成了发达国家，洋人也会像我们一样习惯于张着嘴大嚼特嚼的。对此我表示了极大的怀疑。

老 与 新

一

1994年的冬天我在马堡大学的时候，在波恩的一个德国朋友希望我能给他组织的一个国内高级代表团当翻译。代表团的成员都是国内各个省市计划委员会的高级官员。中国人当时对国外的认识，大抵是形如纽约的曼哈顿，到处都是摩天大厦。但德国的情况比较特殊，当时柏林的波茨坦广场还

过眼云烟　153

是一个大建筑工地，并且德国人也不觉得那些高楼有什么品位。于是东道主安排我们居住在帕德博恩市（Paderborn）一座非常有特色的中世纪的古堡中。晚上吃完饭之后，团里的成员们商量跟德方交涉，能否换一个现代化的高楼来居住。当时跟德方谈的时候，我做翻译，德方只是觉得有些莫名其妙。还好，之后团员们在法兰克福终于住上了心仪已久的高楼，没有让他们觉得这趟欧洲之行不值。

二

2003 年 1 月 23 日时任美国国防部长的拉姆斯菲尔德（Donald Henry Rumsfeld）在回答记者提问的时候，他认为不支持伊拉克战争的是德国、法国这些"老欧洲"，他让记者注意波兰等"新欧洲"。后来在德国，大家一直自我嘲笑说，自己是"老欧洲人"，但说这话的时候，从骨子里透出对新大陆的"暴发户"的看不起。1873 年马克·吐温（Mark Twain，1835—1910）完成了具有划时代意义的第一部长篇小说《镀金时代》（*The Gilded Age: A Tale of Today*）。那一代在美国的商业巨子一个个都赚得盆满钵盈。为了在肆意的挥霍中显示自己的财富，这些到新大陆去的"贫人乍富"者，女士们穿着华贵的貂皮大衣，戴上金光闪闪的首饰，很多人的家里到处贴金镀银……而这些行为在欧洲贵族看来，只不过是一夜暴富者的炫富行为而已。完全不是豪门世族的做法。

在德国，一家人在吃饭的时候，如果孩子不坐直了用刀叉，家长马上会训斥道：你怎么跟美国人一样！在"老欧洲"

的眼中，美国人永远是喜欢闪闪发亮的东西的大腹贾。在喝咖啡方面，德国人肯定没有意大利人、法国人或奥地利人那么讲究，但是他们更爱讥笑美国人喝咖啡时的毫无修养，有的只是暴发户式的"大碗喝酒"的粗俗。

人生的经验

很多欧洲人在中学或大学毕业后，都会背起沉重的双肩背包，用一年或更长的时间周游世界，希望自己能在被稳定的工作和日常的生活固定在某个地方前，按照自己的想法生活一次。很多人在路上花完了自己的储蓄，只好在旅程中打个零工，以便补回透支，继续自己的梦想。此类的人生经验，常常是很多人一辈子的财富。

用电报的成吉思汗

19 世纪中叶以后，尽管沙皇俄国开始了社会与经济的现代化进程，但却反对任何形式的西方式的政治参与，因此其政治制度依然非常反动。赫尔岑说过一句非常著名的话：俄国是"用电报的成吉思汗"[1]。

1　转引自布伦丹·西姆斯著，孟维瞻译《欧洲——1453 年以来的争霸之途》，北京：中信出版社，2016 年，第 203 页。

文化的娱乐化

我在德国读书的时候，已经有 Spaßkultur（娱乐文化）的说法。21 世纪初的时候，美国著名文化批评家波兹曼就曾警告过美国人：

> 如果一个民族分心于繁杂琐事，如果文化生活被重新定义为娱乐的周而复始，如果严肃的公众对话变成了幼稚的婴儿语言，总而言之，如果人民蜕化为被动的受众，而一切公共事务形同杂耍，那么这个民族就会发现自己危在旦夕，文化灭亡的命运就在劫难逃。

> 美国正进行一个世界上最大规模的实验，其目的是让人们投身于电源插头带来的各种娱乐消遣中。[1]

今天看来这样的一种趋势好像并非只在美国，娱乐化使得新生代已经不知道什么是敬畏，什么是庄严了。其实早在6 世纪的时候，颜之推就提出过要禁止孩童因过分顽皮淘气，而丧失敬畏之心，"禁童子之暴谑"（《颜氏家训》卷一《序致第一》），所谓"暴谑"就是过分的嬉笑。

1　尼尔·波兹曼著，章艳译《娱乐至死》，第 163 页。

访师之苦

顾彬教授在北外做讲座之前，我每次主持的时候，都会说道：当年为了听顾彬的讲座，要到波恩大学去留学。今天北外的学生真的很幸运，可以在自己的学校听到这么多外国学者的演讲，并且常常用中文。即便是 20 世纪的 90 年代，也很难想象中古时期访禅、行脚的和尚们为了修道成佛而走访高僧名师的艰辛。他们往往穿着草鞋行路，由于身形消瘦，原本合脚的草鞋，因脚瘦而显得宽大：

> 僧问："如何是道？"师曰："高高低低。"曰："如何是道中人？"师曰："脚瘦草鞋宽。"（《五灯会元》卷十二《华严道隆禅师》）

从中我们可以看到，访禅之不易。而"脚瘦草鞋宽"本身也成为了修道的一部分。

水浅不是泊船处

20 世纪 90 年代，我已经在北京的一所高校工作，在那里的德语中心教德语。尽管当时也给香港的一本佛教刊物写写文章，但学术的方向并不明确。直到有一天我在北京的歌德学院（当时还在北外东院的英语楼）听了顾彬有关阐释学与汉学的演讲，认为他在汉学方面的造诣颇深，应当以他为师，继续深造。禅宗语录里有一句话"水浅不是泊船处"（《五灯会元》卷四《赵州从谂禅师》）正是当时我的想法，应当尽快离开当时的那所学校。一年以后我已经是波恩大学汉学系顾彬教授的硕士生了。

冷清清暮秋时候

在波恩的日子，我喜欢在莱茵河畔散步，特别是秋天的时候。北莱茵地区的秋天天高云淡，往往能看得很远。顺着哥德斯堡的莱茵河往南走，对面是龙岩山（Drachenfels），常常有大雁一样的鸟儿啼叫着飞过。傍晚时刻，莱茵河中倒影的七峰山显得清瘦、狭长，让我想到卢挚（1242—1314）《沉醉东风》中的句子："天长雁影稀，月落山容瘦，冷清清暮秋时候。"（《沉醉东风·重九》）入夜后的莱茵河，更给人一种高旷与寂寥的感受。

有心江上住

我刚到波恩的时候，根本不知道如何选课。第二学期开始，我的第二副专业日语的成绩根本没有，顾彬教授建议我改选研究席勒的专家厄勒斯（Norbert Oellers）教授的日耳曼学。那天傍晚我在莱茵河畔散步到很晚，看着湍急的江水，想到禅宗语录中的两句话："有心江上住，不怕浪淘沙。"（《五灯会元》卷十二《白鹿显端禅师》）既然选择了来波恩学习，根本没有任何退路，就只能硬着头皮、不畏艰险走下去。

朝北京，暮莱茵

20 世纪 80 年代我在北外读德语的时候，口语教材有一段话说："16 小时我们就飞越了千山万水。通过现代化的交通工具，世界变小了……中国实行新的开放政策后，中国和德意志联邦共和国之间的交往日趋频繁，这点只要看看中国民航飞往法兰克福的班机由每周一次改为两次就清楚了。"[1]90 年代我到德国留学时，北京—法兰克福只需要九个小时了。我大部分时间是乘坐中国民航，下午 2 点左右的航班，到了法兰克福是 6 点多钟，等我回到波恩的家中，已经是夜晚了。禅宗语录中有形容出家人云游四方、行踪不定的一句话："朝三吴，暮百越。"（《虚堂和尚语录》卷一）意思是说，早上还在江苏的苏州一带，晚上却到了浙江、福建一带。现在想想，可以改为"朝北京，暮莱茵"。

1　《北京外国语大学德语系四年级口译教材》（油印）1987 年 8 月，1.Lektion（第一课），第 5—6 页。

多层意义

理解的不确定性

鲁迅在《〈绛洞花主〉小引》中对《红楼梦》的评价是：

> 《红楼梦》是中国许多人所知道，至少，是知道这名目的书。谁是作者和续者姑且勿论，单是命意，就因读者的眼光而有种种：经学家看见《易》，道学家看见淫，才子看见缠绵，革命家看见排满，流言家看见宫闱秘事……。[1]

据说一双刻薄的眼睛，看到的都是人的缺点；一双傲慢的眼睛，看到的都是人的愚蠢；而一双智慧的眼睛，看到的都是别人的智慧……经学家、道学家、才子、革命家和流言家在《红楼梦》中看到的自然不同。鲁迅已经注意到理解的不确定性，这正是伽达默尔（Hans-Georg Gadamer，1900—2002）阐释学最基本的观点。

年轻的现代汉语

中国自 1919 年五四运动之后才正式开始使用现代汉语。也就是说，现代汉语作为一种文学语言至今还不到一百

---

1 鲁迅著《〈绛洞花主〉小引》，载王世家、止庵编《鲁迅著译编年全集》卷八，北京：人民出版社，2009 年，第 26 页。

年的历史。拿德语来做比较，从马丁·路德（Martin Luther，1483—1546）通过翻译德文《圣经》而创立书面德语，一直到二百五十年之后的歌德时代，德语才作为一门成熟的书面语言取代法语和拉丁语，而被广泛应用于文学创作之中。

一张白纸

小时候学语文课文，其中最多的是毛泽东和鲁迅的文章，跟艰深、晦涩的鲁迅的文章相比，我们更愿意读毛泽东的"大白话"。1958年，毛泽东写了一篇文章《介绍一个合作社》，其中有他著名的一段话："一张白纸，没有负担，好写最新最美的文字，好画最新最美的图画。"

雅斯贝尔斯的《论历史的起源与目标》（*Vom Ursprung und Ziel der Geschichte*，1949）一书中，在谈到当下的意识发展时，他提到了所谓的"白纸状态"（tabula rasa）。在这里，所指的是"不断增大的意识的丧失"。[1] 因此，在雅斯贝尔斯看来，所谓的 tabula rasa 完全是一个负面的概念。熟悉西方哲学史的人会知道，"白纸状态"是从托马斯·阿奎那那里来的。这位中世纪神学集大成者认为："Intellectus autem humanus... in principio est sicut tabula rasa."[2] 意思是说，人的心智最初阶

---

1 卡尔·雅斯贝尔斯著，李雪涛译《论历史的起源与目标》，上海：华东师范大学出版社，2018年，第156页。
2 *S. th.* I, 79, 2.

段是白纸状态。这其实与毛泽东的说法是类似的。

拉丁文中还有一种说法：horror dictu，意思是说人对空白的恐惧。人需要填满所有的空间，心里才会满足。当然闲逸也是"空白"的一种表现形式，因此，本笃会（Benedicti）会规中有："Otiositas inimica est animae."[1] 意思是说，闲逸是灵魂的敌人。

不朽之盛事

曹丕说："盖文章，经国之大业，不朽之盛事。"（《典论·论文》）其实岂止文章，整个的文化事业本来亦应当作如是观。近日读《出三藏记集》中的一则道标（鸠摩罗什的弟子之一）为《舍利弗阿毗昙》所作的序，谈到了这本经的翻译过程：天竺沙门昙摩崛多、昙摩耶舍将至长安，弘始九年（407）将此经的经文写成梵文。"至十年，寻应令出。但以经趣微远，非徒开言所契，苟彼此不相领悟，直委之译人者，恐津梁之要，未尽于善。停至十六年，经师渐闲秦语，令自宣译。"（《出三藏记集》卷第十）姚兴尽管对佛教译经近乎痴迷，但并非急功近利，而是卓有远见！为了翻译好一部经典，他宁可等待七年多的时间，直到两位译主学好汉语！

1　*Regula Sancti Benedicti*, 48.

Imago Dei

我在波恩读比较宗教学的时候，硕士口试题目之一是：在不同宗教传统之中的"神"（Gott）。基督教的神基本上是我的一个思考的基础和参照系，由此旁及伊斯兰教和其他宗教。从《圣经》的传统来看，人（包括男人和女人）是神按照自己的形象创造出来的，即所谓的 Imago Dei（德文：Gottebenbildlichkeit，英文：Image of God），因此人的尊严，是神圣不可侵犯的，人的生命也不是其他人乃至自身可予以剥夺的。据说当年马丁·路德·金以非暴力的方式展开黑人民权运动，他常说的一句话就是"We blacks are created by god in his own image"，意思是说，我们黑人同样也是神按照他的形象创造的。因此，只要是作为人，不论是男人还是女人，白人还是黑人，其尊严都是神圣不可侵犯的。

2011 年 5 月 1 日在巴基斯坦首都伊斯兰堡郊外，基地组织领导人本·拉登（Bin Laden，1957—2011）被美国军方击毙。之后美国总统奥巴马在白宫发表讲话宣布这一消息。德国总理默克尔得知这一消息后，当即表示很高兴听到了本·拉登被击毙的消息。作为基督教民主联盟的主席，她的这一表态随即引起了德国知识界的极大不满。人的生命理应受到尊重，哪怕是一名罪犯，在其生命被剥夺时他人也不应当表现出喜悦之情。当时德国报纸上说，有一位德国法官甚至因此想起诉这位总理。

启蒙——人类的成年

我上中学的时候开始喜爱读"三言""二拍"之类的话本小说，当时的版本为了青少年的健康成长都做了删节。每到冯梦龙（1574—1646）描写的关键处，都会空一些字，每每让我们这些处于青春期的男生们浮想联翩。后来找到了解放前出版的版本，发现并没有什么特别露骨的描写后，感到还是空出来几个字，让我们产生联想得好！

中世纪的时候天主教将那些伤风败俗或者非凡信仰的书籍列入禁书目录（index librorum prohibitorum），提醒大家不要阅读，以免危害心灵。很多被禁的书，读者只可能去读由教会审查、修改过的"清洁本"或"卫生本"。有一年我在维也纳的奥地利国家图书馆参观耶稣会的藏书，发现有一段时间，他们将之前所有裸体绘画的要紧处都贴上了纸条。天主教有著名的出版许可（imprimatur）制度，只有歌颂神和天主教的作品可以出版。不过作为积极倡导与世人对话，乐意探讨经济社会全球化的重大问题的教皇，保罗六世（Paulus PP. VI，1897—1978，1963 年至 1978 年作为第 262 任教皇）还是取消了禁书目录。

美国女作家菲希尔（Dorothy Canfield Fisher，1879—1958）强调孩子的自立意识，她提出："母亲不是孩子赖以依靠的人，而是使依靠成为不必要的人。"（A mother is not a person to lean on but a person to make leaning un-necessary.）[1]康

---

1 Dorothy Canfield Fisher, *Her Son's Wife*, New York: Harcourt, Brace & Company, 1926. ch. 37.

德在 1784 年启蒙运动的高潮时，在《回答这个问题：什么是启蒙》中说："启蒙运动就是人类走出他的未成年状态。"不是因为"缺乏智力，而是缺乏离开别人的引导去使用智力的决心和勇气！"他引用了古罗马诗人贺拉斯（Horatius，前65—前8）的一句拉丁文"Sapere aude!"，要有勇气运用自己的智力。[1] 康德的话暗示，人已经足够成熟，能够不再依赖一种父亲似的权威找到自己的道路了。启蒙的使命，用菲希尔的话来讲，就是让人认识到依靠成为了不必要。

元代的病态社会

什么是一个好的社会？那就是世人都将自己好的、善良的一面表现出来。如果一个社会人人都嫌弃、讨厌穷困的命运，个个见钱眼开，都将自己险恶的一面表现出来的话，那么一定会形成人欲横流、寡廉鲜耻的社会风气。今天我们如果读元曲的话，会发现很多当时的文人既不愿意同流合污，也无力扭转乾坤，因此只好无可奈何地独善其身了。在仕途上不得志的张可久写下了"人皆嫌命窘，谁不见钱亲"（《醉太平·人皆嫌命窘》）的诗句。

1　"Beantwortung der Frage: Was ist Aufklärung?", *Berlinische Monatsschrift*, 1784,12, S. 481–494.

徐渭论朱子

前两天在党校的大有书局购得一本"中信国学大典"系列中的《近思录》，今天读来很多的内容让我觉得很有意思。不过，我们今天的读法是已经具备了启蒙以后的批判精神了，而这些文本本身，常常故意唱高调，语焉不详，或者以道学家的面目，无限上纲上线，以维护道统的所谓"纯洁性"。

读《徐渭集》，其中有《评朱子论东坡文》，非常精彩。今天看来，作为自由主义的画家、艺术家，徐渭最不能容忍的是朱子的"伪装"，只要说话，就用一种"意识形态"的话语提到所谓重大原则的高度。作为最"正宗"的儒者，对他认为不纯粹的儒家思想都要加以严格批评：

> 文公件件要中鹄，把定执板，只是要人说他是个圣人，并无一些破绽，所以做别人者人人不中他意，世间事事不称他心，无过中必求有过，谷里拣米，米里拣虫，只是张汤、赵禹伎俩。此不解东坡深。吹毛求疵，苛刻之吏……极有布置而了无布置痕迹者，东坡千古一人而已。朱老议论乃是盲者摸索，拗者品评，酷者苛断。（《徐渭集·评朱子论东坡文》）

所谓"无布置"，文长认为朱熹根本不可能真正理解既喜爱佛教，又喜爱老庄，同时也算是个经学家的苏轼，因为苏轼的那些超逸的文章是极有布置而又无布置痕迹的大手笔。

朱熹的指责，显然是一种缺乏鉴赏力的"盲者摸索，拗者品评"，只不过是鸡蛋里挑骨头的吹毛求疵而已。除此之外，朱熹还是一个沽名钓誉之人，"只有人说他是个圣人"。让文长忍无可忍的是整天将"存天理，灭人欲"这些陈词滥调挂在嘴边的这位"文公"完全没有任何人生的乐趣，这与文章写得好，为人也有情趣的苏轼正好形成鲜明的对比。明中叶江浙文人有一种自由的倾向，要求承认个人的选择，发扬个性。这篇小品文本身是文长真性情的彰露，是对程朱理学的死板苛酷的对抗，也是对当时"主流意识形态"的挑战。

朱子语录在当时是官员"政治正确"的表现，即便是在万历年间绝意仕途的洪应明，也会写下："人欲从初起处剪除，便似新刍剧斩，其功夫极易；天理自乍明时充拓，便如尘镜复磨，其光彩更新。"（《菜根谭·修省》）因此，《菜根谭》既有潇洒的一面，也有市侩的一面。正是在这些文人的推波助澜之下，造成了当时社会强烈的不安定的气氛，弄得人人自危。

占尽残春也自雄

1915 年陈寅恪（1890—1969）曾在北京任蔡锷（1882—1916）秘书，他后来回忆道："忆洪宪称帝之日，余适旅居旧都，其时颂美袁氏功德者，极丑怪之奇观。深感廉耻道尽，至为痛心。至如国体之为君主抑或民主，则尚为其次者。"[1] 这是一生秉持"独立之精神，自由之思想"的陈寅恪对民族性的痛斥和失望。

去年的雪，如今安在？

昨天跟中央美术学院的李军教授闲谈，我对很多的事情很是悲观。李军对我说起法国诗人弗朗索瓦·维庸（François Villon，1431—1463 后）的名句"Mais où sont les neiges d'antan?"（去年的雪，如今安在？）。他乐观地认为，眼前的一切都终将成为过眼烟云。

这让我想起了维吉尔（Publius Vergilius Maro，前 70—前 19）的一句话："Dabit deus his quoque finem."[2] 意思是说，神将会结束这些事情的。

大众幻想与群众性癫狂

2008 年经济危机的时候，当时有一位经济学家做了这

1　陈寅恪著《读吴其昌撰梁启超传书后》，载《陈寅恪集·寒柳堂集》，北京：生活·读书·新知三联书店，2001 年，第 166 页。
2　Virgilius, *Aeneïs*. 1, 199.

样的一个比喻：如果你从八十层楼顶跳下去的话，其中的七十九层你都可以认为自己是在飞翔，只是最后触地的一刹那才是致命的。我想政治上是一样的，如果一个国家偏离了现代政治的最基本原则的话，其结果可能也是非常悲惨的。现代政治的原则除了民主和自由外，并无其他。如果一个政党只讲各种权术、谋略，而不遵循现代政党的各种游戏规则的话，同样是不会有前途的。苏格兰著名学者查尔斯·麦凯（Charles Mackay，1814—1889）在 1841 年出版的《非同寻常的大众幻想与群众性癫狂》（*Memoirs of Extraordinary Popular Delusions and the Madness of Crowds*）中指出：

> 金钱……常常会引起群体性的幻想。冷静的民族可能会突然变成孤注一掷的赌徒，几乎把身家性命全寄托在一张纸的运气上……有人说得好：人是群体性思维的动物，我们将会看到，人也是群体性发狂的动物，但在恢复理性的时候他们却是缓慢的、个体的。[1]

反智主义

"反智主义"（anti-intellectualism）一词，尽管是由美国

1　转引自托马斯·L. 弗里德曼著，辛献云译《华尔街论"道"》，《新东方英语》2009 年第 1 期，第 101 页。

历史学家理查德·霍夫施塔特（Richard Hofstadter，1916—1970）于 20 世纪 60 年代出版的《美国生活中的反智主义》（*Anti-intellectualism in American Life*，1963）一书中提出的，但类似的现象却在中国历史上早就存在了，如无名氏的《中吕·朝天子·志感》的两首小令：

> 不读书有权，不识字有钱，不晓事倒有人夸荐。老天只恁忒心偏，贤和愚无分辨。折挫英雄，消磨良善，越聪明越运蹇。志高如鲁连，德过如闵骞，依本分只落的人轻贱。
>
> 不读书最高，不识字最好，不晓事倒有人夸俏。老天不肯辨清浊，好和歹没条道。善的人欺，贫的人笑，读书人都累倒。立身则小学，修身则大学，智和能都不及鸭青钞。

这显然是当时的汉族知识分子对黑暗的政治制度的控诉。汉族士大夫的理想是读书明理，参与政治。元代废除科举几十年，断了这些希望走仕途生涯人士的前程。这些汉族的士大夫在元初，很多被杀害了，有的被迫做了奴隶……即便有远大理想的有识之士，也只落得个被人轻贱的下场。在"智和能都不及鸭青钞（元代的钞票）"的社会，知识分子只能尊严沦丧、斯文扫地。可悲的是，此类的反智现象并非仅仅存在于历史之中，我小时也经历过"白卷先生"的时代。

政治抑或哲学

　　问：有个笑话，中国从前有位军阀在开会时，有人送了一篮香蕉。他不知道先剥皮，于是带着皮吃了，结果其余的人也立刻把香蕉连皮吃了。

　　柏：这只是摇尾系统的拍马术，如果是现代化的专制封建头子，摇尾系统恐怕立刻就研究出来连皮吃香蕉的伟大哲学家基础。[1]

过度经营

　　人生经常被过度经营了。目前市场上充斥着励志和成功学的各类图书，总是说个人的努力不够。元好问（1190—1257）在一首"双调"中写道："人生百年有几，念良辰美景，休放虚过。穷通前定，何用苦张罗。"（《骤雨打新荷》）歌曲《何日君再来》被我们批判几十年之久据说是因为其反映了颓废的及时行乐思想。但改革开放没有多久，随着邓丽君（1953—1995）的歌声传遍大江南北，"好花不常开，好景不常在"也唱遍了家家户户。我之所以很喜欢遗山的这两句话是因为他的旷达，费尽心机的钻营常常会适得其反。

1　柏杨著《丑陋的中国人》，北京：人民文学出版社，2008 年，第 28 页。

热 则 取 凉

《庄子·人间世》中的第二节，借叶公子高出使齐国一事，通过孔子之口道出臣子与君王相处之难。子高向孔子提出了："今吾朝受命而夕饮冰，我其内热与？"由于感到内心的焦灼，早晨受命之后晚上就要喝冰水了。梁启超（1873—1929）临危受命于光绪皇帝，变法维新，其所面对国家内忧外患之焦灼，他认为只有用"饮冰"方能得解。梁启超将他的书房命名为"饮冰室"，说明他希望这些精神食粮能够给这个"热恼"的世界一副清凉剂！禅宗有所谓"热则取凉"的说法（《祖堂集》卷十七《岑和尚》）。

Fellachendasein

在做翻译的过程中，常常会遇到一些不知道如何处理的现象。《论历史的起源和目标》中有 Fellachendasein 的说法，我将之译作"没有文化成果的生活状态"[1]，这里主要参考了重田英世日译本的译法。查阅德汉词典，Fellache 解释为"（阿拉伯国家的）农民，没有发展前途的，完全只顾眼前的人或民族"。我询问腊碧士教授的时候，他很无奈地对我说，很遗憾，大部分的人至今依然处于这一状态。

---

1 卡尔·雅斯贝尔斯著，李雪涛译《论历史的起源与目标》，第 87 页。

愚蠢的问题与回答

今天我的老师克鲁默来我办公室坐了一个小时，我们愉快且深入地交换了对宗教、时事等方面的一些看法。记得我1987年第一次在北外德语系上他的课时，他刚从海德堡大学博士毕业，正是风华正茂、意气风发的年代。他在课堂上告诉我们："Es gibt keine dummen Fragen, sondern nur dumme Antworten."（没有愚蠢的问题，只有愚蠢的回答。）这句话让我们这些语言不好，也没有什么知识的学生开始慢慢变得自信。实际上《论语》中也有"敏而好学，不耻下问"（《论语·公冶长》）的说法，连孔子向地位、学问不如自己的人请教都不感到丢面子，更何况吾辈！中文里的"学问"实际上包括了学习和提问，顾炎武认为："夫仁与礼未有不学问而能明者也。"（《日知录·求其放心》）

认为自己高明的人，多半不愿意向别人请教，结果不可能有什么真正的成就，"所以，性敏者多不得道，自高者多耻下问，此酌然之理。"（《虚堂和尚语录》卷四）其实，同样的句式还有"没有卑微的工作，只有卑微的工作态度"等说法。克鲁默老师的话，让我受益终身。

文化面临的两大深渊

当代的文化批评家波兹曼认为，有两种方法可以让文化精神枯萎，一种是奥威尔式的——文化成为一个监狱，另一种是赫胥黎式的——文化成为一场滑稽戏。在《娱乐至死》的前言中，波兹曼继续通过奥威尔（George Orwell，1903—1950）的《1984》（*Nineteen Eighty-Four*，1949）和赫胥黎（Aldous Leonard Huxley，1894—1963）的《美丽新世界》（*Brave New World*，1931）来解释：

> 奥威尔害怕的是那些强行禁书的人，赫胥黎担心的是失去任何禁书的理由，因为再也没有人愿意读书；奥威尔害怕的是那些剥夺我们信息的人，赫胥黎担心的是人们在汪洋如海的信息中日益变得被动和自私；奥威尔害怕的是真理被隐瞒，赫胥黎担心的是真理被淹没在无聊烦琐的世事中；奥威尔害怕的是我们的文化成为受制文化，赫胥黎担心的是我们的文化成为充满感官刺激、欲望和无规则游戏的庸俗文化……简而言之，奥威尔担心我们憎恨的东西会毁掉我们，而赫胥黎担心的是，我们将毁于我们热爱的东西。[1]

在纽约大学任教的波兹曼认为，成为现实的是赫胥黎的担心，而非奥威尔的预言。但对于我们来讲，好像两种的威胁同时存在。

---

1 尼尔·波兹曼著，章艳译《娱乐至死》，"前言"，第2页。

人定胜天？

小的时候在"批林批孔"运动中，不仅知道了孔子、柳下跖等人的名字，还知道了"克己复礼"等儒家的学说。更重要的是，了解到了一系列法家的革命学说，特别是荀子（前313—前238）"人定胜天"的思想。荀子提出"制天命而用之"（《荀子·天论》），意思是说，人要改造自然、利用自然，首先要征服自然。"人定兮胜天"（刘过［1154—1206］《襄阳歌》）的说法直到南宋才开始有。"文革"后期有各种各样的公社变新颜的宣传画，好像水也开始往高处流了。人真的可以做一切事情吗？今天在读波兹曼的《娱乐至死》的时候，看到他提到的赫胥黎的观点，没有谁拥有认识全部真理的才智。[1]以前读维吉尔的《牧歌》（*Bucolica/Eclogae*）的时候，很欣赏他说过的一句话："Non omnia pissumus omnes."[2] 我们不能做一切事。换句话说，人的能力是有限的。

所谓人定胜天，会造成全球性的生态危机，最终很可能会葬送人类自身。

电视与远望

维也纳大学的副校长泰兰（Jean-Robert Tyran）教授来北

1　尼尔·波兹曼著，章艳译《娱乐至死》，第6页。
2　*Buc.* 8, 63.

京，因为他是第一次到中国来，所以他到的当晚我请他吃了一顿饭，腊碧士教授和顾彬教授也都在，我们就在香格里拉饭店附近的一家餐厅吃了味道很不错的北京菜。之后大家兴致不错，于是在香格里拉的花园中又喝了一杯。在喝着德国啤酒的时候，大家谈到了电视文化。泰兰教授说他的孩子还小，所以家里没有电视机。以前我跟我的老师克鲁默也谈过电视和孩子的事情，我们一致认为，在没有电视的环境下成长的孩子，会远离暴力，远离商业行为，会更多地读书、爬树，与其他孩子捉迷藏……更重要的是，这样的孩子可以学会说话和注意听别人说话。电视将人们粘在椅子和沙发上。

腊碧士教授说，他家里有一个 Fernsehraum（逐字直译为"远望空间"，意思是"电视房"），每天有时间的话，他会跟太太一起在"远望空间"中欣赏花园的景色，"观流水兮潺湲"（屈原《楚辞·九歌·湘夫人》）。说实在的，"远望"一词常常让我想到乐府诗句"悲歌可以当泣，远望可以当归"（《乐府诗集·杂曲歌辞·悲歌》），给人一种特别凄凉的感受。我也认为，人偶尔需要独处的空间。

文字般若

神在西奈山的山顶亲自传达给摩西的十诫，是神对其选民以色列人的告诫。其中第二条指出："不可为自己雕刻偶像，也不可做什么形象仿佛上天、下地，和地底下、水中的百物。"（出 20 : 4）这也就是说，犹太人的神存在于文字之中，存在于文字的抽象思维之中。

般若，梵语 prajñā，意为佛教有关空的智慧。般若分为实相般若、观照般若、文字般若三种，文字虽非般若，但为诠解般若之方便，又能生起般若，故称文字般若。这也是为什么尽管禅宗声称"以心传心，不立文字，教外别传"，但在诸宗之中，禅宗祖师留下的"语录"是最多的原因吧。

韩非子的三世说

以前在德国读汉学的时候，陶德文（Rolf Trauzettel，1930—2019）教授告诉我们中国历史有三个分期：古典时期（Antike），是从上古到秦；中世纪时期（Mittelalter），是从西汉开始一直到唐；近代时期（Neuzeit），是从北宋开始。实际上，以一种进化的观点来看待中国历史，早在韩非子（前280—前233）的时代就已经流行了。他在《五蠹》篇中写道：

> 上古之世，人民少而禽兽众，人民不胜禽兽虫蛇，有圣人作，构木为巢，以避群害，而民悦之，使王天下，号之曰有巢氏。民食果蓏蚌蛤，腥臊恶臭而伤害腹胃，民多疾病，有圣人作，钻燧取火以化腥臊，而民说之，使王天下，号之曰燧人氏。中古之世，天下大水，而鲧、

禹决渎。近古之世，桀、纣暴乱，而汤、武征伐。今有构木钻燧于夏后氏之世者，必为鲧、禹笑矣。有决渎于殷、周之世者，必为汤、武笑矣。然则今有美尧、舜、汤、武、禹之道于当今之世者，必为新圣笑矣。是以圣人不期修古，不法常可，论世之事，因为之备。（《韩非子·五蠹第四十九》，宋乾道刊本）

在此处，韩非用了"上古之世""中古之世"和"今"（当今之世）三个概念，来阐述他的"三世论"。他认为，不同的时代有不同的时代特点，如果墨守成规，一味师古，一定会为后世所笑话。之后他举了"守株待兔"的寓言故事，指出"今欲以先王之政，治当世之民，皆守株之类也"，从而批判了那些不知变通、死守教条的做法。

苍蝇不叮无缝的蛋

《五灯会元》中有一则公案："僧问：'如何是祖师西来意？'师曰：'臭肉来蝇。'"（卷十一《三圣慧然禅师》）如果遭致外来的攻击，其实大都是由于自身的毛病造成的。已经变质的鸡蛋或发臭的肉，才招来苍蝇的吸吮。禅宗用"臭肉来蝇"来说明应当加强自身的修养，以摆脱外来的可能侵入。

知识与技能

我认识很多高学历的人，但他们的外语水平都比较差。有些人跟我抱怨说，他们从幼儿园开始就学英语，一直学到博士，但依然没有掌握这门语言。实际上外语只是一门技能，跟游泳、开车一样的技能。如果你每天有足够的练习量的话，就能在一定的时间内掌握游泳的技巧，即便你游得不一定很好，但会游与不会游却有本质上的差别。如果你从幼儿园开始就学习游泳，每天用半个小时，可能一辈子都学不会这项技能。知识是靠积累，靠锲而不舍，而技能却是靠一定时间内的练习，使之成为自己身体的一部分。如果你学习了一辈子的英语，可能会成为一位博学的外语知识的拥有者，但这并不意味着你掌握了外语技能本身。

如果你只懂得一种语言的话，你就不懂得语言

武汉大学的一位教师对于国内的"英语热"发表了自己的看法，认为这是造成民族虚无主义的原因。他认为"我们年轻一代对本民族传统文化态度的冷漠，了解的浅陋"，完全是学习英语带来的。因此他指出：

　　英语对于我们意味着什么？意味着"狼来了"。来了

一匹我们不能赶走也无法赶走的"狼"。但我想，即使我们没有气度、勇气、胆识、能力与之共舞，也不至于要把我们的孩子以及我们身上的好肉都送到它的嘴里，任其撕咬吧？[1]

如果说这样的一个想法出自晚清的一位官员的话，我觉得还可以理解。但这样的一种认识来自一位 21 世纪的大学教师，真的让我非常吃惊。

多年前，顾彬教授提到过中国作家不懂外语的事情，结果惹得北大某著名学者令人无语的回应：李白也没有学过外语，同样不影响他成为世界级文豪。学习外语意味着什么？歌德说："如果谁不懂得外语的话，就不懂得他自己的语言。"（Wer fremde Sprachen nicht kennt, weiß nichts von seiner eigenen.）[2] 只有掌握至少两种语言，你才能认识到语言的一些规律。所以，有的时候，中国作家抱怨，外语会损害自己的母语，这种说法是完全没有道理的。

全球化以来这个问题更加凸显：有所谓的"中国的学问"吗？即便你只做中国的学问，也需要了解外国同行的最新成就，也要通过外语去学习其他的各种理论知识。

1　北国骑士著《汉语，我想对你哭》，《羊城晚报》2003 年 10 月 18 日。
2　Johann Wolfgang von Goethe, *Maximen und Reflexionen. Aphorismen und Aufzeichnungen*. Nach den Handschriften des Goethe- und Schiller-Archivs hg. von Max Hecker, Verlag der Goethe-Gesellschaft, Weimar 1907. Aus Kunst und Altertum, 3. Bandes 1. Heft, 1821.

伤其十指不如断其一指

尽管这个比喻我不是很喜欢，但它却很说明问题。不论是处理工作，还是解决问题，宁可少一些，但是一定要做好。人的一生好像一直在做事情，但真正能做成的事情并不多。成功的前提其实是掌握好做事的方式：任何事情都要做彻底。我的一个老同事告诉我，1950—1960年代，北京高校每年春天都要组织教职工到郊区种树，每人都种很多棵。种完之后就都不管了，没到第二年，就都死光了。第二年春天大家又高高兴兴地坐车前往其他地方继续种新的树。我有时在想，此类活动的目的究竟在哪里？

灯录中的一句话我很喜欢："登山须到顶，入海须到底。登山不到顶，不知宇宙之宽广，入海不到底，不知沧溟之浅深。"（《五灯会元》卷十七《黄龙慧南禅师》）做事一定要善始善终，否则的话，一切都只能流于形式。

沉没成本与半路抽身

经济学中有所谓的"沉没成本"（Sunk Cost），亦即付出了并且不能收回的成本。一般来说，人们为了避免损失带来的负面情绪而沉溺于过去的付出中，选择了非理性的行为方式。这就是"沉没成本效应"（Sunk Cost Effects）。但真正有效的方式是及时、果断地采取理性的方式对待沉没成本。

禅宗的和尚在参禅求法的时候，中途认识到了方法不对或与所参访的禅师不契而及时放弃，另寻合适的禅师，"半路抽身是好人。好一场曲调，作家！作家"（《碧岩录》卷七）。因此，禅宗的"半路抽身"是避免沉没成本效应的好办法。而那些依然采取了非理性的行为方式、坚持原来想法的人，佛教认为是"棒打不回头"的木鱼疙瘩！这些人即便用棍棒打他们，也领悟不了禅机，无论怎样点拨都不会省悟的！

便利店

不光是日本，现在中国城市里也有很多的便利店。在读佛经的时候，发现"便利"一词原来是"屎尿"的意思，不禁大吃一惊，"时东方有大风起，吹去云雾，皦然明净，并阎浮提所有粪秽，大小便利，灰土草莽，清风吹荡，悉令清净"（《经律异相》卷三十二）。

白饭与粆饭

痴绝和尚的语录中有一段：

罗山寻常道：诸方尽是粆饭，唯有罗山是一味白饭。兄从罗山来。却展手云：白饭请些子。明招打两掌。度

云：将谓是白饭，元来只是籹饭。明招云：痴人棒打不死。（《痴绝和尚语录》卷上）

真的有所谓罗山的"白饭"吗？在当时的公案中，白饭比喻纯正的禅法。实际上，所谓完全没有掺杂其他东西的纯正的禅法是根本不存在的。多年前在与台北"中研院"文哲所的何乏笔（Fabian Heubel）谈到这个话题的时候，他指出：

从德国的历史经验角度只能说，排斥现代的多元文化，以及追求民族文化的纯粹性，造成了 20 世纪莫大的历史灾难。经过这个历史教训后，任何单一的文化认同都值得质疑。在欧洲哲学的领域里面，欧洲哲学源自希腊当然是一个基本的观点，但也有不少批判性的相关研究。比如康奈尔大学（Cornell University）的退休教授马丁·贝尔纳的《黑色的雅典娜——古典文明的非亚洲之源》（*Black Athena: The Afroasiatic Roots of Classical Civilization*. 1987, 1991, 2004），强调希腊哲学和非洲、亚洲的关联。希腊哲学并不纯粹，它是地中海复杂交流史的文化结晶。在哲学史方面，很多类似的研究批评欧洲哲学史的狭隘，凸显欧洲哲学的多元性。除了古代的交流史之外，阿拉伯世界对欧洲哲学发展的贡献当然也相当受重视。不能否认的是，19、20 世纪的民族主义甚至种族主义反映了现代性的问题。也因为如此，我们很清楚，追求民族文化的纯粹性必定触及认同政治的敏感神经。从德国的纳粹教训来看，真正的灾难不是来自混血，而是来自纯粹。[1]

1933年5月10日在德国多个城市和大学发生的焚书运动，所提出的口号便是德意志文化生活应当"保持纯洁，摆脱一切有害的和不受欢迎的作品"，希望通过公开的焚书，将所有"非德意志的作品"付之一炬。[2]保持所谓的民族纯洁性，实际上是一场人类的灾难。美国历史学家麦克尼尔（William H. McNeill，1917—2016）认为："与外来者的交往是社会变革的主要推动力，这种动力推动着欧亚共生圈的形成和发展，直至囊括全球。"[3]实际上，所谓的"杂饭"才是常态。

未裂的道术

钱锺书在1940年代提出"东海西海，心理攸同；南学北学，道术未裂"的说法。[4]雅斯贝尔斯认为，笛卡尔以来

1 李雪涛著《误解的对话——德国汉学家的中国记忆》，北京：新星出版社，2014年，第7—8页。

2 1935年4月25日帝国作家协会（Reichsschrifttumskammer）主席的指示，见 Hildegard Brenner, *Die Kunstpolitik des Nationalsozialisums* (Reinbeck b, Hamburg 1963), S. 194 u. 186f。

3 威廉·麦克尼尔著《变动中的世界历史形态》，载夏继果、杰里·H. 本特利主编，夏继果等译《全球史读本》，北京：北京大学出版社，2010年，第3页。

4 钱锺书著《谈艺录》，北京：商务印书馆，2011年，"序"，第3页。

的西方哲学最大的问题在于使用"主－客体分裂"（Subjekt-Objekt-Spaltung）的方式认识世界和人自身。所谓"分裂"（Spaltung）是一种"起初是一体的东西的撕裂状态"（Aufgerissensein eines ursprünglich Geeinten）。雅斯贝尔斯希望通过这样的一个术语指向一种"起初未分裂的东西"（das Ungespaltene）。[1]这其实是"道术未裂"的状态。

道术未裂之前是所谓的"本初"（Ursprung），在雅斯贝尔斯看来是"存在"（Sein），而在佛教中所指的则是真如法界："我一切本初，号名世所依。"（《大日经》）雅斯贝尔斯并不认为可以通过分裂后的客体认识到存在本身，他认为只能用一种方式去澄明（erhellen）之。禅话中的"骑牛至家"，实际上是被雅斯贝尔斯称为"基本操作"（Grundoperation）的方法之一：

（西院）便造百丈。既睹盛筵，深称志慕，礼问百丈曰："学人欲求识佛，如何是佛？"百丈云："太似骑牛觅牛。"师云："识得后如何？"百丈曰："如人骑牛至家。"（《祖堂集》卷十七《福州西院和尚》）

所谓"骑牛至家"是真正了解到了佛教之根本。

1　Hans Saner, *Jaspers in Selbstzeugnissen und Bilddokumenten*, Reinbek bei Hamburg, 1970, S. 85.

学术批评

我实际上是很反对所谓东方学术、西方学术的划分的。现代学术实际上需要一整套现代学术制度来保障，不论是美国的大学、南非的大学，抑或是中国的大学，这些制度是必须遵守的。公认的学术标准和规范、严格的学术训练、完善的学术批评风气、公正的招聘制度、透明的晋升程序等等，这些都是现代学术的规范，是世界性的，不存在所谓某国的特色。健康的学术批评，实际上对中国来讲，也并非是新鲜事物。鸠摩罗什（Kumārajīva，344—413）的弟子僧睿在写于弘始四年（402）的《思益经序》中对他老师的汉语水平和翻译都进行了批评："良由未备秦言，名实之变故也。察其语意，会其名旨，当是'持意'，非'思益'也。"（《出三藏记集》卷八第十一）后人并没有因为看到僧睿的序而对鸠摩罗什有任何的轻视，相反会感谢这位实事求是、敢于讲话的弟子。

近日读到黄庭坚（1045—1105）的《题徐巨鱼》，他一反一般书画题跋的多多褒美奖掖之词，而是直接指出这幅画的致命之处：这位徐先生所画的这幅鱼，尽管十分神似，甚至让人看了之后会馋得流口水，但这条鱼却没有任何的审美意义。因为它完全是孤零零的一条鱼，而没有任何情境（context）：

　　向若能作底柱折城，龙门发業，惊涛险壮，使王鲔赤鲩之流，仰波而上沂，或其瑰怪雄杰，乘风霆而龙飞，彼或不自料其能薄，乘时射势不至乎中流，折角点额，穷其变态，亦可以为天下壮观也。（《豫章黄先生文集》）

山谷认为，要创造出一种情境来凸显出鱼之动态美。此外，作为艺术家一定要有高尚的创作目的，自己的绘画作品并非让人佐酒下饭，而是"为天下壮观也"。山谷借助于对徐先生画作的批评，提出了自己有关绘事三昧的主张：只有在典型的环境中才能显现出所绘之鱼的精气神来。

宗教批判

在波恩留学的时候，我的第一副专业是比较宗教学，曾经上过一个学期的宗教批判课，知道在德语中"宗教批判"（Religionskritik）是康德的弟子蒂夫特伦克（Johann Heinrich Tieftrunk，1760—1837）在康德思想的影响下，于1790年在《试论对宗教及所有宗教教义的批判》（*Versuch einer Kritik der Religion und aller religiösen Dogmatik*）中提出的概念。蒂夫特伦克主张使用"宗教批判"来建立一个"符合理性的宗教"，反对宗教的"错误与狂热"。对于宗教来讲，实际上宗教批判是其赖以存在和发展的动力，这一点在宗教史中一再被证明。任何一种宗教一旦成为了唯我独尊者，这就标志着其式微的开始。大部分有关一种宗教的重要理论建构都是在面对攻击时的回应。明末的际明禅师在论述当时天主教对佛教的冲击时写道：

> 若谓彼攻佛教，佛教实非彼所能破。且今时释子，有名无义者多，藉此外难以警悚之，未必非佛法之幸也。刀不磨不利，钟不击不鸣，三武灭僧而佛法益盛，山衲且拭目俟之矣！（《复钟振之居士书》）

际明是在收到钟始声（字振之，1599—1665）的《天学初征》一书后，在回信中提出自己的观点的。钟始声后来从憨山德清的弟子雪岭剃度，法号智旭，时人称之为"藕益智旭"，编有批判天主教的《辟邪集》（1643）。现代比较宗教学的研究向我们揭示出，任何一种宗教都不是真理大全本身，而只有各宗教间的相互论战、批判，才能使宗教自身不断完善。实际上，此类的批判绝不限于宗教。如果官方规定，一定要用钦定四书来理解儒家学说，不允许知识分子思考问题，换句话说，已经替你们把所有问题都思考好了，那么人的思考能力会逐渐退化。而社会缺乏了正常的批判，也不可能健康地发展。

包括成劫、住劫、坏劫、空劫的"四劫"，是佛教对于世界生灭变化的基本认识。我们可以理解为世间的一切事物都有一个成立、持续、破坏和转变的过程。1950年代后期，英国历史学家帕金森（Cyril Northcote Parkinson，1909—1993）在马来西亚半岛的一个海滨度假时，悟出来了一个"办公大楼法则"（Parkinson's law），意思是说，某个组织的办公楼设计得越完美，装饰得越豪华，该组织离解体的时间就越近。这是从安稳、持续之住劫向坏劫转化的时期。

这也是为什么对于一个国家来讲树立"敌对的形象"（德文：Feindbild，英文：enemy image）是重要的，因为没有了对手和较量，就失去了危机感和竞争力，不论是人还是国家都会萎靡倦怠，从而走向颓废甚至毁灭。

对赞扬你的人不要心存感激

柏杨（1920—2008）讲过一个值得我们思考的故事：

> 这里我想起了一个故事，美国有家公司，派他公司里面的一个职员，到欧洲考察，考察了几个月回来之后，向他的公司当局提出一份报告。报告上说，欧洲无论在技术方面、管理方面，都非常的落后，比不上美国。这份报告大概写了一两百页，呈送到董事会，董事会立即通过一项议案，把这个职员开除。董事长说，我们叫你去考察的目的，是叫你发掘欧洲的长处，不是叫你发掘他们的短处，我们的长处用不着你发掘，不需要你提醒，我们需要的是了解他们比我们强的地方，需要发掘我们自己的缺点，然后才可以改进，我们不听自我歌颂的声音，这种声音听多了，会使我们麻木陶醉，会使我们的

产品质量降低，会使我们的公司倒闭。[1]

多年前我在波恩大学读比较宗教学的时候，知道宗教赖以生存的直接动力来自宗教批判。一旦一种宗教没有了来自内部和外部的批判，那么这一宗教很快就会失去活力，开始僵化，之后走向式微。生活于罗马时代的希腊作家普鲁塔克（Plutarch，约46—125）在谈到他之前的哲学家安提斯泰尼时说道："对赞扬你的人不要心存感激。"（Man soll niemandem dankbar sein, von dem man gelobt wird.）[2]

批 判

鲁迅在世的时候，李长之（1910—1978）写了一本《鲁迅批判》[3]，将他之前发表的一些文章结集出版。鲁迅对他的批判并不以为然，1935 年 6 月 19 日他在给孟十还（1908—？）的信中批评道：

> 我觉得他还应一面潜心研究一下；胆子大和胡说乱骂，是相似而实非的。看那《批判》的序文，都是空话，

1 柏杨著《丑陋的中国人》，第 45 页。
2 Plutarch, *De vitioso pudore*, 536.
3 李长之著《鲁迅批判》，上海：北新书局，1936 年。

这篇文章也许不能启发我罢。[1]

实际上，作为一个词，"批判"有两个含义：一是前现代的含义，是经过分析评论而所有裁定。禅宗中有公案曰：

> 问："'非言所及，非解能到'，什么人能到？"师云："阿谁教你担枷带索？"僧云："今日得遇名师批判。"（《祖堂集》卷十二《仙宗和尚》）

而现代的意义则是从日文汉字"批判"而来的，主要是对是非的判断，不论是对一种学说的判断，还是对自身能力的裁定，都并非一定是贬义。1912年《申报》中就有："集其大成而为批判哲学。"[2]也就是说，在汉语中，这是一个古典词，后被更新。

面 对 批 评 时 的 态 度

早年在江陵生活的颜之推，到了北方的山东，很不习惯那边文人之间相互阿谀奉承的习惯，他就此写道：

---

1 《鲁迅全集》第13卷（书信1934—1935），北京：人民文学出版社，2005年，第484页。
2 《申报》第14007号，1912年2月21日。

江南文制，欲人弹射，知有病累，随即改之，陈王得之于丁廙也。山东风俗，不通击难。吾初入邺，遂尝以此忤人，至今为悔；汝曹必无轻议也。(《颜氏家训》卷四《文章第九》)

与江南比较起来，山东没有健康的批评和接受批评的风气，但颜之推并没有教育他的后代们要坚持对周围人的文章持批评态度，而是希望他们不要像他刚来邺城那样，轻率地议论别人的文章，从而得罪了一些当地的人士。由此可以看出，颜之推教育子女，不要一味地争长论短，而是要知道做出适当的让步。

抱桥柱澡洗与"混凝土脑袋"

1990 年东西德统一之后，在德国报纸上读到大量有关 Betonkopf 的文章。这个词字面的意思是"混凝土脑袋"，戏指那些思想僵化的政治家或官员。我考虑之所以用 Beton（混凝土、水泥）来形容，是因为这种材料异常坚固！所以中文中也会有"榆木脑袋"的说法，因为这种木头材质坚硬，难以砍伐。

读《五灯会元》，其中一则故事很有趣：

上堂："老卢不识字，顿明佛意，佛意离文墨故。白兆不识书，圆悟宗乘，宗乘非言诠故。故此老婆心，分明入泥水。今时人犹尚抱桥柱澡洗，把缆放船。"良久曰："争怪得老僧。"（卷十七《东林常总禅师》）

要理解经义的真谛，而不是死守经中的教条！既然下了河，就应该放开手脚洗一个痛快澡。和尚中也有"混凝土脑袋"！

咬得菜根，则百事可为

20 世纪 80 年代中叶是一个疯狂求知的年代。当时我在北京上大学，不仅诸如弗洛伊德等洋人学者的著作，即便是当时出版的《菜根谭》这样的中国古典笔记随笔我也如饥似渴地买来读过。近来因为不是很忙，我将这本 1988 年出版的小书[1]拿出来，每天晚上读一两个小时，用一个月的时间重又读了一遍。感触良多！当时二十几岁的我买了这本书，其实根本不能完全看懂，原因有二：一是缺乏人生的阅历，二是没有道教和佛教的基础。如果没有佛教，特别是大乘空宗的一

---

1 洪应明著，梅伯春注释《菜根谭》，北京：中国和平出版社，1988 年。书前有唐弢（1913—1992）写于 1987 年 8 月 25 日的序。

些基本知识的话，洪应明的一些说法，确实不容易理解。

北宋学者汪革曾经说过："人咬得菜根，则百事可做。"朱子则从反面强调说："某观今日因不能咬菜根而至于违其本心者众矣。"（《朱子语类》卷十三）明人孔兼称："谭以菜根名，固自清苦历练中来，亦自栽培灌溉里得。"（转引自《续修四库全书》第1133册）三山病夫通理在乾隆三十三年（1768）重刻本的序言中认为："古人云：'性定菜根香。'夫菜根，弃物也，如此书，人多忽之。而菜根之香，非性定者莫喻。如此书，唯静心沉玩者，乃能得旨。"[1]汪革、朱子、孔兼所强调的是唯有经过"清苦历练"之人才能有所成就。而通理却认为，人首先要"性定"——内心不为外物所动摇，才能体味到菜根之香。此外，他同样强调一种内在的审美，这不是凑热闹之人可以窥得的，"唯静心沉玩者，乃能得旨"。其中的高下，一目了然。

Cum grano salis

道安（312—385）在《比丘大戒序》中反对佛经翻译删繁从简："将来学者，审欲求先圣雅言者，宜详览焉。诸出为秦言，便约不烦者，皆蒲萄酒之被水者也。"（《出三藏记集》

1　三山病夫通理著《重刻〈菜根谭〉原序》，载洪应明著，梅伯春注释《菜根谭》，第2页。

卷十一）葡萄酒加水则见增益，而便约不烦则是消减。我们都知道，喝葡萄酒的时候旁边可以放一杯水，但绝不能往葡萄酒中直接加水或冰。加了水的葡萄酒味道完全被破坏掉了。道安借此来说明，梵文佛典一旦翻译成中文后，其意义也会跟着改变。拉丁文中反过来说 cum grano salis，是说"加一点盐"，也是对原来的内容添油加醋的意思。为了引起别人的注意而添上原来没有的内容，予以夸大其词。

Ignotum per ignotius

1980 年代我在北京上大学的时候，开始在广济寺读佛经。也是那个时候，使用了各种各样的佛教辞典。在这一过程中我逐渐发现，中国传统的各种辞典基本上都是循环解释，或者是引用经中的句子予以证明。因此你查完之后，会感到更难懂。后来开始使用望月信亨（1869—1948）的《佛教大辞典》才知道确实有能解释清楚的佛教辞典的存在。Ignotum per ignotius（用更难懂的道理解释所不懂的道理），本身是没有意义的。

1　1936 年 7 册编纂完成，1954 年经冢本善隆（1898—1980）等补遗 3 册出版，合为 10 册。

物以类聚

《周易·系辞上》有"方以类聚，物以群分"的说法，指同类的东西常聚在一起。好像起初并没有什么贬义，后来才用来指坏人彼此臭味相投，勾结在一起。拉丁文中的 similis simili gaudet 也是一个中性的说法，意思是相似者愿意在一起。

"您"和"你"的称谓

德语中的第二人称称谓 Sie 和 du，翻译成中文大概是"您"和"你"吧，前者是尊称，主要用于陌生人或同事之间，后者是一般称谓，主要用在熟人或家人之间。不过这一用法有不可逆转性：一旦从 Sie 变成了 du，就不可能再回去了。并且对于我这一代人来说，从 Sie 变成 du 一般需要几年、十几年乃至几十年的时间。

老一辈的德国知识分子，即便成为了朋友，几十年如一日依然 siezen（用"您"称呼）。我以前翻译海德格尔与雅斯贝尔斯的通信集时发现，他们两位从 1921 年认识之后，一直到去世之前的四十余年间，一直使用"您"来相互称呼。这在当时是很普遍的。我从 20 世纪 90 年代认识顾彬教授，后来在波恩跟他读硕士和博士，二十多年来都使用"您"来相互称呼，一直到最近他在办公室里拿着酒杯跑过来，对我说，我们 duzen（用"你"称呼）吧！我们两人都不太习惯，特别是我叫起 Wolfgang 来，显然不如叫 Herr Kubin（顾彬先生）顺口，因为毕竟用了这么久的 Sie。多年前我在杜塞尔多夫大学工作时，就认识了作为校长的腊碧士教授，一直到最近我们有一次在北京的一家酒馆喝酒，他才建议我说，我们 duzen 吧！之后，他成了 Alfons，我成了"雪涛"。他解释说，我们现在没有明确的上下级关系了，这点我也理解。

洪应明说："与人者，与其易疏于终，不若难亲于始；御事者，与其巧持于后，不若拙守于前。"（《菜根谭·应酬》）这也是我为什么跟很多人都熟悉，但依然 siezen 的原因。与人建立亲密关系时需采取慎重的态度。

无 价 的 自 由

以前在波恩上学的时候，有一次在课堂上跟同学们一起读鲁迅所欣赏的殷夫（1910—1931）的译作《自由与爱情》："生命诚可贵，爱情价更高。若为自由故，二者皆可抛。"这是匈牙利诗人裴多菲（Petőfi Sándor，1823—1849）1847 年创作的一首短诗，后来一度被引入中学语文教材，成为中国读者耳熟能详的外国诗歌之一。但令我惊讶的是，德国同学中竟然没有一个知道裴多菲是谁的！我赶紧跑到旁边的资料室，找出《辞海》中的条目，告诉他们这位革命诗人的匈语名字——Petőfi Sándor，但德国同学们仍然一脸茫然地看着我。

尽管殷夫的译文不完全忠实于原文，但意思并没有大错。

有人说，先让你们过上比较富裕的生活，再给你们自由！自由岂能用金钱来购买？罗马法有"libertas inaestimabilis res est"[1]，意思是，人的自由是无价的。一般来说，当人的财物受到损失的时候，会用所谓"等价赔偿"的原则来交涉，但自由却不能。我想这是裴多菲自由思想的源泉吧！

磨砖作镜与洗黑为白

禅宗灯录中有马祖道一（709—788）著名的磨砖成镜的公案。道一禅师来到南岳山中，经常随怀让禅师修习禅定。怀让知道他是一个法器，希望通过公案点化他。一日，怀让禅师问道："你在此地坐禅究竟是为了什么？"道一答道："我想成佛。"于是怀让拿来一块砖头，在庵前一块石头上使劲地磨。道一不解地问："磨砖头做什么？"怀让答道："我想磨成一面镜子。"道一非常好奇地问："磨砖岂得成镜？"怀让反问："既然磨砖难以成为镜子，坐禅难道就能让你成佛了吗？"（《五灯会元》卷三《南岳怀让禅师》）

拉丁文中有一句成语，Aethiopem lavare，字面的意思是将埃塞俄比亚人洗白，引申为徒劳无益的。埃塞俄比亚是一个有着三千年历史的文明古国，其祖先是从阿拉伯半岛南部移入的含米特人。早在 16 世纪葡萄牙和奥斯曼帝国相继入

---

1 *Dig.* 50, 17, 106.

侵，1867 年英国军队入侵，1890 年意大利入侵。因此，西方人与非洲的接触，很多是从埃塞俄比亚的经验中来的。在白种人看来，要想将黑人洗白，是根本不可能的事情。

方法与目的不符合的话，事情是根本不可能成功的。

众仆之仆

最近读到"教皇（宗）"的另外一个称谓：servus servorum Dei（神的众仆之仆）。我觉得十分好笑。以前翻译汉斯·昆（Hans Küng）的《世界宗教寻踪》（*Spurensuche: Die Weltreligionen auf dem Weg*，1999）一书有关佛教的部分，他提到日本佛教僧侣的等级化，大住持拥有昂贵的袈裟以及规模宏大的寺院和数额巨大的庙产，这些跟佛陀有什么关系？同样，如果我们看每年在梵蒂冈举行的复活节和圣诞节的盛大仪式，以及教会所拥有的巨大财富的话，那么我们也会问，这些跟拿撒勒的耶稣（Jesus of Nazareth）又有什么关系？

种子

每年北外在暑期都会组织"种子计划人才培养"，组织外地中学生到北外参加夏令营。这让我想到了拉丁文中的一个说法，semen spirituale（精神的种子），指老师对学生的精神影响。

在佛教中，"种子"是从梵文（或巴利文）bīja 而来的，原本指植物种子，借喻为具有产生一切现象之可能性。世间的种种行为在发生过后尚有余势潜在地存留着，并成为未来行为生起的原因，或影响未来的行为。早期佛教将促使善恶业及其果报连续不绝的潜在功能，譬喻为种子。在唯识学中，"种子"也是重要术语之一。种子藏于阿赖耶识中，为生出现实之原因，同时也是为现实所影响之结果，或为生出类似自身之种子的原因。唯识宗常讲"熏习"，意思是能生出种子、习气，而给予影响之作用。

刘向（前77—前6）认为，环境对一个人的发展有着至关重要的影响："与善人居，如入兰芷之室，久而不闻其香，则与之化矣；与恶人居，如入鲍鱼之肆，久而不闻其臭，亦与之化矣。"（《说苑·杂言》）人在潜移默化之中便受到了深远持久的影响，这种影响当然是两个方面的。"Consortio malorum me quoque facit malum." 与坏人合流让自己也成为了坏人。这是久入"鲍鱼之肆"的结果。

从农业文明走出来的人类，在各方面都还留有那个时代的特征。

老好人

以前总是听说某某是老好人，是说某某性情温顺，不会拒绝别人，因此所有人的所有事情，这样的人都会答应。那时我一直认为这是一个褒义词，因为这样的人总是对人微笑，从来不得罪人。后来我有了行政职务后，发现很多的事情必须要有决断，那就意味着不可能做一个老好人、和事佬。慢慢地，我也发现老好人基本上是一种缺乏原则性的人。如果你偏袒作弊的学生，显然是对其他认真的学生的不公平；如果你在晋升的时候放了水，当然是对那些兢兢业业做事的人的不当行为⋯⋯拉丁文中有 bonis nocit quisquis pepercerit malis 的说法，意思是姑息坏人就是损害好人。这是一个非此即彼的排中律思维方式，在很多的情况下是没有办法用同时肯定的方式来处理的。

DOM

多年前去栅栏墓地看利玛窦（Matteo Ricci，1552—1610）的墓，看到中西合璧的石碑上刻着 DOM 的字样，一直想知道是什么意思。后来查到，这是缩写，整个的句子是 "Deo Optimo Maximo"（献给至善的神）。这句话实际上是从 IOM（Iovi Optimo Maximo）来的，古代罗马人将这句话写在家中或坟墓的石碑上。只不过，在古罗马，Iovi 所指的常常是罗马神话中统领神域和凡间的众神之王朱庇特（Iuppiter）而已。因此，中世纪以后，基督徒将 IOM 改为了 DOM。

校 训

北京某高校的校训以前是"团结紧张，严肃活泼"。后来某位校领导觉得应当更"深刻"一些，于是让宣传部找几位教授征求一下意见，我提出应当有一个具有普世精神和意义的校训，这样既可体现出大学的精神，也可以拉近我们跟世界其他大学的关系。但后来宣传部的领导综合了大家的意见，"攒"出了一个跟大部分大学雷同的"兼容并蓄，博学笃行"的校训。牛津大学的校训是 Dominus illuminatio nea（神是我的光），意味有了信仰和知识的话，人无所畏惧。前些年我去首尔的韩国外国语大学，看到他们的校训是"真理，和平，创造"（Veritas, Pax, Creatio）。他们认为，通过这样的校训可以鼓励学生怀抱自由民主的理想，培养个性，并以超前的领导意识，为国家与世界的繁荣做出贡献。

Ecce homo!

波恩大学校长霍赫（Michael Hoch）教授来北外访问，在向北外校长介绍波恩大学的时候，他说：我们大学也有几个比较著名的校友，包括中国人很喜欢的马克思和尼采（Friedrich Nietzsche，1844—1900）。这两位当然都是影响世界的大哲学家，并且都是反西方传统的"斗士"，但今天却很少有人真正读他们的书，理解他们的思想。尼采是少数能够以嘲笑、讽刺的方式对待自己的人。1888—1889 年他在去世之前撰写了别开生面的一部自传《瞧，这个人》(*Ecce homo*)，用罗马总督彼拉多 (Pontius Pilatus) 指着十字架上耶稣所说的话，作为自传的名称。彼拉多命人打耶稣，将他捆起来，在犹太人中间示众，当时他说的话便是 "Ecce homo!" 相关的绘画作品，在 15—16 世纪出现了很多。而尼采一生不为世人关注，在晚年的时候，他将自己一生中所有的思想精髓都写进了这本书。除了这本书外，他还写过一首题为《瞧，这个人》的诗。遗憾的是，到了 20 世纪之后，人们才开始关注这位实存哲学先驱的思想价值。

谋事在人

罗贯中（约 1330—约 1400）说："'谋事在人，成事在天'，不可强也。"(《三国演义》第一百三回《上方谷司马受困　五丈原诸葛禳星》) 而在拉丁文中，这句话便成为了 "homo proponit, sed Deus diosponit"[1]，意思是谋事在人，成事在神。不论在中国还是在欧洲，人们都体会到了，在天或神的面前，人的能力是有限的。一个人做一件事，最终的结果不是由人来决定的，有一些东西是人无法改变的。

1　Thomas À Kempis, *Imitatio Christi*, 1, 19, 2.

Stabilitas loci 与佛教丛林

本笃会规定，他们的修士一生都是不允许离开修道院的，stabilitas loci（一个固定的地方）是他们修道的前提条件。对于出家人来讲，佛教的丛林所起的也是这样的作用。一般来讲，丛林所指的是僧众聚居之寺院，特别是禅宗寺院。释迦牟尼佛在世的时候，印度佛教徒多在都城郊外选择幽静之林地，营建精舍，因此在印度，僧众止住之处，即以"阿兰若"（梵语 aranya，译为山林、荒野）称之。对于出家人来讲同样需要一个修行与居住之僻静场所，这也是一个 stabilitas loci。

作为佛教研究者，维慈（Holmes Welch，1924—1981）指出：

> 中国佛教之最重要者，乃为寺院生活之制度，可作为其教理之体用的一个示例。我们所注意者，即是其制度。其原意乃欲创造一个模范的社会，使整个世界可以模仿。这样，即有一切"理想国"（Utopias）之感应。其理想真是引人，其实现亦甚惊人，而其失败之处，则需同情的了解。[1]

对于我们这些情愿以"学术为志业"的人来讲，大学本

1　唯慈著，包可华译《近世中国佛教制度》，载蓝吉富主编，牧田谛亮著，索文林译《中国近世佛教史研究》，台北：华宇出版社，1984 年，第 269 页。

来也应当是一个 stabilitas loci。令人遗憾的是，如今的大学已经成为了一个喧嚣的小社会，是中国当前浮躁的大社会的缩影。

造桥者

汉斯·昆认为，任何一种宗教的发展，既要接续好自己的文化传统，同时又要与时俱进。他在拍摄《世界宗教寻踪》的时候，曾经以伊斯坦布尔跨越亚欧的博斯普鲁斯大桥（Bosphorus Bridge）为例，指出：

> 宗教无论如何也不能促进分裂，而是要加强团结和友谊。因为我们这个时代最需要的是各式各样、大大小小的架设桥梁的人，他们能够在任何困难、对抗和冲突中看到对立双方的共同点：首先是伦理价值和行为方面的共同点。他们信奉这种伦理的价值和尺度，并力争使它们存在下去。[1]

实际上，罗马教皇有一个称号就是 Pontifex Maximus（最高造桥者），这是从古罗马宗教的祭司长的称呼来的。

1　汉斯·昆著，杨煦生、李雪涛等译《世界宗教寻踪》，北京：生活·读书·新知三联书店，2007 年，第 374—375 页。

欺人之念

我上小学的时候，学校要求我们学习某个英雄人物、做好事。于是我们到处去争着做原本根本就不必要做，也往往是给别人添麻烦的事情，为的是回来写作文。作文写得好的同学，能受到老师的表扬，范文也会送到校一级的报纸上发表。后来才知道洪应明将"好名"之人分为"君子"和"小人"："君子好名，便起欺人之念；小人好名，犹怀畏人之心。"（《菜根谭·评议》）

阅读提升正能量

好像突然有一天，"正能量"一词成为了主流话语中的词汇。查一下解释，"正能量"指的是一种健康乐观、积极向上的动力和情感，是社会生活中积极向上的行为。据说，"正能量"可以引导人们形成积极向上的"三观"。最近在所有的公交车站的牌子上都有"阅读提升正能量"的公益广告。按照上面的理解，"负能量"就成为了病态悲观、消极向下的动力和情感了。鲁迅认为：

> 我看中国书时，总觉得就沉静下去，与实人生离开；读外国书——但除了印度——时，往往就与人生接

触，想做点事。中国书虽有劝人入世的话，也多是僵尸的乐观；外国书即使是颓唐和厌世的，但却是活人的颓唐和厌世。我以为要少——或者竟不——看中国书，多看外国书。"[1]

因此，按照鲁迅的说法，读中国书好像只能提升"负能量"了。中世纪天主教的祷文中有一种说法，lectio divina，意思是读圣书，就是读《圣经》。当时的神学认为，如果一个人能每天默想《圣经》中的话，一定能够迅速提升"正能量"，引导积极向上的"三观"。可惜，被天主教认定为洪水猛兽的马丁·路德也是每天读《圣经》而提出对天主教的批判的。路德彻底毁了天主教的"三观"！

Lapsi——跌倒者，抑或背教者

每个人对信仰的坚信程度是不同的，意志力也不同，因此会出现所谓的lapsi（跌倒者、堕落者）。在1—4世纪罗马的基督教教难期间，大部分基督徒都十分凄苦，很多人都只能在地下传教。大部分基督徒由于信仰坚定，虽然遭到迫害，但还是将信仰延续下来了。直到313年，罗马帝国皇帝君士

1　鲁迅著《青年必读书》，载王世家、止庵编《鲁迅著译编年全集》卷六，北京：人民出版社，2009年，第52页。

坦丁一世（Constantine I，272—337）和李锡尼（Licinius，263—325）颁发的一个宽容基督教的敕令——米兰敕令（Edictum Mediolanense），才使基督教在帝国中正式拥有了合法的地位。这个时候，曾经背离基督教、出卖自己同党的人，看到基督教重又得势，要求重新加入教会。这成为了当时教会亟待解决的一个难题：这些人究竟是曾经的跌倒者，还是背叛者呢？

5%的理论

我一直认为，社会中5%的人是不需要有什么规则的，这些人会做好自己所有的事情。而另外的5%的人，即便有了明确的规定，也不会遵照去做。在拉丁文中有一句话说："Consuetudo volentes ducit, lex nolentes trahit."（习惯引导那些愿意做事的人，而法律必须强迫那些不愿做事的人！）也就是说，法律所规定的是剩下的90%。没有哪种司法制度不需要有一定的强迫性措施的。（Iurisdictio sine modica coercitione nulla est.）[1] 近日读虚堂智愚（1185—1269）的语录，他提到：

> 会中有贤于长者，持标插于指处云："建梵刹已竟，此意如何？"师云："神骏不劳鞭影。"（《虚堂和尚语录》卷九）

---

1 *Dig.* 1, 21, 5

古代中国的马分为三种：劣马、良马和神骏（良马中的良马）。"良马见鞭影而行"，也就是说良马不用骑马人的鞭子抽打，只要晃晃鞭子，它就会快跑如飞。而神骏连动鞭子都不需要，它会根据人的意愿加快步伐。也就是说，贤能的人，根本不需要任何规定就会努力工作。神骏和劣马就是上面我提到的各占5%的人。

有一次我跟我的老师克鲁默谈过有关知识分子的话题。他认为，尽管从1950—1960年代以后，德国上大学的人数翻倍，但真正的知识分子还是社会总人数的5%。所谓"知识分子"指的是那些不仅仅受过良好的教育，更重要的是对现状持批判态度以及具有反抗精神的人。除了这5%之外，其他上大学的人，只不过学会了一些技能和知识而已。陈光大元年（567），智者大师——智颢（538—597）开始在金陵凤凰台瓦官寺弘法，讲授《大智度论》及《次第禅门》，四十人共坐学禅，有二十人得法。次年有百余人共学坐禅，也是二十人得法。第三年，有二百人共坐学禅，却只有十人得法。也就是说，智颢的弟子中，最终也只有5%的人得法。

小时候写作文"我的理想"，每一个同学都希望成为出类拔萃、与众不同的牛顿（Isaac Newton，1643—1727）、爱因斯坦，后来我们都明白了，90%以上的人是注定要成为小人物的。但在每个家长的眼中，自己的孩子一定是超群绝伦的。于是无数的家长，强迫着自己的孩子学习乐器，期待着有朝一日再培养出一个钢琴家郎朗。实际上，所谓的"成功者"仅仅是奋斗者队伍中的5%。

颜之推也认为："上智不教而成，下愚虽教无益，中庸之人，不教不知也。"（《颜氏家训》卷一《教子第二》）其实智力超群、不用教导也能成才的人，以及智力低下、虽教导也于事无补的人，各占5%，而90%的人属于智力中等之人，不接受教育就不懂得事理。其实教育有一定的限度，"教育虽有可能性，而其势力必成立于一定之界限内者，是谓教育之界限"[1]孔子也说："朽木不可雕也，粪土之墙不可圬也。"（《论语·公冶长》）我想这也是颜之推的教育理念。

顾彬教授提出了另外一套有关翻译的"5%理论"。针对中国学者提出的"翻译的主体性"——只有中国人理解中国文学作品，外国人只能懂得中国文化的皮毛，中国文学作品只能由中国人来外译（翻译成英文、法文、德文等）——的主张，他指出，任何一个人学习外语，至多可以掌握外语的95%。但文学性，恰恰就在一般来说外国人很难掌握的5%之中。译者能做的事情，是将外文翻译成自己的母语，而不是相反的工作。几年前我在苏州拜访了著名的某翻译家，老先生告诉我说，他最看不起所谓的汉学家，这些人大部分没有能力，只会故弄玄虚。他举例说，外国汉学家翻译陶渊明，一辈子翻译不了几首诗。"而我用了三个月的时间，就将陶渊明全集全部翻译成了英文！"在说这句话的时候，这位教授

1 东京都立中央图书馆实藤文库藏本《新尔雅》"释教育"（1903年），转引自沈国威编著《『新爾雅』とその語彙——研究·索引·影印本付》，大阪：白帝社，1995年，第51页。

充满了自信！英文里说 time tries all，我想我们拭目以待吧。

老鹰翅膀上的金子

据说 2010 年获诺贝尔文学奖的秘鲁作家略萨（Mario Vargas Llosa）曾经说过：老鹰的翅膀拴上金块，就再也不能凌空飞翔了。拉丁文中说 "bos in lingua"[1]，意思是说舌头上有头牛。最终的结果是老鹰再也飞不起来了，而人的嘴再也张不开了。

真诚与能力

我一再强调做人要真诚，也要有一定的能力，这两者缺一不可。人当然可以装一时，但不可能装一世，那样太累了。因此，对事、对人都要有发自内心的真诚。真诚是一种自尊、尊人的人格精神。真诚让一个人对事、对人都实事求是，而真诚相待以从心底感动他人而最终获得他人的信任。这是洪应明所谓"不昧己心"（《菜根谭·概论》）之意。但仅有真诚是不够的，人还需要有一定的能力。所谓的"能力"，不仅仅指感知能力、记忆力、想象力、思维能力、注意力等一般能

1　Aischylos, *Agamemnon* 36.

力，更指的是某些专门领域的能力。

破 即 是 立

以前读三论宗吉藏（549—623）的几部书，一直觉得非常过瘾，因为吉藏常常依空门而破诸法——用否定的方法对之前的佛学理论进行批判，是为了显真空之理。《大乘玄论》甚至认为，有得是邪，无得是正，破邪即破除"有所得"之见解，显正即彰显"无所得"之空理。其他的佛教各宗认为，破舍邪见以显取他正，而吉藏则认为破邪之外，无别显正——破邪即显正。

近日读《论修养帖寄子由》，我认为苏轼用医治眼疾很好地阐释了"破即是立"的道理：

> 如眼翳尽，眼自有明，医师只有除翳药，何曾有求明药？明若可求，则还是翳。故不可于翳中求明，即不可言翳外无明。（《东坡志林》卷一）

眼病好了，自然可以看得清楚了。世间并没有使得眼睛明亮之药。一个人如果不断要求光明之药的话，那他的心灵一定仍然在遮蔽之中。

世 间 与 出 世 间 事

据说白居易曾经在庐山东林与西林之间建草堂炼丹，仙丹快要炼成的时候，突然炉鼎破裂。没过两天，任命他为忠州刺史的诏书就到了。苏轼对此感叹道："乃知世间、出世间事，不两立也。"（《东坡志林》卷一《乐天烧丹》）

1964 年 10 月，瑞典文学院宣布法国作家萨特（Jean-Paul Sartre，1905—1980）获得当年度的诺贝尔文学奖。但萨特拒绝了领奖，他认为这是来自官方的荣誉，会给他的思想和创作带来负面的影响。他在拒绝接受诺贝尔奖的声明中表示，"作家应当自觉抵制社会体制（政府、团体和机构等）的改造，即使这种改造是以莫大荣誉的名义进行的"[1]。

庄 敬 日 强

中午听《小说连播》的时候，之前有一段广告，一个女生对一个男生说："这人活在世上，你知道最重要的是什么吗？是要开心！"外在的物质愈来愈丰富，给人的感觉是拥有愈多，人就愈有价值。当你在欧洲的城市漫步的时候，时不时会发现一座座教堂；你在日本的城市漫步的时候，也常

1 　唐建清著《高傲的萨特》，《读书》2000 年第 4 期，第 75 页。

常会看到神社或佛寺。尽管这些东西都是历史遗留下来的，但今天的人对这些"圣物"依然有一种敬畏之心。我们的敬畏之心，经过辛亥革命，经过"破四旧""文革"被荡涤一空。管仲说"畏威如疾，民之上也；从怀如流，民之下也"（《国语·晋语四》），意思是说，如果敬畏天威如同害怕疾病一般，这是人群中的上等者；如果只知道怀恋安逸、跟从流俗，那就是人群中的下等者。而孔子也认为："君子庄敬日强，安肆日偷。"（《礼记·表记》）作为君子，如果一个人严肃持重的话，那么就会一天比一天强，而如果安逸放肆的话，那就只能苟且偷生了。今天具备"畏威如疾"和"庄敬"这样品德的人愈来愈少，如果法律在很多方面又无法起作用的话，难免会发生诸如长春长生疫苗的事件。

就事论事

德文中的 sachlich 一词我很喜欢，意思是"就事论事"或"实事求是"。记得我在波恩生活的时候，当时德国报纸爆出时任外交部长的费舍尔（Joachim Fischer）在 1968 年学生运动的时候参加打砸抢的照片。电视和报纸都在讨论"我们的外长曾经是个暴徒"的问题。我在电视里看到了一个采访，记者问路上的一个老太太：您怎么认为曾经的一个罪犯现在做了我们的外长？老太太义正词严地说：对于我们来讲他是一个外长，是一个称职的外长，这就够了，至于他以前做过什么，我并不关心。我想这是典型的就事论事的风格。

我在德国的几年，每次讨论问题，真的是讨论"问题"，而少有人为的问题。sachlich 的态度是我从德国同事那里学到的。

卑贱者最聪明

"高贵者最愚蠢，卑贱者最聪明"是我在上小学的时候学到的一段话。后来我逐渐发现，最聪明的卑贱者有时表现出来的并非全都是智慧和善良。再后来，我开始学英文，知道 peasant 一词除了我们知道的"农民"的含义外，还有"未受过教育""行为鲁莽"的意思。而如果你觉得一个人是粗鲁、无知的乡巴佬，可以说 he is a real peasant，这句话的引申的意思是，这是一个什么也不懂的、狭隘之人。我也在一份相关的刊物上读到，美国一项对百万富翁的调查结果是，他们之中几乎所有的人都受到过良好的正规教育：90% 的人大学毕业，一半以上的人拥有硕士学位。他们在大学里培养了遵守纪律和不屈不挠的精神。他们不仅乐善好施，在自己的生活中也绝不挥霍无度，离婚率跟一般"群众"比较起来，低得可怜，也很少有人参与犯罪。

占有的另一种方式

电视新闻中，某会议现场，领导在讲话，下面的人都在笔记本上不断记录，唯恐漏掉了一个字。这在弗洛姆看来，是将"存在"转化为了"占有"的另外一种方式。弗洛姆就此写道：

> 异化的记忆还有一种形式，就是把我所想要记下来的一切都写下来。只要把它写在纸上我就占有了这个信息，我从不尝试把它记在脑子里。我对我的占有很有自信，除非我将这些记录丢失了，那也就将应该记忆的东西丢失了。我的记忆力与我脱离，因为我的信息库（笔记）取而代之了，它成为我外化的一部分。[1]

在摄像和录音技术极度发达的今天，用笔记录的意义又在哪里呢？我想记录本身已经成为了一种仪式（cult）。

不可言说

1939 年熊伟（1911—1994）在波恩完成了他以《论不

---

1 埃里希·弗洛姆著，李穆等译《占有还是存在》，北京：世界图书出版公司，2015 年，第 20 页。

可言说》[1]为题的博士论文。论文的第一部分是对以普罗提诺（Plotinus，203—270）为代表的欧洲哲学传统中否定表达方式的梳理，也是当时的德国哲学界值得关注的内容。第二部分论及"不可言说"的语言问题，这实际上已经触及了海德格尔后来所谓"语言自己在言说着"的命题，这也是熊伟的洞见所在。可惜回国之后，由于种种原因，熊伟后来没能继续深入探究下去。1939年当这部博士论文在德国出版的时候，正值二战如火如荼进行之时，自然不能引起德国学术界的关注。

有关"不可言说"这一词的本身，我最近在读《敦煌变文集》的时候，找到了一个例子：

> 外道见舍利弗在旁，欲思加被此所化力士驱驰又不得，便自身困乏，不可言说。外道乞处分力士暂放停憩。
> （《敦煌变文集·祇园因由记》）

"不可言说"尽管是在佛教的场景中出现的一个词汇，但其中所涉及的并非一定只是佛教的内容。

1　Hsiung Wei, *Über das Unaussprechliche* (Diss. Phil. Bonn), Bonn: Kölben, 1939.

草鞋

上小学的时候老师给我们讲红军爬雪山过草地的故事，好像从毛主席到普通士兵都是穿着草鞋不断地从一个胜利走向另一个胜利的。凡是红军走过的地方，无不受到人民的拥戴。当年一首歌谣唱道："打双草鞋送红军，表我百姓一片心。亲人穿起翻山岭，长征北上打敌人。"[1] 草鞋成为了红军革命传统的象征。近日读禅宗语录，其中一段曰：

> 举僧问智门祚和尚："如何是佛？"门云："踏破草鞋赤脚走。""如何是佛向上事？"门云："拄杖头上挑日月。"（《古尊宿语录》卷四十一）

草鞋是容易踏破的，而铁鞋则不容易踏破，所以会有"踏破铁鞋无觅处"的说法。因此容易做到的事情、路子对了的事情，也是可以穿着草鞋完成的，"人入德处，全在致知格物。譬如适临安府，路头一正，着起草鞋便会到"（《朱子语类》卷十五）。

1　中共安徽省委党史研究室编《红皖歌谣》，合肥：安徽人民出版社，2017年，第122页。

缘何以罗马人为自豪

拉丁文中有个说法："Civis Romanus sum." 意思是，我是罗马市民。背后的潜台词是，我享有罗马公民法的权利。罗马法中，有详细的人法、物法和诉讼法，也就是说，当时一旦成为罗马人，就有地方说理了。如果一个人的罗马人权利被剥夺了的话，那么在当时最严厉的惩罚莫过于被流放（exilium）了。按照罗马法，被判死刑的罗马人可以选择离开家乡，这样可以免除死刑。但这同样意味着，一个罗马人不再享有罗马公民法的权利了。

朋友关系的传递

上大学的时候，我的德国朋友皮特常常跟着我去参加一些中国朋友的聚会。有个蒙古族的朋友，为人很热情豪爽，两杯啤酒下肚后就对皮特说：你是雪涛的朋友，我也是他的朋友，因此咱们俩也是朋友。皮特每次听到这样的说法，都很无奈，最后只能勉强地点点头。

常常有中国同事或朋友找我，让我找在德国的朋友帮他们的中国朋友的忙，这些中国朋友或者在国外需要找房子，或者在国内需要写邀请信或做担保。他们常常说的一句话就是：都是朋友。这样的事情，我常常要解释半天，告诉他们大部分德国人不太明白这种朋友的"传递"关系。

最近读到罗马法中的一个说法："Affinis mei affinis non est mihi affinis."意思是说，我连襟的连襟跟我没有连襟的关系。才知道为什么对于德国人来说，朋友之间没有所谓的"传递"关系。

专家的界限

在电视里，经常看到一些明星和专家在谈他们专业之外的各类事情，好像他们是所有方面的专家。有一位影视演员，我觉得他饰演的几个角色还是不错的，直到有一天我在一个综艺的节目上看到他大谈中国文化的世界传播，才知道这是一个完全没有自知之明的狂妄之徒。很多所谓专家，在非专业领域，他们基本上是中学生的水准。再加上在中国没有受到比较全面的教育，可以想象他们能给出什么样的建议。

拉丁文中有一个说法："Cuilibet in arte sua credendum."意思是说，在专家的领域他应当被信赖。言外之意是，某一个方面专家的权威，也仅仅局限于其自身的领域。超出这个领域，其知识水平可能与一般的人一样，或者还达不到平均值。人要清楚自己的能力在哪些方面。

"Iudex extra territorium est privatus."[1] 所以，在罗马时代，即便是受人尊敬的法官，大家也知道，他们在自己的领域之

1　*Dig.* 1, 12, 3.

外并没有什么特殊的权威。

冒犯君王罪

在罗马时代，如果一位罗马公民违背了罗马传统，信奉一神教，就被看作是严重的罪行：crimen laesae maiestatis（冒犯君王罪）。后来到了中世纪，反对基督教的信仰也被认为是"冒犯君王罪"，因为中世纪的皇帝和国王普遍信教。"Lubricum linguae ad poenam facile trahendum est."（不应该仅仅因为一个人说的一句话而惩罚他。)[1]但法庭不会因为一个人辱骂了国王或政府而被判罪。

启蒙运动以后的世界历史发生了重大的变化，各国的政治家不再以所谓的"君权神授"来作为其合法性的依据了。自然所谓的"冒犯君王罪"也不再存在了。

Spielraum

德语的这个词，词典中的解释为"活动余地、回旋余地"或者"间隙、空隙"，我更愿意将之解释为"弹性空间"。从前在德国留学的时候，常常会用这个词。这个假期我一直都

---

1 *Dig.* 48, 4, 7.

留在办公室，处理之前留下来的各种事情：翻译的、写作的、行政的"欠债"。我想如果能给我两年的时间，我才能比较从容地来处理这些事情吧。现在每天基本上是疲于奔命，感觉不到任何假期中的闲散与恬淡。实际上，人的生命中要留有一些 Spielraum——缓冲的余地，这样便可以随时调整自己。如果整个的时间全被各类的计划和事情填满了的话，那么不仅生活的空间，心灵的空间也都被封死了。人的创造性产生于"弹性空间"，因此需要不断给自己留出生命的"空隙"。

颜之推则更深刻地指出了人做事要留有余地的重要性。他指出：

> 至诚之言，人未能信，至洁之行，物或致疑，皆由言行声名，无余地也。（《颜氏家训》卷四《名实第十》）

颜氏认为，最真诚的话，人们未必会相信，最高洁的行为，有可能招致怀疑。这都是因为人们的言行名声太好，而没有留余地的缘故。水满则溢，做事要留有余地。因此，凡事都要留下一点 Spielraum。

距 离

改革开放之后，由于跟外部世界接触较多，慢慢地一些西方的观念也在影响着中国。比如人和人之间应该保持怎样的距离，才能让别人和自己都感到舒服。在德国的时候，不论在车站排队买票，还是在银行等着取款，或在邮局寄东西，排队的时候都不会挤得太紧，与正在接受服务的顾客，一般会有一米多的距离，这是尊重别人的隐私空间的表现。在医院，医生在给病人看病的时候，一定会一个一个来看，并且一定会关上门。

我有时在超市买东西，后面排队的老人会一直不耐烦地用身体靠着我。每次遇到这样的情况，我都会对老太太说，我不着急，要不您先来？这时的老太太，会用完全不理解的眼光看着我，同时挪到我前面去，继续催促她前面的人去了。

大言

好像自古以来有些中国人就习惯说大话，见人说人话，见鬼说鬼话，反而会受到别人的追崇。前些日子读《艾子后语》，其中一篇是专门讲一位说大话者的。赵国的方士在回答艾子自己的年龄是多少时，胡吹乱编一通，说自己儿时曾经跟其他孩子们一起看过宓羲画八卦，还谈了尧舜禹时代乃至西周时代自己的非凡经历。其时正赶上赵王坠马受伤，需要千年血竭来治疗，这位方士被吓破了胆，马上招出：昨天他父母刚过五十岁生日，邻居老太太送酒祝寿，自己之前所说的是酒后之言。

好像我们的文化中，从来不缺这种说大话、吹牛皮者，并且在各朝各代都有市场。从前的方士，至多是可以骗来一些衣食酒肉、富贵利禄的江湖骗子，今天的社会我们有学术骗子、政治骗子，面对他们，我想赵国的这位方士也只能自叹莫如。

丑的观念

假期里使用朗根沙伊特（Langenscheidt）的英语教材练习一下自己的英语口语，感觉从德语学英语确实比较简单。我的问题主要是英语的词汇量不够，所知道的表达方式太少。于是我找到了一本扩展词汇的教材。在有关"外表"（Aussehen）的一部分中，读到一句话："Tony ist hässlich, aber er hat eine wundervolle Persönlichkeit." 英文是："Tony's ugly but he's got a wonderful personality." 这里是教我们 ugly（丑）一词的用法。也就是说在英语的语境下，评论外貌可以使用 ugly 一词。因为在汉语中，好像这样的一个词已经很少用了，顶多会说"长得不漂亮"。对于年轻女性，现在甚至一律称作"美女"。我认为，"美女"一词根本不是其原本意义上的词汇了，而是应用于称赞或恭维（complimenting）等交际行为。

无冕之王

在先秦典籍中，"君子"一词多指"君王之子"，着重强调其出身及地位的崇高。之后慢慢赋予了道德的含义，《周易·乾》曰："九三，君子终日乾乾，夕惕若厉，无咎。"再往后，"君子"就成为了道德品行兼好之人的代名词。

雍正指出："韩愈有言：'中国而夷狄也，则夷狄也；夷狄而中国也，则中国之。'……尽人伦则谓人，灭天理则谓禽兽，非可因华夷而区别人禽也。"（《大义觉迷录》）很明显，雍正希望以文化取代地域与种族，从而使得清朝的统治合法性处于遵循儒家伦理道德的制高点上。

洪应明说："平民肯种德施惠，便是无位的公相；士夫徒贪权市宠，竟成有爵的乞人。"（《菜根谭·概论》）因此，所谓的"君子"是与权势、钱财完全没有关系的。即便是没有被加封官衔的贫民，也可能成为影响、作用极大的人，即所谓的"无冕之王"（uncrowned king）。

条条大路通……

> 问："向上一路，千圣不传，未审如何是向上一路？"师曰："行到水穷处，坐看云起时。"曰："为甚不传？"师曰："家家有路通长安。"（《五灯会元》卷十七《沩潭文准禅师》）

唐代的时候，帝国的都城长安是世界上规模最大的城市，最兴盛时人口超过一百万。全国各地的人都得到长安朝拜天子，办理各项与地方乃至家庭相关的事务，因此每一家都有自己去长安的路数。禅宗由此认为，人人都可以通过自己的方式证得佛教的道理。

拉丁文中有一个说法："Mille viae ducunt homines per saecula Romam."[1] 直译成汉语是：千条路永远通罗马。原因是在中世纪，教皇的所在地梵蒂冈以及天主教会都在罗马。后来欧洲不同语言都有对此说法的变体，英文有 all roads lead to Rome，德文有 alle Wege führen nach Rom，法文有 tous les chemins mènent à Rome，意思都是"殊途同归"。有一年我去亚琛（Aachen），腊碧士教授指给我看曾经通往罗马的道路，它与通长安的路还是不完全一样的。

种瓜得瓜，种豆得豆

汉语里的"种瓜得瓜，种豆得豆"是从佛经里来的，佛经里的原话是"种谷得谷，种麦得麦"（《正法念经》）、"种瓜得瓜，种李得李"（《涅槃经》）。佛教借此比喻因果报应关系：造什么因，就得什么果。现在用此表示做了什么事，就会得到什么样的结果。罗马法中有法条说："Messis sementem sequitur."意思是说，收成是播种者的。尽管瓜和豆不一样，但谁种的地，谁去收成，这是人类古老的法则。

1　Alain de Lille, *Liber Parabolarum.*

单一锁匙

在前几天召开的有关墨子思想的会议上，一位中国学生问鲁汶大学（KU Leuven）汉学系的戴卡琳（Carine Defoort）教授：一般认为墨子的思想核心是"兼爱""非攻"，您作为墨子思想的研究者，认为墨子的中心思想是什么？戴卡琳教授回答说，今天我们一直以西方的某种想法认为，某人或某一学派会有一个中心思想，其实这是一种误解。

以赛亚·伯林（Isaiah Berlin，1909—1997）在《俄国思想家》中总结赫尔岑的哲学信念时写道："原则上，并无任何单一锁匙、任何公式能解决个人或社会问题。"[1]我们常常以简化了的某一种思想作为某一思想家的全部，这极容易形成教条。

因果关系的复杂性

佛教讲求因果，但因果关系常常是很复杂的，即便是业力的定律也是三世六道轮回。到了禅宗里，事物之间的关系更是变幻不定。《五灯会元》中有一则公案曰：

> 上堂："青萝夤缘，直上寒松之顶。白云淡泞，出没

---

1 以赛亚·伯林著，彭淮栋译《俄国思想家》，南京：译林出版社，2003年，102页。

太虚之中。何似南山起云，北山下雨。若也会得，甜瓜彻蒂甜。若也不会，苦瓠连根苦。"（卷十六《天衣义怀禅师》）

"南山起云，北山下雨"其中的因果关系需要一番的研究才可能弄明白。

"拉"和"推"

从来没有觉得门上贴着的"拉"和"推"有什么问题。近日关西大学的沈国威教授来访，聊到他在北京的餐馆吃饭，之后看到门上的"拉"字，觉得特别别扭。在日本，门上所用的是"引く"和"押す"。由于汉字的"拉"还有另外的含义，为什么不选一个比较文雅的字来使用？汉字中有特别丰富的选择，沈教授建议用"牵"或"引"。我觉得很有道理。

清贫与浊富

有人问招庆和尚：

问："诸缘则不问，如何是和尚家风？"师云："宁可清贫长乐，不作浊富多忧。"（《祖堂集》卷十三《招庆和尚》）

对于和尚来讲，只要是超出他们认为正常的修行生活的过多的财富都是"浊富"。我认为，正常生活的物质条件还是需要的，这样便可以过一种比较体面的生活。在此之上的财富的叠加，就都是所谓的"浊富"了，因为所引来的常常是担惊受怕。

盘里明珠

禅宗认为，人自身蕴藏着内在的力量，只要机缘成熟，就会自动运转起来：

> 诸人要得休去么？各请立地定著精神，一念回光，豁然自照，何异空中红日，独运无私；盘里明珠，不拨自转。(《五灯会元》卷十六《白兆圭禅师》)

在很多情况下，只要时机成熟了，不需要旁人指点，就可以靠自己的悟性领悟公案中的道理。

空是家乡

一只飞鸟的用武之地当然是在空中，一条游鱼的广阔天地一定是在水中。如果手捧着饭却叫饿，身在河边却喊着渴，那是因为没有看到自身的优越条件：

> 譬如空中飞鸟，不知空是家乡。水里游鱼，忘却水为性命。何得自抑，却问傍人。大似捧饭称饥，临河叫渴。诸人要得休去么？各请立地定著精神，一念回光，豁然自照。（《五灯会元》卷十六《白兆圭禅师》）

在这种情况下，确实是需要禅师的点拨了。

皮肤与实在

近代以来，西方人开始有所谓"人种"的"科学观念"，这样中国人就成为了"黄种人"，以至有后来所谓"黄祸"（英文：yellow peril，德文：gelbe Gefahr）的说法。禅宗认为，人的皮肤只是一个外表，不能代表真实的人。只有透过外在的皮肤或肉身，才能认识到真实的本性——不论是黄皮肤、黑皮肤还是白皮肤，下面流淌的血都是红颜色的。禅宗有一则公案说：

> 一日，祖问："子近日见处作么生？"师曰："皮肤脱落尽，唯有一真实。"祖曰："子之所得，可谓协于心体，布于四肢。"（《五灯会元》卷五《药山惟俨禅师》）

唯有在皮肤脱落处，才可能认识到真实的存在。

骑驴觅驴

如果一个人一直找不到自我的话，禅宗认为，就像是一个"骑驴觅驴"者：

> 本无今有有何物？本有今无无何物？诵经不见有无义，真似骑驴更觅驴。(《五灯会元》卷二《菏泽神会禅师》)

如果找不回真实的自我，诵再多的经也是没用的。

去来今

关西大学的内田庆市先生在我们这边举办了一个有关近代东西语言接触史的工作坊，他在开始的时候做了一个题为"近代西人汉语研究的过去、现在、未来"的报告。这让我想到了佛经中常说的"去来今"。《圆觉经》中有"无起、无灭、无来、无去"(《大正藏》17-915a）的说法，苏轼也说："三过门间老病死，一弹指顷去来今。"(《过永乐文长老已卒》) 在佛教中，表示过去、未来、现在之三世的"去来今"，实际上是用来泛指一切有为诸法生灭变化过程之时间。

去伪存真与扬弃

禅宗语录中提到对待文化传统的态度："权衡在手，明镜当台，可以摧邪辅正，可以去伪存真。"（《续传灯录·褒禅溥禅师》）这让我想到了德文中的 Aufhebung 一词，与禅宗的"去伪存真"一样的意思。这个词最早翻译为"奥伏赫变"，是用来说明黑格尔辩证法中"正反合"的"合"命题的。因为在德文中，动词形式的 aufheben，除了有"废弃、否定"的含义外，也有"保留、提升"的意思。因此，黑格尔（Georg Wilhelm Friedrich Hegel，1770—1831）指出："扬弃在语言中，有双重意义，它既意谓保存、保持，又意谓停止、终结。"[1]

Lotte：乐天还是绿蒂，这是个问题

跟顾彬教授一起在韩国做演讲，住在清凉里的酒店。晚上出去散步的时候，看到附近一家大的商场 Lotte（乐天）。

1　黑格尔著，杨一之译《逻辑学》（上卷），北京：商务印书馆，2011年，第 98 页。

顾彬告诉我，这是少年维特（junger Werther）的恋人绿蒂（Lotte）的德文名字。我想今天很少有人能想到，Lotte是德文中的女性名字Charlotte（夏洛特）或者Lieselotte（莉泽洛特）的缩写。其实在东亚，大家都知道Lotte更多的是指所谓的"乐天集团"，其业务范围涵盖食品、百货、娱乐、金融、化工等诸多领域，是韩国大财阀之一。因此在韩国的很多百货公司都能看到Lotte的名字，但这跟歌德、跟文学好像完全没有关系。

记得多年前我第一次到韩外大的时候，一位学汉学的女生接我，路过清凉里的时候，我跟她说，这里以前可能是寺院吧。佛教中，将五台山称作"清凉山"，而被称作"清凉寺"的佛教寺院在中国古代数不胜数。此外，佛教中还有所谓的"清凉三昧"的说法，所指的是断除一切憎爱之念使为清凉之三昧，"有三昧，名曰清凉，能断离憎爱故"（《大集经》卷十四）。第二天那位学生见到我的时候，睁大着眼睛对我说："老师太厉害了，您怎么知道那边以前是一家佛教寺院呢？"原来她回去后查了清凉里的历史，果然如此。

译者的资格

我跟顾彬在韩国的檀国大学演讲，他讲的主题是有关翻译的，他提出了一些新的看法，其中之一是译者的经验问题。他说，他今年七十三岁，已经翻译了四十年，对于一个译者来讲经验非常重要。二十岁的译者在遇到一些问题的时候，根本不知道如何处理。只有经过几十年的磨炼，才能成为一个真正的译者。

工具化的语言之比喻

以前学英语的时候，课本上印着马克思的话："外国语是人生斗争的一种武器。"[1] 我们学习外语是为了更好地进行阶级斗争。

鲁迅认为通过外国语可以"从别国里窃得火来，本意却在煮自己的肉"[2]。做一名作家可以"以笔为刀"，与恶势力斗争。

进入 21 世纪的时候，当时的缅甸政府要求记者为国家和人民服务，号召说：笔落在有坏思想的人手里，比刀落在谋杀者手里还危险。

1　保尔·拉法格著，马集译《回忆马克思恩格斯》，北京：人民出版社，1973 年，第 6 页。

2　鲁迅著《"硬译"与"文学的阶级性"》，载王世家、止庵编《鲁迅著译编年全集》卷十二，北京：人民出版社，2009 年，第 41 页。

知识、方法、视野和思想

知识——人的一生不断在摄取不同的知识，之后将这些知识组合到原有的知识和经验中去，从而使得自己的知识获得更佳的结构。

方法——如果一个人一直以一种方式观察的话，那他一定会有一些"死角"。任何一项研究都离不开方法的支撑。黑格尔指出："哲学的真正的实现是方法的认识"，"它既不能从一门低级科学，例如数学那里借取方法，也不能听任内在直观的断言，或使用基于外在反思的推理。而这只能是在科学认识中运动着的内容的本性。"[1]对于黑格尔来讲，理念辩证法就发挥了普遍的认识方法和一般精神活动方法的作用。

视野——颜之推认为：

> 夫读书之人，自羲、农已来，宇宙之下，凡识几人，凡见几事，生民之成败好恶，固不足论，天地所不能藏，鬼神所不能隐也。（《颜氏家训》卷三《勉学第八》）

也就是说，对于有见识的人来讲，不仅是人世间的事，即便是天文、鬼神，也都没有办法瞒过他们。因此，禅宗中

1　黑格尔著，杨一之译《逻辑学》（上卷），北京：商务印书馆，1976年，"第一版序言"，第4页。

有一句话说："眼里无筋一世贫。"（《五灯会元》卷十五《智门光祚禅师》）意思是说，目光短浅、没有见识的人，注定一辈子要受穷的。

思想——只有通过以上的三种方式的螺旋上升，人才最终形成自己的思想。

1954 年，爱 因 斯 坦 在 母 校 苏 黎 世 联 邦 工 业 大 学（Eidgenössische Technische Hochschule Zürich）建校一百周年的纪念活动上说："只有忘掉在学校所学的东西，剩下的才是教育。"（Bildung ist das, was übrig bleibt, wenn man alles, was man in der Schule gelernt hat, vergisst.）爱因斯坦认为，教育是超越具体知识之上的方法、视野和思想。

转法华而不为法华转

不论在欧洲还是在日本的火车上或地铁里，至今依然能够见到一些人拿着厚厚的书在阅读，而在中国，大家除了看手机之外，就是在 iPad 上看电视剧了。花过多的时间玩弄各种不断涌现的电子终端，不断增长的物质欲以及现代大城市人的焦虑感让人无所适从。太过依赖文明利器，不仅仅人的技艺，人性也会退化。

其实从信息的焦虑以及技术的进步中走出来的最好办法，是将这一切还原到自己的正常生活经验之中去，以传统的方式来看待和处理新的问题。我从来不拒斥新的技术，但新的技术只是新技术而已，尽管花样不断翻新，但手段永远不会成为目的本身。

何谓政治？

乔治·奥威尔在《政治和英语语言》（"Politics and the English Language"，1946）一文中说：

> 政治语言就是使谎言听起来跟真的一样，使谋杀变得道貌岸然！[1]

很遗憾的是，他的这些说法一再被证实是对的。

Lex non valet extra territorium

以往读恩格斯（Friedrich Engels，1820—1895）的《路德维希·费尔巴哈和德国古典哲学的终结》第二部分的头一句："全部哲学，特别是近代哲学的重大的基本问题，是思维

---

[1] 转引自蓝辰编著《大人物的小故事》，北京：中国工人出版社，2003 年，第 339 页。

和存在的关系问题。"[1] 也就是说，是唯物主义和唯心主义的问题。这里的所谓"全部哲学"，并非一个全称判断，而是一个指代欧洲哲学的特称判断。拉丁文中有一句话说："Lex non valet extra territorium." 意思是说，一个法律只在其界限内生效。如果这句话有道理的话，那么中国哲学、印度哲学的基本问题，可能是另外的问题。

任何的一个人都有其"历史性"（Geschichtlichkeit），也就是说他属于一定的地域和时代。近日读禅宗语录，其中一条说："僧问：'如何是祖师西来意？'师曰：'是星皆拱北，无水不朝东。'"（《五灯会元》卷九《芭蕉山遇禅师》）这显然是在北半球的中国观察的结果。

罗马时代的法律有一个说法："Tempus regit actum." 意思是说时代决定行为，也就是说，任何一个行为都要到当时的时代法律中去寻找根据。黑格尔实际上很早就认识到了个人的局限性，他在《法哲学原理》（*Grundlinien der Philosophie des Rechts*，1820）的序言中写道：

> 哲学的任务在于理解存在的东西，因为存在的东西就是理性。就个人来说，每个人都是他那时代的产儿。哲学也是这样，它是被把握在思想中的它的时代。妄想一种哲学可以超出它那个时代，这与妄想个人可以跳出

---

1 《马克思恩格斯选集》（第四卷），北京：人民出版社，1972年，第219页。

他的时代，跳出罗陀斯岛，是同样愚蠢的。[1]

在禅宗中也有"虾跳不出斗"(《五灯会元》卷十五《双泉师宽禅师》)的说法，人是超越不了自己的时代的。

国王与法律

究竟是国王的权力大，还是法律的权力大，这在罗马时代就有明确的说明："Lex facit regem."这句话的意思是法律造就国王，也就是说，法律居于国王之上，并且决定谁来进行统治。佛陀涅槃之前，在拘尸那城（Kuśinagarī）他的弟子阿难哭得很悲痛：

> 尔时世尊语阿难：汝等或作如是想，从此教言失却教师，吾辈导师已不复存。阿难，不应作如是观。吾所言说，经教律教，当吾灭后，将永为汝等之师。[2]

也就是说，作为转轮王的佛陀，依然要服从"法"。"Ipse autem rex non debet esse sub homine sed sub Deo et sub lege,

---

1 黑格尔著，范扬、张企泰译《法哲学原理》，北京：商务印书馆，1961年，"序言"，第12页。
2 转引自渥德尔著，王世安译《印度佛教史》，北京：商务印书馆，1987年，第76页。

quia lex facit regem." [1] 意思是说，国王本人不要服从任何人，但却要服从神和法律，因为法律造就了国王。

是非之两忘

明代的文学家屠隆在给王世贞（1526—1590）的信中谈及张居正（1525—1582）任宰相期间京城之政治（"长安人事"）时写道：

> 长安人事，如置弈然，风云变幻，自起自灭，是非人我山高矣。南华先生云："与其是尧而非桀，孰若是非两忘。"（《白榆集·与元美先生》）

朝内斗争之激烈，风云变化之迅速，根本不是有良知的知识分子所能应对的。屠隆在信的最后表达了对王世贞归隐的赞同，认为只有做到急流勇退，才能避开政治斗争的旋涡。"抱云雾长往，在先生固其所，海内君子，头颅种种脱就一官，辄丧其平生，老至而耄及，利令智昏耶？"（《白榆集·与元美先生》）因此，屠隆认为，庄子的智慧，应当是值得效仿的。

---

1 Bracton, *De legibus et consuetudinisbus Angliae*, 1250.

俗语佛源

20 世纪 80 年代后期我在广济寺阅藏，大部分时间都在中国佛教协会的图书馆读不同版本的藏经。经常跟我一起翻阅藏经的还有一些学者、出家人，他们在编一部名为《俗语佛源》的词典。后来作为佛教协会会长的赵朴初居士（1907—2000）在其所写的前言中指出：

> 个别术语，如"手续"一词，一向被认为从日文引用进来的外来语，我早就怀疑它与佛教密宗经典有关，最近请教吴明先生，才得到圆满的解答，证明它不是外来语，而是源自佛典……又如"相对"、"绝对"二词，一般也被认为引自日文的外来词，其实也是源自佛教经纶。明治维新后，日本学者大量翻译西文论著，他们用的许多术语，是我国古代佛经译师创造的。我国学人不知根源，忘却祖先劳绩，而以为是日语，连日本人用错了的，也以讹传讹，沿用至今而不觉。[1]

赵朴老的意思是，我们今天认为是日语借词的很多词，其来源是古代中国佛教的译经词汇。但这里有一个古代词汇和现代词汇的区别，通过日本学者对西方近世人文科学、社

1　中国佛教文化研究所编《俗语佛源》，上海：上海人民出版社，1993 年，"前言"，第 1—2 页。

会科学以及自然科学的译介，很多即便是在中国古代就已经有了的词，此时也获得了现代意义，很多词汇仅仅是词形相同而已。

现代词形词

一、自由

我在乾隆年间出版的《华夷译语》的德－汉词汇对照表《额哶马尼雅话》的《通用门》中看到"自由"一词，德文译作 Vonsich（源自自身），跟近代以来用来表示"不受拘束、不受限制"义项的"自由"，其含义显然不同。18 世纪中叶，包括 Freiheit（自由）、Aufklärung（启蒙运动）、Bildung（教育）、Kultur（文化）、Ideal（理想）、Menschlichkeit（人性）、Toleranz（宽容）等在当时德国流行的反映当时上升时期的市民阶层在精神文化方面需求以及政治上诉求的词汇都已经出现，可惜都没有收录在这个词汇表中。

二、观念

佛教认为，"观念"是凝神专意真理或佛性的一种方式，常常用作动词。因此在佛教中有所谓的"观念念佛""观念法门"之说。而在现代汉语中，"观念"是思想意识，在"思想观念""传统观念"等词组中用作名词。

三、唯心

多年前游某名山，在以往的刻石中，看到"三界唯心"的书法。佛教认为，外在的一切都是内心的反映而已，心外无任何实法存在。"唯心"是从梵文"citta-mātra"意译而来。《楞伽经》中的偈子说："由自心执着，心似外境转。彼所见非有，是故说唯心。"后来将 Idealismus 翻译成"唯心主义"，作为"唯物主义"（Materialismus）的反面，"唯心"也因此成为了一个贬义词。

四、宗教

在佛教中，"宗教"一词是分开来讲的：宗是佛教之根本旨趣；教是佛陀为适应教化对象而施设的言教。《华严五教章》卷一云："分教开宗者，于中有二：初就法分教，教类有五；后以理开宗，宗乃有十。"近现代意义上的"宗教"是从 religion 一词翻译而来的。

五、真理

佛教中的"真理"（satya）所指的是最纯正的道理，这当然是佛法了，萧统《令旨解二谛义》曰："真理虚寂，惑心不解，虽不解真，何妨解俗。"这与现代汉语中用来指称客观事物及其规律在人们意识中的正确反映的"真理"不同。

六、语法

现代汉语中的"语法"一词，基本上是与英文的

grammar 对等的。但在佛教中，"语法"的含义是讲说佛法。王维《投道一师兰若宿》诗曰："鸟来远语法，客去更安禅。"

七、性欲

佛教用来指依个人之素质、倾向、目的等，所生起的行动之意志。性，指过去之习性；欲，指现在之乐欲。《大日经疏》卷一说："性欲者，欲名信喜好乐。如孙陀罗难陀好五欲，提婆达多好名闻等，乃至诸得道人亦各有所好。……性名积习……习欲成性。"（《大正藏》39-585b）这与现代汉语中"对性行为的欲望"的含义完全不同。

八、电影

读《无量寿经》时，其中一首偈曰："知法如电影，究竟菩萨道。具诸功德本，受诀当作佛。"（卷下）这里的"电影"与今天我们所说的 film 完全不同。在《无量寿经》中，"电影"从闪电之光而来，引申的含义是虚幻不实、稍纵即逝的现象。

九、毒气

今天提到"毒气"，一般会想到毒瓦斯，但在佛经中，"毒气"所指的却是"贪嗔痴"三毒之气。《法华经·如来寿量品》中云："毒气深入，失其本心故。"

十、食堂

法显在《佛国记》中就有"食堂"的记载："入食堂时，威仪齐肃，次第而坐。"这让我想起我第一次在圣奥古斯丁（Sankt Augustin）的华裔学志研究所（Institut Monumenta Serica）食堂吃饭时的情形，与法显所记载的类似。但1949年以后，在中国单位所设的"食堂"尽管也是集体吃饭的地方，但与中古时期的"食堂"还是有很大的不同的。

十一、污染

在佛教中亦作"染污"，佛家认为，贪、嗔、痴、慢等各种烦恼，会染污人的真性。《圆觉经》中说："若此觉心本性清净，因何染污，使诸众生迷闷不入。"而今天的"污染"基本上是英文词pollution的意思，指的是自然环境中混入了对人类或其他生物有害的物质，超出环境承载力，从而改变环境正常状态的现象。

十二、有染

佛教中的"有染"所指的是有染污之心，亦即有爱着之心、淫欲之心。具体是指六根未清净，仍与尘世烦恼有粘连的关系。达摩在解释"戒行"的时候说道："汝言依教，即是有染。一二俱破，何言依教？此二违背，不及于行。内外非明，何名为戒？"（《五灯会元》卷一《初祖菩提达磨大师》）佛教的用法，与近现代汉语中用来指"男女之间奸情"的用法完全不同。

十三、非常

这个在现代汉语中表示"十分、很"的程度副词,在佛经中最初的含义是表示"无常",谓世间万物总是处于变异灭坏的过程中,并终将会消亡的。《四十二章经》中说:"佛言:'观天地,念非常;观世界,念非常。'"而《无量寿经》中也说:"见老病死,悟世非常。"(卷上)

十四、记忆

在历史学中,有关"记忆"(memory)的研究从 20 世纪末开始成为一种显学。而汉语中的"记忆"一词,早在翻译佛经中已经开始使用:

> 我父毗沙门天王,回还本宫,为我宣说,我悉记忆,无所忘失。(《人仙经》)

表示"记得、没有忘记"的意思。

十五、印象

佛教认为是印在水中物体之形状。《大集经》卷十五曰:"如阎浮提一切众生身及余外色,如是等色,海中皆有印象。"这与今天所谓的事物或物体在头脑中留下的印迹,是不同的。

十六、影像

今天所谓的"影像"所指的是人或物体通过光学装置呈

现出来的形状。而在佛教中，"影像"所指的是画像。玄奘在《大唐西域记·那揭罗曷国》中记载："此贤劫中当来世尊，亦悲愍汝，皆留影像。"

十七、开题

2004 年我从波恩回到北外，才知道硕士生和博士生选择将要研究的论文题目之后，要进行所谓的"开题"：他们会就所选之题目及准备情况向导师和专家小组说明，专家们予以指导。其实"开题"一词来自佛教的说法：

> （王）谓明达曰："冥中深要阳地功德，闻上人通《涅槃经》，故使奉迎，开题延寿。"……王指令明达上座开题，仍于塔下设席，王跪。明达说一行，王云："得矣。"（《太平广记》卷三七九，引唐戴孚《广异记·崔明达》）

开始宣讲佛经之前，第一项工作是要解释经文的题号。后来在佛教典籍中，"开题"表示开始宣讲某一种佛经。

十八、转业

佛教中的"业"是"业力"（karma）的缩写，所指的是由过去行为延续下来所形成之力量。业有"善业"和"恶业"之分，"转业"一般用来指由恶业转为善业：

作有义事，是惺悟心。作无义事，是狂乱心。狂乱
随情念，临终被业牵。惺悟不由情，临终能转业。(《五
灯会元》卷二《圭峰宗密禅师》)

这与在现代汉语中，指称由一种行业转到另一种行业，
特指军人干部转到地方工作不同。

十九、一丝不挂

这里的"挂"是"挂碍"的意思，"一丝不挂"或"寸丝
不挂"在禅宗中，意思是心中没有任何挂碍，一心清净：

陆异日谓师曰："弟子亦薄会佛法。"师便问："大夫
十二时中作么生？"曰："寸丝不挂。"师曰："犹是阶下
汉。"(《五灯会元》卷三《南泉普愿禅师》)

这里所强调的是心根清净，跟现代汉语中的"赤身裸体"
不同。

"度"和 übersetzen

佛教里的"度"是从"渡"来的，意思是使人从凡尘
的此岸到达脱离生死之彼岸的过程。佛教的出家为觉悟之第
一步，因此也被称为"得度"。德文中的 übersetzen 有两个

含义：如果重读在第一个音节的话，是"摆渡、将……渡过河"的意思；如果重读在第三个音节的话，是"翻译"的意思。而汉语的"翻译"一词同样来自佛教："先，沙门法显于师子国得《弥沙塞律》梵本，未被翻译，而法显迁化。"（慧皎《高僧传》卷三《译经下》）其实"翻译"是"摆渡"的延伸义。

以往读黑塞（Hermann Hesse，1877—1962）的小说《悉达多》（*Siddhartha: Eine indische Dichtung*，1922），当悉达多独自一人迈上修行的征程时，一位摆渡人（der Fährmann）将悉达多渡过了一条河，但悉达多并没钱付给摆渡人。摆渡人预言说悉达多多年后一定会回到这条河，来补偿他。后来悉达多果然又回到了这条河流旁，并因此与摆渡人共度余生，在摆渡的过程中获得觉悟。

《金刚经集注》上说："度者，渡生死大海也。"

眼 力 与 智 慧

佛教认为人的智慧来自眼力，所谓的"洞见"当然是眼力的问题。禅宗中，具有见性成佛之眼，是"独具只眼"：

> 临济一日与河阳木塔长老同在僧堂内坐，正说师每日在街市掣风掣颠，知他是凡是圣？师忽入来。济便问："汝是凡圣？"师曰："汝且道我是凡是圣？"济便喝。

师以手曰："河阳新妇子，木塔老婆禅。临济小厮儿，却
具一只眼。"（《五灯会元》卷四《镇州普化和尚》）

密教中的大自在天神（Maheśvara）的顶门上生有一只眼，
功能非凡。而凡夫肉眼只是眼光短浅，是不可能有洞见的：

　　凡夫肉眼，岂辨圣贤？负罪弥天，且放免尤。（《敦
煌变文集·庐山远公话》）

看样子，眼力同智慧有着密切的关联。

念　书

有关阅读的重要性，波兹曼写道：

　　上学就意味着学习阅读，因为如果不能阅读，你就
不能加入到文化的对话中去……阅读为他们和外部世界
的联系提供了纽带，同时也帮助他们形成了对于世界的
认识。书本一行一行、一页一页地把这个世界展示出来。
在书本里，这个世界是严肃的，人们依据理性生活，通
过富有逻辑的批评和其他方式不断地完善自己。[1]

1　尼尔·波兹曼著，章艳译《娱乐至死》，第67页。

我小时候，在老家将"上学"称作"念书"。我们熟悉的朱自清（1898—1948）的《背影》有一句说："丧事完毕，父亲要到南京谋事，我也要回北京念书，我们便同行。"[1] 也是将"上学"称作"念书"的例子。

对 宗 教 的 敬 畏 之 心

颜之推在谈到有关家族的宗教信仰的时候，用了"归心"一词，因为在他看来，形式上的皈依当然重要，但更重要的是从内心中认同，心悦诚服地归附：

> 三世之事，信而有征，家世归心，勿轻慢也。（《颜氏家训》卷五《归心第十六》）

在这里，我认为很重要的是，颜之推认为要让下一代树立对宗教的一种敬畏之心，"勿轻慢也"正说明了这一点。

Sabbath

在大阪的便利店买到花生米，包装袋上写着"中国产"。

---

1 朱自清著《背影》，载李观政主编《朱自清散文选》，北京：北京师范大学出版社，2014年，第17页。

日本同事告诉我，花生尽管产自中国，但是严格按照日本的标准耕种的。据说，那块土地首先要闲置一段时间，才能开始耕种。而在某些发展中国家，农业部门为了追求产量，会肆无忌惮地向田地里倾注大量的化肥，并在庄稼上喷洒大量的农药。这些化学成分不断改变着土壤的成分构成，最终的结果是土地板结，只能施加更多的化肥，直至荒废。

同样，在弗洛姆看来，"安息日"（Sabbath）是为了达到"向母体的回归"："看来在安息日首先需要防止的其实是人对大地母亲，也就是对自然的无度驯服。"[1]

工 作 与 烧 酒

德国人常说："Arbeit ist Arbeit und Schnaps ist Schnaps."（字面意思是：工作是工作，烧酒是烧酒！）意思是工作和娱乐要区分开来。实际上在英语中也有 work hard, play hard（努力工作，痛快玩）的说法。而在东亚的文化传统中，工作和烧酒常常混在一起。

1　参考赖默尔·格罗尼迈尔著，梁晶晶、陈群译，李雪涛校《21世纪的十诫——新时代的道德与伦理》，北京：社会科学文献出版社，2007年，第112—113页。

小 聪 明 与 大 智 慧

柏杨认为，中国人常常要小聪明，认为美国人特笨。实际情况正相反。他举例说：

> 中国人太聪明了，聪明得把所有的人都看成白痴。自己从八十层高楼跌下来，经过五十层窗口外，还在讥笑里面喝咖啡的夫妇，竟然不知道不久就会被咖啡噎死！[1]

甚至一些到了美国的中国人认为美国的法律有很多漏洞可钻。拉丁文中有一个说法："Stulta sapientia quae vult lege sapientior esse." 意思是说，认为自己比法律更聪明是一种愚蠢的智慧。这样的小聪明，好像是很难成就大事业的。

中 国 古 代 的 洋 泾 浜

洋泾浜语（pidgin），或称皮钦语，所指的是一种语言交叉现象。例如在汉语交谈中，不时夹杂外语。这种现象在近代 18 世纪上半叶的广州和澳门就已经存在。而在古代中国，由于有大量西域、印度各民族的商人和宗教徒居住、生活在

1　柏杨著《丑陋的中国人》，第 31 页。

中国西部的城市之中，他们的语言一定是这种洋泾浜式的。因此有所谓的"胡言汉语"的说法：

> 这二老汉，各人好与三十棒。何故？一个说长说短，一个胡言汉语。虽然如此，且放过一著。（《五灯会元》卷十六《黄檗志因禅师》）

由于掺杂着胡语的汉语——"胡言汉语"很难理解，后来这个词逐渐演变成了"胡言乱语"。

作茧与破茧

《涅槃经》中在讲到众生自造烦恼时写道：

> 如蚕作茧，自生自死。一切众生亦复如是，不见佛性，故自造结业，流转生死。（《涅槃经》卷二十七）

吐丝的蚕将自己缠在了茧中，直到死在里面。这很像雅斯贝尔斯的哲学中所谓的"临界境况"（Grenzsituationen），但这并非仅仅通向灭亡，同时也可能指向超验（Transzendenz）——雅斯贝尔斯所谓的"超越"。待到蚕破茧而出之时，它已经超越了原本的"蚕"，化为了"蛾"。

蛇入竹筒，曲性犹在

据说让一个悲观的人中彩票，之后他可能有一段时间确实很高兴，但之后依然是悲观；让乐观的人破产，之后的一段时间他确实很悲伤，但之后却又会回到自己的乐观状态。对此，《大智度论》中有一个形象的说法："譬如蛇行，本性好曲，若入竹筒则直，出筒还曲。"

身贫道不贫

在欧洲中世纪"贫穷"（paupertas）一词的一个含义是一种由人自己决定的、为了神而奉献一切的生活态度，它不仅不会受到人们的鄙视，相反会得到很多人的羡慕。后来随着重商主义经济的发展，特别是后来的城市化和货币化，"贫穷"成为了缺少金钱和财产之人的代名词。实际上应当允许一种以自足与简朴的形式存在的生活方式，而不是按照工业化以后的标准，依据人均收入、卡路里消耗、消费的支出等来进行评判。

在中古的中国，出家人的物质生活尽管清苦，但在精神生活方面是富有的：

> 穷释子，口称贫，实是身贫道不贫。贫则身常披缕褐，道即心藏无价珍。（《景德传灯录》卷三十《证道歌》）

出家人由于没有财产，因此不被物累，可以更好地修行。

大音希声，大象无形

"大音希声，大象无形"一语来源于《老子》第四十一章，这其实是极高的美学理念。禅宗则有另外的表述方式：

> 知识不屈于学徒，真如岂随于言句？真见无像，其像分明。实听无声，其声不绝。(《祖堂集》卷十五《归宗和尚》)

好的形象常常是缥缈虚幻，而好的音乐则是悠远不绝。河南大象出版社的"大象"一词也应当是从"大象无形"来的吧，但这家出版社的英文名字被译作 The Elephant Press，给人的感觉是一家东南亚的佛教出版社。

弹指一挥间

《诗刊》1976年1月号发表了毛主席于1965年写的《水调歌头·重上井冈山》，之后全国掀起了学习、朗诵和背诵这首词的热潮。还在念小学的我，也赶紧背下了这首词。当时年少，对"三十八年过去，弹指一挥间"，没有多少感觉。

五十岁以后，每每谈到往事，也会有"弹指一挥间"的感慨。"弹指"实际上就是俗称的"打榧子"，佛教中用来表示时间之短暂：

> 僧祇云："二十念为一瞬，二十瞬名一弹指。"(《翻译名义集·时分》)

"念"为"一闪念"，"瞬"为"眼球一动"，亦即"一眨眼"。时空单位中，古代印度不仅有诸如"宇迦""劫"这样的大单位，也有"念""瞬"一样的小单位。

奴 才

《水浒传》第六十二回写的是石秀为救卢俊义，单身劫法场，后被官军擒住，押送到梁中书面前。此时的石秀，圆睁怪眼，大骂这位北京大名府知府、太师蔡京的女婿："你这与奴才做奴才的奴才！"金圣叹（1608—1661）就此评道：

> 奴才，古作"奴财"，始于郭令公之骂其儿，言为群奴之所用也。乃自今观之，而群天之下又何此类之多乎哉！（贯华堂藏古本）

在金圣叹看来，石秀所骂的并非一个梁中书，他之后感慨道："呜呼！群天之下人，而无不为奴财。"这才是可悲之处。在大兴文字狱的当时，作为儒家知识分子的金圣叹，根本没有发表政见的公共空间，唯一能做的事情，只是在评前人文学作品时，借题发挥一下而已，以便不丧失其思想的独立性。

文 字 与 智 慧

读各类禅家的语录，会发现有相当一部分高僧是不识字的，但却有着很高的佛法禅理的修养和造诣。天童净全禅师就是其中的一位。他曾以自嘲的方式写过一首偈曰："匙挑不上个村夫，文墨胸中一点无。曾把虚空揣出骨，恶声赢得满江湖。"（《五灯会元》卷二十《天童净全禅师》）看样子学识与智慧并非必然成正比的。

出 家 人 与 政 治

出家的目的在于想过上一种隐遁在山野的、清闲自在的生活，最重要的是可以不管政治。但也有一种和尚，既标榜自己隐居深山白云生起之处，又要投靠政府成为"官僧"。《虚堂和尚语录》有一段精彩的禅话：

本朝太宗皇帝，因僧朝见，帝赐坐，问云："卿甚处来？"僧奏云："庐山卧云庵。"帝云："卧云深处不朝天，因甚到者里？"僧无对。（卷四）

太宗皇帝的问题很妙，实际上揭穿了这位想投机的和尚的真面目。难怪最终这位和尚无言以对。

佛教的"无为"

苏轼以转述的方式，论述了佛教的"无为"：

其教也，以修慈善心为主，不杀生，专务清净。其精者为沙门。沙门，汉言息也，盖息意去欲，归于无为。（《东坡志林》卷二《袁宏论佛说》）

佛教的"无为"是指不做精心刻意设计的事情——所谓无因缘的造作。息止意念，除去人欲，断除烦恼，这表面上是无为，实际上也是无不为。

学佛的目的

功利的目的是学佛的大敌，一旦有了这样的目的，最终不可能理解到人生的真谛：

> 殊不知，物随事变，一堕利域，百计纷挐，以谋进
> 纳之计。得之者形服虽殊，升沉事海；失之者穷困相煎，
> 老毙山泽。(《虚堂和尚语录》卷四)

如果不是以一种清净心学佛，而是有着各种目的和欲望，
只能老死寺院之中。其实在各个时代，此类的出家人都占大
多数。

心静与心马

今天是大年初一，因为北京今年实行"禁放"，除夕夜和
初一的早上都没有人放炮，显得非常清净。内在的安静，需
要外在的环境促成。禅宗中的一句话"心静愁难入，无忧祸
不侵"(《祖堂集》卷九《肥田伏禅师》)，意思是心静的话，
就不会发愁，不发愁就没有烦恼，没有烦恼就可以避免很多
祸患。佛教认为，人的内心常常如狂奔的野马，很难控制得
住，因此万万不可放纵自己，"岂可放纵心马，不加辔勒，驰
骋情猴，都无制锁"(《法苑珠林》卷九九)。因此，人心是需
要不断地予以约束的，使散乱奔腾的思绪安静下来。禅宗的
修行，主要是在修心。

"一月三舟"的实存哲学解释

佛教中以"一月"喻佛，"三舟"喻根机各异之众生，"一月三舟"的确切含义在《华严经疏钞》中解释得最清楚：

> 譬犹朗月，流影遍应，且澄江一月，三舟共观。一舟停住，二舟南北。南者见月，千里随南；北者见月，千里随北；停住之者，见月不移。设百千共观，八方各去，则百千月各随其去。（卷十六）

也就是说，同在一轮明月之下，乘南行之舟的人，见明月随之南行千里；乘北行之舟的人，见月亦随之北往千里；而在静止之舟的人，却则未见明月之移动。然而明月只有一个，并未有什么不同。可见虽是同一个明月，南行、北往之舟与静止之舟，所见各有不同。

如果从实存哲学来看，所谓的"一月"应当是 das Sein（存在）本身，而"三舟"则为 das Seiende（存在物）。"存在"是无法显现的，只有通过"存在物"，人们才可能体会到"存在"的存在。"存在物"是所谓的"为我们的存在"（Für-uns-Sein），雅斯贝尔斯称之为"现象"（Erscheinung），这是佛教所谓的"三舟"。而超越一切"存在物"的"存在"，才是"自在之存在"（Sein-für-sich），这才是佛教中的"一月"。

禅宗公案中也有"蒲花柳絮，竹针麻线"的说法：

> 问："如何是佛法大意？"师曰："蒲花柳絮，竹针麻线。"（《五灯会元》卷三《大梅法常禅师》）

香蒲和柳絮都是极轻而易飘散之物，而竹针、麻线是再平常不过的东西了，正是这些"为我们的存在"之物，让我们真正体会到"存在"本身——佛法大意。

宁可放过一千，不可枉杀一个

在1927年七一五政变时，汪精卫（1883—1944）提出"宁可枉杀一千，不可放过一个"的口号，对国民党进行"清党"。除了国民党党内人士之外，据说党外被株连的多达百万人，被枉杀、被牵连的人不可胜数。稍微了解古罗马法律的人都会知道，拉丁文中有"tutius erratur ex parte mitiore"的说法，意思是说，即便在怀疑的情况下，由于慈悲而放过罪犯所犯的错误，也比过于严格而犯的错误更为安全。这实际上是"宁可放过一千，不可枉杀一个"的道理。从中可以看出，当时的罗马对正义的维护以及对生命的敬畏。

自由意志

德文中的der freie Wille（自由意志）是从拉丁文的

liberum arbitrium 而来的，"自由意志"被认为是道德行为的前提，所以道义责任与自由意志相连。亚里士多德明确提出，人的意志有能力选择和决定自己的行为，因此人必须对自己的行为负道德的责任。到了近代以后，康德将"自由意志"与"灵魂不死"以及"上帝存在"作为其实践理性的三条公设，强调人的道德意志是独立的、绝对自由的。跟"自由意志"相对的是"奴隶意志"（servum arbitrium），这是不完全自由的意志。

1923 年，在"科学与人生观"之论战如火如荼地进行之时，作为玄学派的张君劢（1887—1969）提出了著名的"自由意志的人生观"主张，以与科学派的"自然主义的人生观"相争辩。张君劢认为，人生是一个自由创造的精神活动过程，是由一种生命的生命冲动——我的"自由意志"所支配。[1]

一日不作，一日不食

这是唐代百丈怀海（约 720—814）所立的丛林风范之一，据说百丈禅师本人至入寂前，仍每日勤于作务，严持清规，不稍懈怠。据灯录记载：

1　张君劢著《人生观》《再论人生观与科学并答丁在君》，载张君劢等著《科学与人生观》，北京：中国致公出版社，2009 年，第 1—5 页，第 19—59 页。

师凡作务执劳，必先于众。主者不忍，密收作具而请息之。师曰："吾无德，争合劳于人。"既遍求作具不获，而亦忘餐。故有"一日不作，一日不食"之语流播寰宇矣。(《五灯会元》卷三《百丈怀海禅师》)

一天不劳作的话，就一天没有饭吃，已经成为了百丈禅师的人生准则。众僧为体恤师父之年迈，就将他的干活工具藏了起来。百丈禅师虽然休息了一天，但亦终日禁食。拉丁文中有一句话说："Qui non laborat, nec manducet."[1] 意思是说，不愿劳作的人，就不应当吃饭。这应当与百丈禅师的"一日不作，一日不食"有异曲同工之效吧。

暗号

近日读《敦煌变文集》，其中一段曰：

慢佛僧，轻神道，争使这身人爱乐，直须折得形骸鬼不如，由不悟无常抛暗号。(《敦煌变文集·无常经讲经文》)

在这里，所谓的"暗号"是佛为了警戒人而设的预示

1　2 Thess 3: 10.

性信号。日本学者将雅斯贝尔斯的一个哲学概念 Chiffre 翻译为"暗号"（あいず），我觉得非常妙。在实存哲学家雅斯贝尔斯看来，诸如死亡、痛苦、奋斗、罪责的各种临界境况同样指向一切有限事物之外的起源（Ursprung），这个起源就是存在本身，就是超验。具有了此类的经验之后，有限的存在物或日常的经验也会成为"超验的暗号"（Chiffren der Transzendenz）。人的理性在这些"暗号"中寻找意义，这就是"哲学的信仰"的开始。不过，在现代汉语中，"暗号"仅仅用来指双方彼此约定的秘密记号或信号。

业力的拉丁文解释

佛教所谓的"业"，是从梵文 karma 翻译而来，以前也音译作"羯磨"。所指的是行为、所作、行动、作用、意志等身心活动，或单由意志所引申之身心生活，又分为身、语、意三业。此外，佛教也将"业"与行为上善恶苦乐等因果报应思想，及前世、今世、来世等轮回思想结合起来，形成"业力说"。"业力说"不容易理解，因为其中既有"业因"——能招感业果者，亦有非善非恶之"无记业"——无招果之力者。而拉丁文中有一句话，却很好地解释了"业力说"："Patres comederunt uvam acerbam, et dentes filiorum obstupescunt."[1] 意

---

1 Ezechiel 18:2.

思是说，祖先曾经吃过酸葡萄，子孙将会"倒牙"。

文学翻译与学术翻译

鸠摩罗什译本《金刚经》中有著名之"六喻"：

> 一切有为法，如梦幻泡影，如露亦如电，应作如是观。（《金刚经·应化非真分》）

所谓梦、幻、泡、影、露、电都是虚幻不实之物，用以表示世间万法之虚妄不实、生灭无常。后来玄奘嫌罗什的译本不够精确，将这一偈译作：

> 诸和合所为，如星翳灯幻，露泡梦电云，应作如是观。（《大般若波罗蜜多经》卷五百七十七）

遗憾的是，尽管玄奘的译本更忠实于原文，但"六如"的说法依然更多地为文人学者和佛教信众所接受。北宋文学家苏轼在惠州有其"六如亭"；明代才子、著名画家唐寅（1470—1523）的号即为"六如居士"。可见罗什译本影响之大。

望文生义

日本人也用汉字，但大部分的音译词都用片假名，这样人们很容易区分翻译的词汇与汉字词汇。由于汉字包含形、音、义，一些音译的词读者很难发现。近日读《东坡志林》，其中有一篇《僧伽何国人》，谈到苏轼因为读了《隋史·西域传》知道"何国"是原来的"康居"之地，是一个西域的国名：

> 泗州大圣《僧伽传》云："和尚何国人也。又世云莫知其所从来，云：'不知何国人也。'"

由于古代汉语没有标点符号，当时的人就将"何国"理解成了"从哪里来的"。这是典型的望文生义的例子。

断舍离的意义

近日读《东坡志林》，其中一篇名曰《故南华长老重辩师逸事》。在讲述了契嵩和海月两位禅师的"异行"之后，苏轼感慨道：

> 世人视身如金玉，不旋踵为粪土，至人反是。予以是知一切法以爱故坏，以舍故常在，岂不然哉！

将身体奉作金玉，是愚蠢的做法，因为这些不久就会化作粪土。一切法由于执着而毁坏，反而因为舍弃而得以长存。我想，苏轼在这里的"爱"是"爱结"之略称，系"九结"之一，所指的是贪恋于境染的烦恼。而所谓的"舍"，亦即舍弃尘世间的一切不必要的累赘物，只有这样才能远离执着与贪念之躁动，保持心理平静的一种精神作用。我想这就是"断舍离"的意义所在吧。

本分

本分要求一个人做符合自己身份、安分守己之事。苏轼指出，不论是"骊山之祸"还是"党锢之祸"都是文人僭越了自己的本分行事的结果。拿"党锢之祸"来讲，汉恒帝时，当时国家大学士的三万人，不断阿谀奉承，极尽献媚之能事，"嘘枯吹生"（能将死人说活），最后为党锢事件埋下了祸根。苏轼在最后指出：

> 今闻本、秀二僧，皆以口耳区区奔走王公，汹汹都邑，安得而不败？殆非浮屠氏之福也。（《东坡志林》卷二《本秀非浮屠之福》）

苏轼认为，这两位和尚忘掉了自己的本分，当然会导致祸患的发生。这对于佛教来讲，也未必是什么福事。

名实的关系

颜之推在论述"名实"之关系时指出：

> 名之与实，犹形之与影也。德艺周厚，则名必善焉；容色姝丽，则影必美焉。今不修身而求令名于世者，犹貌甚恶而责妍影于镜也。上士忘名，中士立名，下士窃名。（《颜氏家训》卷四《名实第十》）

颜氏将那些不注重修身养性，却祈求在世上有好名声的人，比作相貌异常丑陋，但却要求在镜子中出现漂亮形象之人。我参加过多次有关"中国形象"（image of China）的媒体学方面的会议，有业界的学者发言，意思是说，如果能正确地运用媒体学的一些方法的话，那么一定可以树立完全正面的中国形象。我经常泼冷水说，我在德国生活了这么多年，很少看到德国的媒体在说德国的好话。媒体本身一定不是"形之与影"，更形象地说就是不断地在找茬。对待媒体的正确态度，朱熹在《论语集注·学而篇第一》中早就说过："有则改之，无则加勉。"任何想掩饰的做法，只能是欲盖弥彰。

三不易与三易

道安有著名的"五失本三不易"的学说，具体阐述他对佛典汉译的看法。具体论及三种困难（"三不易"）的时候，他写道：

> 然般若，经三达之心，覆面所演，圣必因时，时俗有易，而删雅古以适今时，一不易也。愚智天隔，圣人巨阶，乃欲以千岁之上微言，传使合百王之下末俗，二不易也。阿难出经，去佛未久，尊大迦叶令五百六通迭察迭书，今离千年而以近意量裁，彼阿罗汉乃兢兢若此，此生死人平平若此，岂将不知法者勇乎？斯三不易也。（《摩诃钵罗若波罗蜜经钞序》，载《出三藏记集》卷八）

"三不易"要求译者能将所传旨趣适应不同时代、习俗和人群需要，而又不失佛教的本意和原旨。近日读《颜氏家训》，读到沈约（441—513）在论述文章应当通俗易懂时提出的"三易"：

> 文章当从三易：易见事，一也；易识字，二也；易读诵，三也。（卷四《文章第九》）

沈约从用典、文字以及读诵三个方面强调，文章要做到雅俗共赏。他自己也在这方面树立了典范，用典恰到好处，让读者根本感觉不到雕琢的痕迹。

从骆驼变狮子

我一直认为，中国文化应当不断地从世界文明中汲取养分，才能持续发展。这也是我重视翻译的原因。遗憾的是，到目前为止，跟日本相比，我们翻译的欧美世界的经典著作依然是少得可怜，很多重要的文献还是没有很好的中文译本。尼采在《查拉图斯特拉如是说》提到的精神三变之第一变——精神由骆驼变成狮子，是因为"沙漠之舟"忍辱负重、吃苦耐劳，啜饮各种各样的水之后，才发生的转变。在尼采的著作中，骆驼代表的是背负传统道德的束缚，狮子则是象征勇于破坏传统规范的精神，象征着思想上的独立。[1]

---

1 弗里德里希·尼采著，杨恒达译《尼采全集》第4卷（《查拉图斯特拉如是说》），北京：中国人民大学出版社，2011年，第17—19页。

自我—他者

三教

一、东亚的三教传统

在中国古代有很多儒释道三教合一的图像，而这三种宗教确实体现了古代士大夫在精神世界安顿自我的三种不同的生活方式。元末明初，隐士倪瓒（1301—1374）在《良常张先生画像赞》中云："据于儒，依于老，逃于禅。"[1]而唐代的皎然在《诗式》中将三教合一的思想表现得更是淋漓尽致："尊之于儒，则冠六经之首；贵之于道，则居众妙之门；崇之于释，则彻空王之奥。"[2]

秦家懿（1934—2001）在与汉斯·昆谈到三教共存互补的特征时写道：

> 各教在中国文化的整体内互相配合，分别承担其独特的社会使命。在儒学，和谐精神在人际关系中表现。在道家哲学，我们见到的是与自然的和谐。道教的出现似乎有些格格不入，因为道教追求长生不老的渴望驱使人去尝试各种原始的科学试验。这种企图从大自然中攫取生命的奥秘的长生术是一种反自然、反和谐的精神（可谓是对大自然的一种原始的科学征服）。佛教则带来

1　倪瓒著《倪云林先生诗集六卷》附录一卷，秀水沈氏藏天顺中刊本，载张元济等辑《四部丛刊·集部》，上海：商务印书馆，1919年，第1页。
2　皎然著《诗式》，载曹溶辑，陶樾增订《学海类编》第5册，影印清刊本，南京：江苏广陵古籍刻印社，1994年，第46页。

了崭新的人生观和世界观，但它也受中国主流文化的牵制。然而，佛教能为儒、道两家忽略的一些问题提供答案，因而填补了某些精神真空。对一个中国人来说，他不必属于任何信仰调合的宗教团体也可以同时信奉三教的教义。例如，一个人可以在事业上是儒家，承担他的许多社会责任，但在休憩时却可摇身一变为道家哲人，以诗酒自娱，并享受大自然。他也可以修行道教的养生术，并会和妻子（或至少是他的妻子）经常到佛寺去为某一事情祷告。三教并存以及同时参与三教活动的可能性是中国（以及东亚）文化的多元化特征，为中东文化和欧洲文化所不见。[1]

这样的一种会通的思想，在中国很传统。多年前我在波恩读比较宗教学的时候，知道在德文中将这种多教合一的宗教形态称作 Synkretismus（融合说）。玄奘（600—664）在那烂陀寺同师子光（Siṁharaśmi）辩论，曾写过《会宗论》，以调和大乘空宗的中观学派和有宗的瑜伽行派（Yogācāra）之观点，这在当时的印度和现在的欧洲都是很少有的。

二、作为一家之物的三教

佛教传入中国之后，与道教和儒家之间的关系，就成为

---

1 秦家懿、孔汉思著，吴华译《中国宗教与基督教》（第2版），北京：生活·读书·新知三联书店，1997年，第191页。

278　思想小品

了它是否能立足于中华大地的关键。5世纪有南北朝三教之争，7世纪唐初有道释间的席次之争，德宗（779年至805年在位）时候的讲论，和以后每逢皇帝诞辰的三教谈论，三教的教主都在据理力争，将统治者往自己这方面生拉硬拽。尽管其间也有帝王听信道教或道儒联合对付佛教的"三武一宗灭佛"，但三教调和的势力，毕竟胜过冲突的势力。

一向以学识广博而闻名的北宋僧人赞宁（919—1001），在太平兴国初叠奉诏旨编修《大宋僧史略》三卷，记载佛教事务及典章制度的起源和沿革。有关三教他写道：

> 之于御物也，如臂使手，如手运指，或擒或纵，何往不臧耶？夫如是，则三教是一家之物，万乘是一家之君。（《大宋僧史略》卷三，《大正藏》54-255a）

作为佛教僧侣的赞宁，知道如果要让佛教得以发展，最重要的是不要直接与本土的儒家学说以及道教为敌。因此他提出"三教是一家之物，万乘是一家之君"的主张。

三、太虚论三教之历史

太虚在《佛教对于中国文化之影响》中写道：

> （一）……唐时明通博达之士，皆知儒家为有门，所以提倡伦理，握政权，主教育；佛家为空门，所以使人止恶向善，净意修德，以辅于治安；又以《道德经》中

之"常无欲以观其妙，常有欲以观其徼"，与"玄之又玄，众妙之门"之义，而定道家为玄门。以为儒家虽是有为而作，但不得离佛教之空性；此盖以佛家之有、空、非空非有，而成此三家调和思想之根据也。（二）宋、元、明、清"治世心身"之思想：前者之思想，即是宋、明以后三教调和思想之根据；宋明以后之学者，皆以儒教为治世之学，佛教为治心之学，道教为治身之学，以定三教相安之分位。（三）禅宗与宋、明儒学及仙道：佛教由隋、唐之隆盛，至唐末而入宋初，则诸宗一落千丈，当时惟有禅宗作佛教之代表，其他各派虽存若亡。禅宗不惟独称霸于佛教，且能操纵当时之思想界。禅宗乃是重在参究人生根本之原理，使人自己研究，于此求得发明后，方可论学；不但否认古书，且不信古人。故当时中国之学术大受其影响，如周、张、程、朱皆用过佛教禅宗之方法。如二程往礼周濂溪，周即命参"孔子颜回所乐为何事"。又如程子受学，半日读经，半日静坐，且常使门人观察"喜怒哀乐未发前之气象"，此与佛教禅宗之观"生从何来死往何处"何异？至于陆象山等，则更进之以"宇宙即吾心，吾心即宇宙"；明朝之王阳明，亦是袭取禅宗之方法，其以"致良知"为根本之提倡，亦与宗门先明了立足点后，再研究学问之用意相同。至于所谓与仙道之影响，亦很值得注意。宋前之道家，不过是采药、练气而已。至宋朝之后，亦大变其方针，皆言性命双修，而以先静坐修性，灭除妄想，而至寂静为入手；而后用其炼精化气为神之命功。其修性亦袭禅宗而貌似也。[1]

很少有讲三教的历史并分别对不同的时代做分析的，太虚站在佛教的立场，对儒释道三教，特别是儒释的论述，非常精彩。

四、佛家之老子

《虚堂和尚语录》中有一首"青牛仙去"的诗：

> 青牛仙去不虚传，常用虚中落断边。自是一生多寒薄，夜深犹立古皇前。（卷五）

老子西出函谷关，也成了禅宗的话头。从虚堂和尚的诗来看，他认为儒释道之融合完全可以相互补充。

五、三教之排序

将佛教、道教和儒家学说称作"三教"，中古时期就已经有了。只不过当时所谓的"教"并非"宗教"之"教"，而是"教门"之"教"：

1　《佛教对于中国文化之影响》，载释太虚著《太虚大师全书》第二十二卷，北京：宗教文化出版社，2005年，第95—96页。

吴主问三教，尚书令阚泽对曰："孔老设教，法天制用，不敢违天；佛之设教，诸天奉行。"（《翻译名义集·半满书籍》）

由于《翻译名义集》是佛教的著作，因此在这里将佛教置于孔老之上。下面我们来看尊奉儒家价值观的正史中的记载：

十二月癸巳，集群官及沙门道士等，帝升高座，辨释三教先后，以儒教为先，道教次之，佛教为后。（《北史·周本纪下》）

对于儒家知识分子来讲，外来的宗教一般都会排在作为主流意识形态的儒家思想和本土宗教的道教之后，这是容易理解的。不过也有对儒释道的排列顺序有另外认识的：

上问曰："三教何者为贵？"对曰："释如黄金，道如白璧，儒如五谷。"上曰："若然，则儒贱邪？"对曰："黄金白璧，无亦何妨；五谷于世，岂可一日阙哉！"（《辍耕录·三教》）

元末明初的文学家、史学家陶宗仪（1329—约1412），在《辍耕录》中尽管将三教排列成了他所认为的顺序，但却认为释、道对于中国人来讲更多的只是一种装饰，而儒家的学说对于当时的社会来讲就像是粮食一样是一天也不可或缺的。

六、三教杂糅的语录

如果没有儒释道——特别是禅宗的知识，很难读懂《菜根谭》。署名"三山病夫通理"写于乾隆三十三年（1768）的重刻序中，引用了不翁老人对这部书的介绍：

> 其间有持身语，有涉世语，有隐逸语，有显达语，有迁善语，有介节语，有仁语，有义语，有禅语，有趣语，有学道语，有见道语，词约意明，文简理诣。设能熟习沉玩而励行之，其于语默动静之间，穷通得失之际，可以补过，可以进德，且近于律，亦近于道矣。[1]

实际上在宋儒的思想中已经吸收了佛老的成分。不翁老人的介绍中，除了清楚地介绍了这些语录的来源外，也用道德说教的方式鼓励读者对这些道德箴言要身体力行。

超越中国中心主义的思维范式

美国历史学家费正清（John King Fairbank，1907—1991）

---

[1] 三山病夫通理著《重刻〈菜根谭〉原序》，载洪应明著，梅柏村注释《菜根谭》，第1—2页。

认为，正是 1840 年的鸦片战争的冲击，使得中国改变了自己原有的超稳定的结构，同时也改变了原有的"朝贡体制"，真正进入了国际秩序的新时代。维基百科有一幅中国历史版图的电子版，在同一幅地图上，从上古到今天的版图在不断变化。我们可以看到，先秦时候的所谓"中国"，仅仅是中原地带。今天我们依旧沿用的所谓"匪夷所思"(《周易·涣》)——意为超出寻常的尺度，实际上是中原人的价值标准。原来认为的离奇之事，在今天全球化的大视野中，不再显得荒诞不经了。

人生的标准

我的一个学生假期从美国回来，向我咨询他的未来：究竟是留在美国的大学，还是回国发展。我告诉他，要根据自己的情况来定：如果觉得能在国内的体制下安心做学问的话，回来的感觉是很好的；如果完全无法融入目前的体制，那最好留在美国。面对同样的时代，由于每个人的个性和敏感度不同，所感受到的世界也是不同的。是否以及究竟应当相信哪种宗教，我认为只有自己知道——"如人饮水，冷暖自知"！

对手的激励

2016年年底参加中科院自然科学史研究所举办的研讨会，据说这家研究所的成立实际上是受到了李约瑟（Joseph Needham，1900—1995）《中国科学技术史》（*Science and Civilisation in China [1954–present]*）的刺激，当时的中央领导人和中国学者一致认为，第一部中国科学技术史出自外国人之手，让我们愧为中国人。于是，国家决定建立"自然科学史研究所"。实际上，汉学与中国学术的研究对象是一致的，但思想、观点和方法都不同。正是汉学激励着中国学者在相关领域不断有新的成就出现，同时通过批判形成真正的互动。据说，如果没有狮子的话，羚羊永远也跑不快。

年龄与智慧

中国有尊老的传统，我们见到白发苍苍的老者，不论在哪个方面都会对其表示出尊重来！在德国生活的几年，所遇到的事情，多少让我改变了以前的一些看法。那时我在波恩大学写博士论文，每周去一次杜塞尔多夫大学教书。因为两地不远，乘慢车正好一个小时的时间。由于两个城市属于两个交通区域，我每次乘车到了交界的地方要下车转乘有轨电车，这样每次可以省几块钱。记得是在2000年秋季学期的某一天，我换上有轨电车后，突然有人查票——在德国公共交通工具都没有查票系统，只是偶尔会有人抽查。结果我旁边的一位白发苍苍的老太太被抓住，她一再解释说，她有车票，只是没有带而已。查票人不依不饶地在记着什么，让老太太在某月某日之前，要拿着证件到交通局去解释。我有点看不过去，就说："这位女士已经这个年岁了，您应当信任她！"查票人抬起头来，看着我说："老人也会说谎！"如果理性地想一下，查票人说的是对的，这也许是基于他工作的经验得出的结论吧。

有一次晚上我给博士生在北外新建的国际大厦教室中补课，9点20分的时候几位上了年纪的保洁员就不断开门进来，说他们该打扫卫生了。9点30分他们就径直冲了进来，不顾我们在上课，就咣当咣当地搬桌子、拉椅子，开始打扫，并且嘴里一直骂骂咧咧的。我赶紧跟学生们说，那我们下次再找时间吧。

敦煌变文中有一句话说："有德不假年高，无智徒劳百岁，构之虚诳，不如验之取实。"（《敦煌变文集·降魔变文》）近年来，曝光了一系列老人道德沦丧的事件：搀扶老人被诬诈，老年男子在公交车上强行坐在女孩子的腿上，公交车过站老人强抢方向盘等等让年轻人瞠目结舌的事情。对于这些为老不尊的行为，后来有一种说法是："不是老人变坏了，而是坏人变老了！"中国的情况比较特殊，当今的老人，他们基本上都是在物质和精神都匮乏的年代出生、成长起来的，大都没有受过正常的人文教育，而政治运动又将人性中罪恶的部分激发了出来。试想，在这种情况下，如何能造就出有教养、讲道理的人呢？

对话的基础

　　任何的对话都要有一个基础，宗教对话更是如此。1599
年利玛窦在南京同作为京城御史之一的佛教居士李汝祯以及
华严宗雪浪大师三淮（1545—1608）进行过辩论，但由于双
方立场差距太大，两种宗教在当时最终还是没有实现真正的
沟通。云栖袾宏（1535—1615）认为天主教所称言之天主，
实为忉利天——四天下三十三天之主也。他还征引佛经说，
佛教所言三千大千世界，则有万亿天主之名，而天主教所称
之天主，只不过是其中之一名罢了。利玛窦之流孤陋寡闻，
对于欲界诸天、色界及无色界诸天，则皆所未知也。（袾宏
《天说一》，载《破邪集》卷七，1a-b）拉丁文里说："Contra
principia negantem non est disputandum." 意思是说，跟不接受
基本原则的人是没有办法进行讨论的。这其中的原因很简单，
因为没有共同的前提。如果说基督教传教士与中国佛教徒在
明末展开过对话的话，那么他们相互间的批判和论争，也是
在误解的基础之上进行的。从文化价值立场上相互间的激烈
批驳，发展成为宗教信仰上的拒斥，最终也没有达成相互间
的理解。宗教对话产生的前提首先是承认对方宗教的价值及
独立性。如果把自己的宗教凌驾于对方宗教之上，相信只有
自己所信仰的宗教才拥有真理和绝对的权威，那么这样只能

招致对话的失败。

西西弗的神话与担雪填井

希腊城邦科林斯（Corinth）的建立者西西弗（Sisyphus）因触犯了众神，而受到惩罚：他被要求把一块巨石推上山顶，由于那巨石太重了，每次未推到山顶就又滚下山去，前功尽弃。于是西西弗就不断重复、永无止境地做这件事。诸神认为再也没有比进行这种完全没有意义的劳动更为严厉的惩罚了。西西弗的生命就在这样一件无效又无望的劳作当中慢慢消耗殆尽。1942 年法国作家加缪（Albert Camus，1913—1960）完成了他的著名散文《西西弗神话》（*Le mythe de Sisyphe*，1942），他将西西弗视为人类生活荒谬性的人格化，但是加缪得出的结论是："这块巨石上的每一个颗粒，这黑夜笼罩的高山上的每一颗矿砂对西西弗一人都是一个世界。他爬上山顶的斗争本身就足以使一个人心里感到充实。应该认为，西西弗是幸福的。"[1]

国清普绍禅师偈曰："灵云悟桃花，玄沙傍不肯，多少痴禅和，担雪去填井。今春花又开，此意谁能领？端的少人知，花落春风静。"（《五灯会元》卷十六《国清普绍禅师》）禅宗公案中所说的"担雪填井"同样是白费力气，做无用之功的

1　加缪著，杜小真译《西西弗神话》，北京：北京出版社，2017 年，第 140 页。

比喻。加缪给了西西弗神话一个崇高的道德意义，而普绍之偈也给了我们一个审美的情调。

吃亏是福

有一段时间好像郑板桥（1693—1765）书写的横幅"吃亏是福"特别时髦，不仅仅文人的书房悬挂，就连小餐馆的收银台背后的墙面上，也会挂上这幅"扬州八怪"之一的书法作为装饰品。此类训诫的话，不仅限于中国。拉丁文中有"quae nocent, docent"的说法，意思是，吃亏的事情给人以教训。在哪一个社会都存在着一类绝不吃亏、斤斤计较者，但往往人算不如天算。

洪应明则从另外一个角度来谈这个问题：

> 讨了人事的便宜，必受天道的亏；贪了世味的滋益，必招性分的损。涉世者宜审择之，慎毋贪黄雀而坠深井，舍隋珠而弹飞禽也。（《菜根谭·应酬》）

他认为，世间所谓的"福"——功名利禄的诱惑，实际上随时存在着"贪黄雀而坠深井，舍隋珠而弹飞禽"的危险。因此提醒人们不要只贪图眼前的利益。

此时无声胜有声

这句白居易（772—846）《琵琶行》中的名句，往往用来说明默默无声有时比有声更感人，更有说服力。近日读到西塞罗（Marcus Tullius Cicero，前106—前43）的一句话："Cum tacent, clamant." 意思是说，他们尽管没有说话，但胜过呼号。这不论在中国还是在古希腊都是一种修辞的方法。

无明之克服

佛教里将人的根本烦恼称作"无明"，梵语作 avidyā，巴利语作 avijjā，我们知道在梵文中，a 作前缀表否定的意思。这是用来说明不通达事理的愚昧无知状态，有的时候也与"痴"（梵文：moha）通用。在三世轮回的学说中，轮回以及能够引起轮回的烦恼之所以能够产生，都是无明的作用使然。梵语 vidyā，巴利语 vijjā，当然是一种光明，所指的是能破除愚痴之暗昧，而悟达真理之智慧。从我们今天世俗的角度来理解的话，那就是教育可以改变一个人的愚痴状态。

据报载，2000 年 4 月，四个来自苏北农村的失业青年潜入南京一栋别墅行窃，被发现后，他们持刀残忍地杀害了一个一家四口的德国家庭。四个年轻凶手被捕，后被法院判处死刑。这起当时轰动全国的特大涉外灭门惨案很快结了案，但被杀德国人的亲属却设立了一个基金会，致力于改变江苏贫困地区儿童的生活状况。据说庭审中的一个细节给了他们很大的触动：那四个来自苏北农村的年轻人都没有受过什么教育，也没有正式的工作。德国人相信，教育可以改变一个地区的愚昧状态。

拉丁文中说 ignorantia invincibilis，意思是有一种无法克服的无知。如果没有受过教育的人犯罪，意味着他们根本无法明白某些法律规定或社会的伦理原则，这种基于"无法克服的无知"唯有通过教育才能克服。

谢福芸所记载的南京大屠杀

沈迦组织翻译的英国汉学家谢福芸的四本书[1]，当时有些译者是我帮忙找的。前一段《东方历史评论》的李礼张罗要举办一场座谈会，邀我参加。我于是用了一周多的时间，将这四本书通读了一遍。在 1938 年完成的《崭新中国》（*Brave New China*）一书中，可以看出谢福芸对"民国黄金十年"所取得的成就的赞叹！日本人进入南京之前，在金陵女子大学，谢福芸结识了一位向她展示中国古老拳术的康乐小姐（Healthy-and-Happy）。在 1940 年的版本中，谢福芸补充了淞沪战役失利后，日本军队对南京进行了血腥的大屠杀的内容：

1　沈迦主编，谢福芸著，左如科译《名门》；龚燕灵译《中国淑女》；程锦译《崭新中国》；房莹译《潜龙潭》，北京：东方出版社，2018 年。

据一些留在南京的勇敢的美国人估计——他们和中国朋友一起经历了侵略，至少八千名中国女性遭到侵略者强奸，从十一岁的小女孩到超过七十岁的老太太。在南京的德国人士估计此数字是两万。好看一点儿的女孩被带走给南京的新主人"洗衣做饭"，其实是持续被日本兵蹂躏，他们觉得强奸女孩和吃饭进食没什么区别……在一个变态的夜晚，一个十九岁的女孩遭受了整支军队共三十九个士兵的侮辱，他们也同时对其同伴施以暴行。如果那个女孩不是我的朋友康乐小姐，就是她的一个姐妹。[1]

　　谢福芸从一个女性的角度出发，揭露了日本军队惨绝人寰的暴行。尽管相关的内容她是转抄其他人的，但依然让读者感到触目惊心。

　　在人类历史上，战争是不可避免的。但早在古罗马的时期，法律上就有所谓 ius belli（战争法）的说法，包含战俘不可杀、居民不可杀等法律原则。可恶的是，在很多的战争中，交战双方并没有遵守此类的原则。

1　谢福芸著，程锦译《崭新中国》，北京：东方出版社，2018 年，第 281—282 页。

非共时的互动

1583 年利玛窦到中国后，西学和天主教传入中国，作为对中国文化来讲完全是异质的学问和宗教，对中国影响至深。而在他去世以后，他的《利玛窦中国札记》在欧洲引起了极大的轰动，特别是启蒙思想家们受到"哲学王"孔子统治国度的启发，开始挑战本国的宗教权威。全球史强调的互动，有时是共时的，也有时是历时的。

人 非 圣 贤

以前翻译顾彬的一篇文章时，读到他常常提到对待别人要宽容，而宽容的前提是人并非神，因此要允许人犯错误。他举例说：

> 如果我在知名的中国日耳曼学者的信中发现违背德语表达的规范时，我会感到高兴。不过千万别误解我是幸灾乐祸，而是出于这样一个简单的原因：这样的错误给其他人创造了一个犯错的自由，我们也允许犯错。十全十美会令人不快的。我想要有犯错的权利。[1]

---

[1] 顾彬著，李雪涛译《幻想与幻灭之间》，载《国外汉语教学动态》2004 年第 1 期，第 45 页。

拉丁文中说："Errare humanum est, diabolicum perseverare."
（是人就会犯错误，但坚持错误就成了魔鬼。）

残暴的晋灵公（前624—前607），常常滥杀无辜，大臣
赵盾（前655—前601）和士季进宫劝谏，晋灵公态度冷淡，
不情愿地认错。士季说："人谁无过，过而能改，善莫大焉。"
（《左传·宣公二年》）尽管这句话丝毫没有改变晋灵公不行君
道、荒淫无道的本性，但士季的话却得以流传了下来。

Homo religious

雅斯贝尔斯从海德堡到了巴塞尔之后，他后半生做了两
件事：一是开始构思他的世界哲学观念，二是思考基于启示
的哲学宗教。在后者，他认为人没有能力不相信宗教。其实
在拉丁文中，常常将homo（人）的修饰语限定为religious（宗
教的），也就是说，人的本性是离不开宗教的。

笔谈

苏轼在谈到蕲州庞安常擅长医术却耳聋时写道："吾以手
为口，君以眼为耳。"（《东坡志林》卷一《庞安常耳聩》）这
其实正是近代以来，汉字文化圈地域内不同语言知识分子相
互交流的方法：笔谈。笔谈（日文：ひつだん，韩文：필담）

当时主要使用汉字以及文言文进行交流。日本江户时代的儒学者常与朝鲜的学者通过使用汉字笔谈通信的方式来争论儒学问题，而来自安南的使节也与朝鲜使节互赠汉诗，汉字和文言文对于东亚文人的作用好像是中世纪在欧洲的拉丁语，在一定程度上是一种 lingua franca（通用语）。近代赴日的外交官如黄遵宪（1848—1905）、黎庶昌（1837—1898），学者如王韬（1828—1897）等，也都留下来了很多笔谈的文献。

嗜睡三昧与吃饭三昧

顾彬教授七十岁生日后，常常在办公室打盹儿。有时在开会的时候，他也闭目养神。之后别人谈到刚才他在睡觉的时候，他会马上反驳说：我一直在闭目思考。苏轼到了庐山，听说有个马道士特别嗜睡，并且"于睡中得妙"。他认为他听说过的"措大得吃饭三昧"更妙：

> 有二措大相与言志，一云："我平生不足惟饭与睡耳，他日得志，当饱吃饭，饭了便睡，睡了又吃饭。"一云："我则异于是，当吃了又吃，何暇复睡耶！"（《东坡志林》卷一《措大吃饭》）

其原因在于在苏轼看来，两位穷酸之士的"志向"更真实而已。

常人眼中的巨人

在叙拉古与罗马共和国的联盟关系破裂后，罗马派了一支舰队来围城。在罗马城被攻破的时候，阿基米德（Archimedes，前287—前212）还在埋头绘制他的几何图案，根本不顾敌兵的攻入，只是怒斥他们："不要弄坏我的圆！"结果遭到了杀害。这位大科学家，竟如此地在愚昧无知的罗马士兵手下丧生。

前秦王符坚听说龟兹有鸠摩罗什后，382年派大将吕光率兵七万前去征服龟兹，这次讨伐的目的之一，便是要迎取罗什大师来华。当吕光攻下龟兹，见到罗什时，发现符坚对他千嘱咐万叮咛亟思迎取的所谓"国之大宝"，不过是一位四十岁左右的其貌不扬的西域僧人，感到上了当，觉得为了这么一位普普通通的和尚，让他们走几千里路来攻打龟兹，真是不值得。于是他将罗什当作一个平凡的僧人予以戏弄。吕光强迫罗什娶龟兹王女为妻，令他骑牛、乘劣马，加以百般侮辱。罗什的声名给自己带来的却是在凉州坎坷的命运。

据说在拿破仑（Napoléon Bonaparte，1769—1821）的厨师眼中，这位创造了一系列军政奇迹与辉煌成就的法兰西第一共和国的缔造者仅仅是一个好吃的矮个子而已。

人形烧

儿子小的时候，喜欢看日本的动画，于是我也知道了"人形烧"（にんぎょうやき）。这种以日本民间代表福禄好运等吉祥含义的神形在专门的模具中烘烤而成的点心，据说以前主要卖给到东京浅草寺朝拜的善男信女，现在当然在整个日本都可以买到。

弗洛姆认为，"占有"的另外一种表现的方式是吞食。如果一个人吃了一个作为崇拜对象的动物，那他也就得到了这一崇拜物所象征的神的本质，从而与其融为一体。我想这是善男信女之所以要吞食"七福神"最主要的心理因素。而中国人迷信吃什么补什么的原因，也在于此。道教的仙人总由于自己的肉身不够坚固持久而感到遗憾，希望有朝一日像金属一般拥有金刚不坏之身，于是开始吞食重金属炼就的金丹。据苏轼记载，当时有医官张君传授吞食丝绢的药方。据说是因为绢丝可以拉得很长，自然吃下它就可以成为神仙了。这被苏轼讽刺为"吃衣着饭"（《东坡志林》卷一《记服绢》）。弗洛姆对这一行为做了心理分析的解释：

> 大多数的物品是无法吞食到身体内部去的。……但是，可以象征性地和神秘地吞食某些东西。假如我相信我已经将某个神、某一先祖或者某个动物的形象吞食进去，那么这既无法排泄出来，也无法被人拿走。我象征性地吞食一个东西，以及相信它已经象征性地存在我心

中。弗洛伊德称"超我"是被内心吸收了的先父的禁令和信条的总和。一种权威、制度、理念和图像也都可以被内心吸收：我占有它们，它们将永远保存在我的五脏六腑之中。[1]

吞食实际上是"占有"的一种方式。

伏 特 加

朋友一起聚会，带来一瓶俄罗斯的伏特加。这种用强烈刺激的酒精和水进行勾兑的混合物，除了酒精的味道外，实在没有什么酒的醇香。以前在德国留学的时候，突然有一天特别馋白酒，于是我到超市买了一瓶"戈尔巴乔夫"。让人感到吊诡的是，这位曾经多次向伏特加宣战的党的书记，后来成为伏特加的品牌名。买到了家中后，才知道这种白酒根本不是供我这样的饮酒者小酌的，而是为那些在火车站前提着酒瓶一饮而尽，开始大大咧咧骂娘的人准备的。据说，对于俄罗斯人来讲，伏特加的作用根本不在口舌的享受，而在于能给他们壮胆，当然更多的是让他们懊悔不已。伏特加是让苏联人在变成俄罗斯人的过程中放轻松的润滑剂。有一次我在德国的公共汽车上看到一个反对酗酒的广告，意思是能喝

---

1 埃里希·弗洛姆著，李穆等译《占有还是存在》，第15页。

酒并不意味着自己是英雄。我想这是外人的告诫，喝伏特加的人一定不这样认为。

日 本 的 国 民 性

前些日子我们举办了一个小型的工作坊，讨论严安生教授的一本专著《灵台无计逃神矢——近代中国人留日精神史》[1]（以下简称《精神史》）。《精神史》获得了日本大佛次郎奖——这是日本非小说文艺类作品的最高成就奖，因为"该书阐述了中国留学生与日本人接触的方式等问题，触发了日本人对自身制度与文化的反思"[2]，从这一点上来讲我觉得日本人对自己民族性的反思是非常深刻的。对于中国人来讲，《精神史》反映出的是第一代留日中国留学生在异国的挣扎、反抗，对于中国前途的忧虑。反过来，对于日本人来讲，这本书意味着什么？为什么这本书自 1991 年出版第一版后，至今已经印了六次，中文版在 2018 年是第一版？《精神史》之所以在日本一再印刷并且获奖的原因，在获奖的时候，有评委指出："看了严氏之书才明白，我们日本人的丑陋和傲慢，远

1　中文译本：严安生著，陈言译《灵台无计逃神矢——近代中国人留日精神史》，北京：生活·读书·新知三联书店，2018 年。日文本：严安生著《日本留学精神史——近代中国知識人の軌跡》，东京：岩波书店，1991 年。
2　严安生著，陈言译《灵台无计逃神矢——近代中国人留日精神史》，"译后记"，第 379 页。

远超过了我们自己的想象。"[1] 因此，在很多日本知识分子看来，《精神史》是他们反思日本国民性的很重要的反面教材。

服善精神

去年组织出版了日本学者家永三郎（1913—2002）《外来文化摄取史论》一书，可以看出日本在历史上就是一个具有服善精神的民族：7—9 世纪的时候对中国文化的推崇，17 世纪对南蛮文化的倾慕，18—19 世纪对兰学的推崇，以及之后对欧美的服膺，并且在日本知识分子那里产生了各种摄取外来文化的理论。日本学者认为，谁强就要崇尚谁，不仅止于崇尚，而且善于学习强者。正是这样的精神，才使得日本在二战之后，能够渡过最艰难的岁月，建立起了一个强大的现代化国家。

实际上，近代以来日本之所以能够迅速成为现代化的国家，最重要的原因在于大多数的日本人有一个正常的世界观。也许在当时，有些超前意识的日本仁人志士不被一般的日本民众所理解，但今天的日本人大都有一个"现代"的历史观，绝不抱残守缺。他们都清楚地知道，"日本文化精神"是靠一个今天强大的现代化国家重构出来的，而不是本质主义者所谓的"回归"到"大和"民族精神之中。

1　严安生著，陈言译《灵台无计逃神矢——近代中国人留日精神史》，"译后记"，第 379 页。

哲夫成城

日本成城大学的陈力卫教授来我这里讲座，讲有关成城学校与中国。这所学校从1898年就开始接受中国留学生，培养了"清国"和民国时期的千余名的中国留学生。蔡锷（1882—1916）、蒋百里（1882—1938）等优秀的军官都是这所陆军士官预备学校培养出来的，1908年蒋介石（1887—1975）考入的振武学校也是成城学校专门为"清国"学生设立的预科。通过陈力卫的解释，知道"成城"一词取自《诗经·大雅》当中的"哲夫成城"。"哲夫"为智者贤人，而"城"指的是"国"的意思，其实这正是柏拉图（Platon，前428/427—前348/347）中期对话《理想国》（Politeia，前387—前367）中提到的哲人王理想。可见，圣贤兴邦治国是当时中西思想家的共识。

着急、阔绰的饮食习惯

2004年我回到中国之后，感到所有的东西都日新月异。尽管我没感觉到自己的变化，但往往不合群、不入流，有时弄得大家很难堪。

就拿吃饭来讲，特别是晚餐，如果在一家比较好的餐馆就餐的话，本来就是一件悠闲的事情，好像没有必要一再催促侍者赶快上菜吧。在德国的时候，有时接待国内的人士，在德餐馆或意大利餐馆，客人见上菜太慢，往往会发脾气。我每次都好言相劝：我们本来也不赶时间，今天就好好享受一次吧。国外的餐馆好像很少有一晚上一个餐桌做一次以上生意的，所以从来不会希望你们赶快吃完，他们赶紧"翻台"。

其次，我觉得应当根据需求来点菜，应当做到适度。刚回国的时候，我看到每次吃饭都剩下三分之一的菜饭，认为太浪费了。我来点，基本上正好吃完。后来我们当时的主任觉得我的做法特别丢他的面子，往往在客人面前说：这是雪涛的德国点菜方式。之后我不再点菜，但依然不习惯三分之一乃至一半的菜被倒掉的"阔绰"！

功名与免受刑罚

在皇朝的时代，凡是有功名的人士，是不需要在地方官面前下跪的，也免予各类的刑罚。在中世纪的欧洲，博士和律师也是可以免受拷打的："Doctores et advocati torqueri non possunt."

刑罚的主要功能是威慑作用，不管是皇朝人士还是中世纪的教会都认为，不论举人，还是博士、律师，这些人都是明事理的，根本不需要刑罚的威慑力量。清末朝廷对杨乃武（1841—1914）的酷刑，便是触及了科举功名在身者可以免受刑罚的特权地位。杨乃武在刑讯逼供后认罪，身陷死牢，当时浙江在京的科举儒林，纷纷请愿、上书，迫使清朝政府不断推翻几次原有的判决。

敌人的权利

罗马法中有"对于敌人也必须守信用"（fides hosti
servanda）的说法。据说启蒙时代的思想家认为，即便不同意
一个人的观点，但也要捍卫他说话的权利。所谓"敌人"实
际上是企图使"我方"受损害、仇视"我方"的人，尽管是
敌对的，但依然有作为人的权利。

赤 胡 须

> 问："东西不辨，南北不分，学人上来，乞师一
> 接。"师曰："不接。"曰："为甚么不接？"师曰："为
> 你东西不辨，南北不分。"曰："将谓胡须赤，更有赤胡
> 须。"师曰："苏嚧苏嚧。"（《五灯会元》卷十六《开圣栖
> 禅师》）

本来觉得已经达到了较高的水准（"胡须赤"），没想到的
是还有更高程度的东西存在（"赤胡须"）。这里的"赤胡须"
让我想到在波恩留学的日子，周末我常常坐 16 路电车，可以
直接从波恩到科隆的巴巴罗萨广场（Barbarossaplatz）亚洲超

市去买东西，不远处有几家旧书店，可以逛一下午，常常会有意想不到的新发现，感到特别过瘾。

熟悉德国历史的人都知道，所谓的"巴巴罗萨"（Barbarossa）是意大利语的"红胡子"（"赤胡须"）的意思。这位霍亨斯陶芬家族中的腓特烈一世（Friedrich I，1122—1190），后来被加冕为神圣罗马帝国皇帝（1155）。腓特烈一世对意大利有着强烈的兴趣，据说他的军队在意大利残杀无辜，让意大利人的血染红了他的胡子，因此意大利人在谈到这位君王的时候，认为与他是有血海深仇的。这是"巴巴罗萨"的来历，一点不像"胡须赤""赤胡须"的"苏嘘苏嘘"来得浪漫！

嚼饭与人

根据《出三藏记集》的记载，鸠摩罗什译经总数有三十五部，计二百九十四卷。自后秦弘始五年（403）先后译出《中论》、《百论》、《十二门论》（"三论"）、《般若》、《法华》、《大智度论》、《阿弥陀经》、《维摩经》、《十诵律》等经论，系统地介绍龙树中观学派之学说。但从根本上来讲，鸠摩罗什是一位不可译论者：他认为翻译是在没有办法的情况下才采取的措施。在他看来，翻译就像是"嚼饭与人"：

　　　　天竺国俗，甚重文制，其官商体韵，以入弦为善。

凡觐国王，必有赞德见佛之仪，以歌叹为贵。经中偈颂，皆其式也。但改梵为秦，失其藻蔚，虽得大意，殊隔文体，有似嚼饭与人，非徒失味，乃令呕哕也。（慧皎《高僧传》卷二《译经中》）

嚼饭与人的结果，不仅饭没有味道了，而且让人恶心。近日读《五灯会元》，发现禅宗公案中有"嚼饭喂小儿"的说法：

师曰："诸禅德，这个公案，唤作嚼饭喂小儿，把手更与杖。还会么？若未会，须是扣己而参，直要真实，不得信口掠虚，徒自虚生浪死。"（卷十八《慈云彦隆禅师》）

完全采用灌输的方法，初参禅道的禅僧是不可能因此悟道的。其实，不论是罗什所谓"嚼饭与人"的翻译方法，还是嚼饭"哺乳"婴儿的方式，都是不可取的。

依样画葫芦

在波恩留学的时候，有一次中亚系的一位教授拿来一份清代的诏书给我看，我看了汉语的内容，告诉他是什么意思。结果他告诉我，藏文和蒙文所谓的"译文"与汉语完全不一样。才知道，本来认为神圣无比的大清皇帝的诏谕，在朝廷之中也并不一定被特别严肃对待。近日读到南宋周必大（1126—1204）的一篇小文，更证实了我以前的经验。周必大在文中举例说明，翰林学士起草诏旨时，基本上是"剪刀加浆糊"的做法：互抄陈词，拼凑了事。据说宋初的陶穀在翰林供事，想当宰相，他的党羽当然为他奔走呼号，而太祖却笑着说："颇闻翰林草制，皆捡前人旧本，改换词语，此乃俗所谓依样画葫芦耳，何宣力之有？"（魏泰《东轩笔录》卷一）堂堂的翰林院也只是敷衍塞责而已，并且这一点赵匡胤（927—976）也都了解。（周必大《益公题跋·又跋王禹玉谢翰林学士承旨表本》）

而晚清时的情况，又走向了另外一个极端：清代的文牍政治使得奏文的文学性成为了第一要素。嘉庆、道光年间北京的诗人组织"宣南诗社"，在鸦片战争之前除了讨论文章之外，也常常讨论如何写好奏文。据说当时奏文写得最好的是黄爵滋（1793—1853），林则徐（1785—1850）的很多奏章之所以得到道光帝的青睐，完全是因为黄爵滋的文章写得好。[1]

得 其 所 哉

以前读《孟子》，其中有关子产"得其所哉"的故事让我

1　参考陈舜臣著，卞立强译《鸦片战争实录》，北京：中国友谊出版公司，1985年，第62页。

难以释怀：

> 昔者有馈生鱼于郑子产，子产使校人畜之池。校人烹之，反命曰："始舍之圉圉焉，少则洋洋焉，攸然而逝。"子产曰："得其所哉！得其所哉！"校人出，曰："孰谓子产智，予既烹而食之，曰：'得其所哉！得其所哉！'"（《孟子·万章上》）

近日读柏杨的小册子，看到托尔斯泰（Лев Николаевич Толстой，1828—1910）的一则逸事，正好可以作为子产一文的注脚：

> 托尔斯泰先生有一次向一个乞丐施舍，朋友告诉他，该乞丐不值得施舍，因他品格之坏，固闻名莫斯科者也。托先生曰："我不是施舍给他那个人，我是施舍给人道。"[1]

子产相信了校人，于是自己善良的初衷也算是得到了回报，所以他很满足地说："得其所哉！得其所哉！"至于校人的行为，那是他自己的事情。而托尔斯泰施舍给的是人道，而非骗子。

---

1 柏杨著《丑陋的中国人》，第75页。

老臊胡

从西域（中亚和印度）来的商人或僧人，对于生活在中原的中国人来讲，他们具有两个特点：一是他们的毛发系统特别发达，二是他们由于吃牛羊肉以及奶酪等制品，常常让中国人闻到一股膻腥的味道。"老臊胡"的说法就非常形象：

> 上堂："我先祖见处即不然，这里无祖无佛，达磨是老臊胡，释迦老子是干屎橛，文殊普贤是担屎汉。"（《五灯会元》卷七《德山宣鉴禅师》）

德山宣鉴是有名的呵佛骂祖的禅师，在公案中，他通过对权威（达摩、释迦、老子、文殊、普贤）的"解构"而要求参禅者不执着于任何的人，进而摆脱一切的束缚，这才是禅的本性。"老臊胡"在他面前也失去了令人信服的力量。禅宗是针对利根者之修行法，因此依凭自己力量（自力），以达解脱之境才是根本，而非借助于佛、菩萨等力量（他力）的帮助。

一枚硬币的两面

以前在做传教史研究的时候，常常会将近代来华传教士比作是一枚硬币的两面：他们将近代以来的知识和基督教传到中国，同时他们有大量论述中国的书信和相关的著作在西方出版。因此他们既是西学东渐的先驱，也是中学西传的践行者。后来做中国留学史的研究，发现近代以来在欧美、日本的中国留学生也有这样的特点：他们一方面将近代以来的知识引进到中国，同时也将汉学的知识译介到了欧美世界。他们实际上起到了桥梁的作用。

赫尔岑在西欧流亡的时候，实际上也做了两件工作：《法意书简》和《来自彼岸》（《彼岸书》）是为了向俄国人报道西欧的民族民主运动而撰写的，遗憾的是后来只能用法文和德文在国外发表；为了向西欧介绍俄国的情况，他用德文撰写了《俄国的社会状况》（*Russlands soziale Zustände*，1854），此书系于1854年首先在汉堡出版的。

人出是非难

人世之间到处都是是非，人际关系常常很复杂，人也常常会被搅入各种纷争之中去。禅宗的和尚用特别形象的语言描述了此类的情形：

> 僧问："密室之言，请师垂示。"师曰："南方水阔，北地风多。"曰："不会，乞师再指。"师曰："鸟栖林麓易，人出是非难。"（《五灯会元》卷六《耀州密行禅师》）

与鸟类栖息于山林不同，人在尘世的烦恼是没有办法避免的。

新教和天主教的区别

昨天在理发的时候，年轻的理发师一直在问我有关基督教的新教与天主教的区别。除了对教义方面"因信称义"和对《圣经》的信仰之外，我突然想到自己在德国的经验：如果你在慕尼黑的街上，即便遇到陌生人也要聊上一会儿，不然的话，信奉天主教的慕尼黑人会觉得你这个人太失礼了。而在新教地区的汉堡，如果你在街上随便跟人搭讪，汉堡人一定觉得你是个疯子。

活力

在国外生活的中国人，常常跟我讨论有关国内人事关系的勾心斗角，这也是很多人不愿意回国生活的原因，因为实在受不了这种明争暗斗式的内讧。但从另外的一角度来看，这种争斗也是一种活力的体现。有一天，一个在北京访学一个月的朋友回到了日本，他给我写了一条微信，说"回到了尽管自由但一点活力都没有的国度"。我理解他的意思。

国际汉学的意义

2004 年回国后，我便开始了国际汉学史的研究。国际汉学所具备的他者眼光往往是自身所不具备的，因而有很多自己看不到的地方被揭示出来。这正暗合了禅宗的一段公案：

问："如何是祖师西来意？"师曰："眼不见鼻。"（《五灯会元》卷十五《智门光祚禅师》）

自己的眼睛是永远看不清楚自己的鼻子的，有的时候透过他者，可以更清楚地认识自己。我想，这也是国际汉学的意义所在吧。

适应政策

利玛窦到了中国之后，最初换上了和尚的袈裟，当他发现和尚在明末地位低下的时候，毅然改成了儒家士大夫的服饰。在传教方面，利玛窦容许中国教徒继续传统的祭天、祭祖、祭孔，主张以"天主"称呼天主教的"神"（拉丁文的Deus），因为他并不认为中国传统的"天"和"上帝"本质上与天主教所说的"唯一真神"有什么区别。而祭祀祖先与孔子，他认为这些只属追思先人与缅怀哲人的仪式而已，与信仰并无什么干涉，本质上也并没有违反天主教教义。这些所谓的"利玛窦规矩"，一直到他去世，是在中国的耶稣会士所恪守的传教策略和方式。

佛教从印度次大陆传到中国后，也改变了原来靠乞食为生的方式，很多中国的寺院开始有了地产，种地成为了很多和尚的"日课"。按照印度佛教的僧规——过午不食，但在田间劳作了一整天的中国出家人是必须要吃这顿晚饭的。于是他们用"隐语"的方式将这顿饭称作"药石"：

> 药石，晚食也。比丘过午不食，故晚食名药石，为疗饥、渴病也。(《黄檗清规》)

这是早利玛窦千余年的"适应政策"的体现。

生死之间

朝闻道夕死可矣

《付法藏因缘传》在讲到传说是在第一次结集中诵出经藏的阿难时载：

> （阿难）最后至一竹林之中，闻有比丘诵法句偈："若人生百岁，不见水老鹤，不如生一日，而得睹见之。"……（阿难）便语比丘，此非佛语不可修行……汝今当听，我演佛偈："若人生百岁，不解生灭法，不如生一日，而得解了之。"尔时比丘即向其师说阿难语，师告之曰："阿难老朽，智慧衰劣，言多错缪，不可信矣。汝今但当如前而诵。"

可见在佛陀去世不久的当时，口传经典已经不甚可靠了。

明白了"四圣谛"和"三法印"的道理之后，阿难认为即便只能活上一天也值得了。这在孔子那里是"朝闻道夕死可矣"（《论语·里仁》）。孔子认为，如果早上明白了仁义之道的话，那么晚上为其而丧命也没有什么值得遗憾的。

昔日戏言身后意

我的大师兄冯铁（Raoul David Findeisen，1958—2017）于2017年11月4日在维也纳去世了，享年仅五十九岁。昨晚我在电脑"Findeisen"的文件夹中，无意发现了他 2011 年 5 月 8 日寄给我的一份 PDF 文档，那是 19 世纪瑞士著名诗人迈耶尔（Conrad Ferdinand Meyer，1825—1898）的歌词《亡者的合唱》（*Chor der Toten*）。为什么铁兄会寄给我这首歌，我实在记不起来了。"我们总在探寻人性的目标——/ 为此你们在致敬，在献祭！/ 因为我们很多很多！"（Wir suchen noch immer die menschlichen Ziele – /Drum ehret und opfert! Denn unser sind viele!）读着上面的诗句，我潸然泪下，"昔日戏言身后意，今朝都到眼前来"（元稹《遣悲怀》）。

人读书，如人饮酒相似

今天收到铁兄的遗孀 Eveline Wollner 从维也纳寄来的简便式的讣告，除了冯铁的生卒年月日和生前所有的名头外，讣告的上方是朱熹和石勒修（Angelus Silesius，1624—1677）的两段话：

人读书，如人饮酒相似。若是爱饮酒人，
一盏了，又要一盏吃。若不爱吃，勉强一盏便休。
——《朱子语类·读书法上》（约 1230 年）

Ich glaube keinen Tod: Sterb ich gleich alle Stunden,
So hab ich jedesmahl ein besser Leben funden.

Angelus Silesius, Cherubinischer Wandersmann (1675), I 30

作为德国诗人、神学家和医生的石勒修在他的《天使般的朝圣者》中的诗句：

> 我不相信死亡：我每时每刻都在死去，
> 我每次都发现更好的生活。

我仿佛看到了铁兄端着酒杯笑着向我解释朱熹和石勒修这两段话的含义的情景。

人之足传，世所相信

今晨读《围炉夜话》，其中有两句话："人之足传，在有德，不在有位。世所相信，在能行，不在能言。"

我的同事王立志（1972—2017）于2017年7月去世，还不到四十五岁，令人扼腕！我在他的追悼会上引用了古罗马作家西鲁斯（Publilius Syrus，前85—前43）的一句话："Bonum virum natura, non ordo facit." 意思是说，一个人的善良不是源自他的地位，而是人格。我想这正好符合了王永彬的前一句。而罗马帝国时代的政治家塞涅卡（Lucius Annaeus Seneca，前4—65）在成书于63—64年的《道德箴言》

（*Epistulae morales*）中说："Non in verbis, sed in rebus est."[1] 意思正好是宜山先生的后半句："世所相信，在能行，不在能言。"

去年花落在徐州

2017 年是让我感到很哀痛的一年，7 月的时候同事立志过世，11 月师兄冯铁在维也纳永眠，12 月的时候，传来了我尊敬的长者、雅斯贝尔斯生前的秘书萨纳尔疾终的消息。真的让我感慨万千。苏轼在徐州的时候，常常与王子立、王子敏以及张师厚在杏花树下吹箫饮酒。第二年苏轼被贬谪到了黄州，没有了徐州的朋友，他写下了一首怀念朋友的小诗："去年花落在徐州，对月醑歌美清夜。今年黄州见花发，小院闭门风露下。"（《次韵前篇》）之后他写道："盖忆与二王饮时也。张师厚久已死，今年子立复为古人，哀哉！"（《东坡志林》卷一《忆王子立》）

作为无政府主义者的萨纳尔

2017 年 12 月去世的萨纳尔，其家人在讣告中引用了哲

1　*Ep.* 16.

学家八十岁生日时重新出版的箴言集《静寂的无序》（*Die Anarchie der Stille*，2014）中的一句话："不知道目标——有时不看牌子就能找到路标——冒险——从未到达——没有找到终结——只是不断被终止。这是我们前行的方式。"这本书的书名也可以翻译为《静寂的无政府状态》，萨纳尔认为自己是一个无政府主义者。作为哲学家的萨纳尔看重的是一个人的社会责任、独立的精神以及人格的尊严。值得庆幸的是，他生活在非常宽容的瑞士，即便他对政府有意见，也不必被迫抛弃自己的政治立场。

臭皮囊与不净观

很多宗教都将人的身体看作是不净的源泉。佛教中有所谓的"不净观"，这根本不是中国人的发明。这个词的梵文是 a-śubhā-smṛti，这实际上是在"净观"前加一个否定的前缀 a。其实这是对治贪欲烦恼的观法，由于人死了之后，其尸体随时间而变化为丑恶之形状，因此在各种佛教经典中常常会举有多种不净之观尸法。具体做法是观想肉体之肮脏。据《四十二章经》记载："天神献玉女于佛，欲以试佛意、观佛道。佛言：'革囊众秽，尔来何为！以可诳俗，难动六通。去，吾不用尔。'天神愈敬佛，因问道意。佛为解释，即得须陀洹。"佛一眼就看出了天神献给他的玉女乃一个盛满污秽之物的皮袋子。据说经过不净观训练的和尚，再看到女人的话，马上像孙悟空一样，可以破除白骨精的各种幻术。

马丁·路德也将人的身体看作是一个"臭皮囊"，他写道："Mein Leib ist ein stinkender Wanst, corpus, quod non rein, si etiam gesund ist."[1] 意思是说，我的身体是一个臭皮囊，因此在健康的时候也是不纯洁的。

罗马的 XVII 与八宝山前一站

在意大利，17 是一个被人忌讳的数字，原因在于在罗马数字中被写作 XVII——如果换一下顺序的话，就成为了 VIXI。而这正是拉丁文"我活着"的第一人称完成式，现在式是 vivo。如果表示一个人曾经活着的话，那么就一定是现在已经死了。因此罗马墓碑铭文上经常出现 vixi 这一个词。在意大利，17 跟在其他欧洲国家的 13 一样，被人们认为是不吉祥的，如果某个星期五，正赶上 17 号，罗马人一定认为"诸事不宜"！意大利航空（Alitalia）甚至没有 17 排。法国雷诺汽车的 R17 型号的车，在意大利成为了 R177！这其实只是一个易位构词游戏（anagram）而已。

有同事住玉泉路，有一次问他如何过去，他说就在"八宝山前一站"，引起了哄堂大笑。原本是佛教圣地的八宝山，

1　Thea Dorn, Richard Wagner, *Die deutsche Seele*, München: Albrecht Knaus Verlag, S. 406.

仅仅是海拔一百多米的孤立残丘——南麓原有 14 世纪海云和尚所建的灵福寺，15 世纪初此处修建了延寿寺，后改名褒忠护国寺。明清之际这里成为朝廷高级宦官年老离宫后的世代养老地。1949 年以后，护国寺及其周围土地改为革命墓地，"八宝山"也成为了人生终点的象征，并且是伟大的革命者终点。

好像每一个民族都有自己的禁忌。古罗马有所谓 nefasti dies 的说法，意思是不吉利的日子，法庭也要关闭的。中国黄历中，也常常会印上"诸事不宜"，认为这是不吉利的日子。

De mortuis nil nisi bene!

1936 年 11 月 18 日鲁迅去世一个月之后，他的论敌、新月派的作家苏雪林（1897—1999）在给胡适的信中称鲁迅是"刻毒残酷的刀笔吏，阴险无比、人格卑污又无比的小人"[1]。之后不久胡适在回信中却说："我很同情于你的愤慨，但我以为不必攻击其私人行为。鲁迅猖狂攻击我们，其实何损于我们一丝一毫……凡论一人，总须持平……鲁迅自有他的长处。

1　中国社会科学院近代史研究所中华民国史研究室编《胡适来往书信选》（中），北京：社会科学文献出版社，2013 年，第 636 页。

如他的早年文学作品，如他的小说史研究，皆是上等工作。"[1]
后来《鲁迅全集》的出版，也是在胡适的鼎力相助下促成的。
拉丁文中有一句话说："De mortuis nil nisi bene!"意思是说，
关于死者我们只能说好的。

过劳

以前读过很多有关人生规划的书，让我记忆深刻的是这
样的一句话：

> 我们有权保持身体健康，因此有权利拒绝一些工作
> 上的要求（和压力），以免损害自己的健康。[2]

我们每个人都有一个自己的上限，一旦超过这个限度，
再努力做任何事情都只会适得其反，因为超过这个限度，我
们的"总产出"实际上会下降，只会产生事倍功半的效果。
洪应明说："知生之必死，则保生之道不必过劳。"（《菜根
谭·概论》）基督教也一再告诫信徒 memento mori！要人们
记住，人终有一死。不过从另一个方面来讲，即便人要尽量

1　中国社会科学院近代史研究所中华民国史研究室编《胡适来往书信选》
（中），第 643 页。
2　格兰特等著，寇文红译《规划你的学术生涯》，大连：东北财经大学出版社，
2010 年，第 56 页。

避免过劳，但如果每天执迷于养生之道的话，也是没有意义的。

高尚的情趣

我一直认为一个人一定要有高尚的情趣，而这样的情趣的培养，往往要靠多年枯燥的训练。如果你想欣赏博物馆中古代的艺术品，那么你必须得有艺术史的修养。1824年歌德对爱克曼（Johann Peter Eckermann，1792—1854）说："鉴赏力不是靠观赏中等作品而是要靠观赏最好作品才能培育成的。所以我只让你看最好的作品，等你在最好的作品中打下牢固的基础，你就有了用来衡量其他作品的标准……"[1] 据说，俾斯麦（Otto Eduard Leopold von Bismarck，1815—1898）在去世之前说，他这一辈子最遗憾的是没有学会一件乐器。其实，一段丰富的人生必将在工作、爱好和家庭中达到一定的平衡。如果为了追求其中一项而牺牲了另外两项，通常会导致晚年的遗憾。我到过俾斯麦晚年在腓特烈斯鲁厄（Friedrichsruh）的故居，他那不大的办公室和起居室，很难让人想到这里曾是德意志铁血宰相的家。俾斯麦似乎很喜欢在附近散步，思考问题。"宠辱不惊，闲看庭前花开花落；去留无意，漫随天

1　爱克曼辑录，朱光潜译《歌德谈话录（1823—1832年）》，北京：人民文学出版社，1985年，第32页。

外云卷云舒。"(《菜根谭·概论》)这好像是俾斯麦晚年心态的写照。毕竟人生的目的并不仅仅在追求事业的成功和完美，而在于整个人生的完美，对这位曾经的"德国领航员"来讲，退休之后一项属于自己的爱好也很重要。

往事只堪哀

公元前525年，波斯国王冈比西斯二世（Cambyses II，前530年至前522年在位）攻破埃及，俘虏了当时的埃及法老普萨美提克三世（Psammetique III，前526年至前525年在位）。希罗多德（Herodotus，约前484—前425）在其著名的《历史》（*Historiae*）的第三卷中说，普萨美提克三世的女儿沦为奴隶，他的儿子被处死，一个朋友成为乞丐。他们全部被带到他眼前来测试他的反应，他只是在看到以前常常与他一起饮酒行乐而如今沦为乞丐的朋友时痛哭。尽管普萨美提克免于一死，但从中可以体会得到李煜词中"往事只堪哀，对景难排"（《浪淘沙》）的心境。往日贵为国王，今日贱为俘虏，这简直是天地之差别，"四十年来家国，三千里地山河……一旦归为臣虏，沈腰潘鬓消磨。最是仓皇辞庙日，教坊犹奏别离歌，垂泪对宫娥"（《破阵子》）。作为古埃及第二十六王朝的最后一位法老，普萨美提克三世的统治时间短于六个月，就被强大的波斯帝国击败。"归为臣虏"后，当年骄奢淫逸、不可一世的法老被处死在苏萨（Susa）。

自杀行为

以前在欧洲读书的时候，知道瑞士和瑞典是世界上自杀率极高的国家。不过基督教是反对自杀的，因为人是神按照自己的形象创造的，他有着神圣的尊严。因此，除了神，任何的组织、群体抑或人自己都没有权利剥夺一个人的生命。12 世纪以前教皇敕令和宗教会议决议的汇编《格拉奇教令》（*Decretum Gratiani*）中规定，自杀行为比杀死别人更是罪大恶极："Majus est delictum seipsum occidere quam alium."[1]

在中国，由于儒家认为"身体发肤，受之父母，不敢毁伤，孝之始也"（《孝经》），如果说，身体发肤都不敢予以损毁伤残的话，那就更遑论自杀了。

学习死亡

人从诞生的那一刻就注定是要死亡的。雅斯贝尔斯说："……做哲学就是学习死亡（sterben lernen）——就是跃向神性——就是认识作为存在的存在。"[2]认识了死亡才能超越实存，这样超越便成为了人生的意义所在。雅斯贝尔斯说："如果说

---

1 *Decretum Gratiani*, 2, 23, 5, 10.

2 Karl Jaspers, "Philosophie und Wissenschaft" (1948), Karl Jaspers, *Rechenschaft und Ausblick*, München: R. Piper & Co. Verlag, 1958, S. 255.

从事哲学活动就意味着学会死亡，那么这不是说我因想到死亡而恐惧，因恐惧而丧失当前现在，而是说我按照超越存在的尺度永不停息地从事实践，从而使当前现在对我来说更为鲜明。"[1]

也就是说，作为"临界境况"之一的死亡，对我们来讲意味着对此在的超越。

对死亡的敬畏

在人生的很多方面，人往往会很洒脱，但在死亡的问题上，可能并非如此。因此拉丁文中才有这样的说法："Nemo praesumitur ludere in extremis."（不应当认为，人在面对死亡时会开玩笑！）但是现代医疗过分的治疗，使得很多人"欲死不能"。其实无论进行多么完善的治疗，都只是对生命暂时的拖延。因此才会有所谓"尊严死"的说法，就是指在治疗无望的情况下，放弃人身上插满的各种管子——人工维持生命的手段，让患者有尊严地离开人世，最大限度地减轻病人的痛苦。

多年前我在德国参加一个会议，晚上在酒店里看了一部德文版的电影，描写一位年轻的入殓师。回国后跟朋友聊起，

---

1 卡尔·雅斯贝斯著，王玖兴译《生存哲学》，上海：上海译文出版社，2005年，第73页。

才知道是《入殓师》。由于乐队解散，回到家乡山形县的大提琴手小林大悟找到了入殓师的工作，负责将遗体放入棺木并为之化妆。小林从不习惯到爱上这份帮助死人有尊严地入葬的职业。我看到的是，人不仅要有尊严地死去，同样要有尊严地入殓。入殓的每一道程序，小林那严肃、细致、审慎的态度，对于逝去的人来说，还有比这更好的尊重吗？

这让我想到帕斯卡尔（Blaise Pascal，1623—1662）《思想录》中的一句话：

> 人的伟大——我们对于人的灵魂具有一种如此伟大的观念，以致我们不能忍受它受人蔑视，或不受别的灵魂尊敬；而人的全部的幸福就在于这种尊敬。[1]

也正是在对他人生命的敬畏之中，逝者的灵魂乃至小林自身的灵魂都得到了升华。

此身未死，此心何住？

近日读《东坡志林》，读到《朱炎学禅》一则，其中谈到有一位叫朱炎的节度判官跟义江禅师学禅，时间久了，忽然

1　帕斯卡尔著，何兆武译《思想录——论宗教和其他主题的思想》，北京：商务印书馆，1985年，第176页。

对《楞严经》有了心得。苏轼之后继续写道：

> 问讲僧义江曰："此身死后，此心何住？"江云：
> "此身未死，此心何住？"炎良久以偈答曰："四大不须
> 先后觉，六根还向用时空。难将语默呈师也，只在寻常
> 语默中。"

反省生命的意义，让人深思生命之来源和目标，这些不仅仅是历史研究的目的。我好像一下子明白了，为什么雅斯贝尔斯在《论历史的起源与目标》中一直强调 Menschsein（意为"人之存在"，所指的乃是"人性"）。所谓的"历史的起源与目标"，实际上是人类的起源与目标，或者人性的起源与目标。

死生，天地之常理

死和生都是自然的法则，怕死的人也逃脱不掉，贪生的人也没有办法永远活着。这是欧阳修在《唐华阳颂》中的名言：

> 死生，天地之常理，畏者不可以苟免，贪者不可以
> 苟得。

尽管如此，人的本性依然是贪生怕死。因此，罗马人认为："Timor mortis morte peior."（对死亡的恐惧比死亡更可怕。）

大死一番

佛教认为，只有舍弃身心的一切执着而达于丝毫不挂碍之境界才能获得佛教真理，而这舍弃身心的一切执着就是所谓的"大死"。禅宗语录中说："须是大死一番，却活始得。"（《碧岩录》卷五，《大正藏》48-179a）

《东坡志林》中记录了吴越王钱俶时期杭州寿禅师的故事。寿禅师原本是杭州北郊的税务官，由于热衷于放生而变得倾家荡产。之后他就靠偷盗官钱来放生，后来事发而被判死刑。在被带往刑场的时候，据说钱俶派人前去观察，如果这位税务官跟普通人一样恐惧死亡的话，就处斩，否则的话，就饶他一命。结果发现面对死亡"禅师淡然无异色"，于是就放了他：

> 遂出家，得法眼净。禅师应以市曹得度，故菩萨乃现市曹以度之。学出生死法，得向死地走之一遭，抵三十年修行。吾窜逐海上，去死地稍近，当于此证阿罗汉果。（卷二《寿禅师放生》）

东坡认为，向死亡之地走一遭，可以抵三十年的修行功夫。表面上是菩萨显现于市集引度禅师修习脱离生死之法，实际上是禅师于杀头的当下体悟到了大死一番之道理。具体到东坡自己被流放到海南岛，他认为离死亡之地也比较近了，所以自己无论如何也可以证得"阿罗汉果"——小乘佛教中所得之最高果位了。

历史记忆

回忆

近年来，口述史（oral history）在中国铺天盖地袭来，各个行当、各个专业的人都在做口述史。记忆与历史（过去）的关系究竟是怎么一回事？一个人经历了事件，他的记忆就一定可靠吗？即便是让当事人感受惨痛的经验，如果让他感到讨厌的话，经过一段时间后，他也会选择性记忆，意即选择性地忘记。这样事后想起来，有时居然发现是一种美好的回忆。人在潜意识中会将回忆加工成自己愿意接受的形式，当时的痛苦自然就从记忆中消失了很多。

以前学德语的时候，学到法国作家巴尔扎克（Honoré de Balzac，1799—1850）的一句话："Die Erinnerungen verschönern das Leben, aber das Vergessen allein macht es erträglich."意思是说，回忆美化了生活，而遗忘使得生活能够忍受。这所讲的是人记忆的选择性，不一定是有意为之，也是潜意识的选择。

钱锺书在 1980 年年底为杨绛的《干校六记》所作的"小引"中写道："惭愧常使人健忘，亏心和丢脸的事总是不愿记起的事，因此也很容易在记忆的筛眼里走漏得一干二净。"[1] 我想，这也是为什么杨绛要将干校的故事写得诙谐、滑稽的缘故，不然人是没有办法忍受的。

1　钱锺书著《小引》，载杨绛著《干校六记》，北京：生活·读书·新知三联书店，2010 年，第 2 页。

最近读东野圭吾的《平行世界·爱情故事》[1]，其中的故事便是涉及记忆修改的主题。

裹上樟脑的记忆

有关记忆，相较于诗人华兹华斯（William Wordsorth, 1770—1850）所认为的记忆可以像保存木乃伊一样封存的想法，艾略特（T. S. Eliot, 1888—1965）的说法更有意思：

There's no memory you can wrap in camphor.
But the moths will get in.[2]

中文的意思是：没有记忆可以裹上樟脑，免受蠢虫的侵害。

我觉得后者特别精彩，因为所谓永恒的记忆是不存在的。

酷刑

世界各国都有具有折磨性和羞辱性的刑罚，在中国一直

---

1 东野圭吾著，王维幸译《平行世界·爱情故事》，海口：南海出版公司，2012 年。

2 T. S. Eliot, *The Cocktail Party*, Jan Diego: Harcourt, Inc., p. 47.

到清代依然有所谓的"十大酷刑"（当然不止十种），这包括：剥皮、腰斩、车裂、俱五刑、凌迟、缢首、烹煮、宫刑、刖刑、插针、活埋、鸩毒、棍刑、锯割、断椎、灌铅、弹琵琶、抽肠、骑木驴等。之前读到明末抗清将领张煌言（1620—1664）的四句诗："等鸿毛于一掷兮，何难谈笑而委形。忆唐臣之啮齿兮，视鼎镬其犹冰。"（《放歌·武林狱室书壁》）即便是将生命看作鸿毛，也很难做到从容笑谈地就义吧！"鼎镬之刑"是将活人放在鼎沸的油锅中炸。在古罗马此类的酷刑被称作 summa supplicia，包括将人钉死在十字架上，将被判处死刑的人扔给野兽，将活人烧死，将活人装入皮袋沉入水底，等等。尽管这些方式同样是反人性的，但古罗马人在酷刑方面好像远不如中国人那么有想象力。

泛亲属化的称谓

在德国生活几年后，回到国内，感到最让人不可思议的是泛亲属化的称谓。以前我们都已经习惯了"毛爷爷""周爷爷""雷锋叔叔"等的称谓，尽管这些人跟我们真的没有什么亲属上的关系。在单位里，特别是在年轻同事的孩子面前，我的辈分不断攀升：从以前的大哥哥，到叔叔，现在已经成为爷爷了，我只是觉得很别扭。有一天顾彬教授也在，一位同事让她女儿叫顾彬"太爷爷"，顾彬没有什么反应，可能他会觉得中国人莫名其妙。我妻子的德国同事，也开玩笑说，她来中国后，从外国姐姐，变成了外国阿姨，将来必定会成为外国奶奶的。

1949年以后，整个中国的称谓经历了几个阶段：一开始所有的人不论男女都称呼"同志"；改革开放之后，特别是"下海"成风有一段又都称"老板"；也有一段大家都互称"师傅"。现在电视节目最常用的称呼是"老师"，好像一夜之间，神州大地全都是人民教师。正常的"先生""女士"的称谓用起来好像很别扭，在中国就是实行不起来。而在民间，我们依然使用着"爷爷""奶奶""叔叔""阿姨"这些亲属化的称谓，连我的博士生们也按照年龄，互称"师姐""师兄"。实际上看似亲切的泛亲属关系是最为复杂的，以我这样的智商，既弄不清楚各种亲属的关系，也真的不太懂得与这些"叔叔""阿姨"的相处之道。

泛亲属化的称谓在中国自有其历史传统，早在先秦的时候，中国人就开始称呼地方官为"父母官"了。孟子说："为民父母，行政，不免于率兽而食人，恶在其为民父母也？"（《孟子·梁惠王上》）这在一个父权社会中是很普遍的。其实拉丁文中的Papa（爸爸、父亲）的另外一个含义是对教皇的称谓。

礼仪之邦

每次坐地铁，都能听到车厢里刺耳的广播，说我国是拥有五千年文明的礼仪之邦。腊碧士教授夫妇有一年"十一"的时候来北京，有一天游完故宫后我们一起吃饭。席间，他小心翼翼地对我说，他从来没有见过这么多的人，也从来没有见过这么多对别人的存在予以漠视的人。我当然理解他所说的这一点，因为在欧洲有时也会跟其他人发生身体的接触，对方总会致歉说声"对不起"，他们习惯了这种小心翼翼表达的对别人的尊重，也愿意接受这样的致歉。其实这是一个根本的教养问题，与是否曾经是"礼仪之邦"，好像关系并不大。

我在其他语言的网络上很少看到中文网站上这么多的语言暴力，粗俗的语言乃至谩骂，充斥着一些网络，而有一些不优雅的说法反而被认为是"原生态""真实"的说法。每次我给学生上的第一堂课，不论是本科生还是研究生，都是要教他们如何跟人打交道，如何写邮件。

柏杨论德、日与中国

有关第二次世界大战的战败国德国和日本的"复兴"，柏杨先生有一段精彩的论述，当然也跟中国做了比较：

> ……战败后的德国和日本，固然成了三等国家，可是他们的国民却一直是一等国民，拥有深而且厚的文化潜力。好像一个三头六臂的好汉，咚的一声被打晕在地，

等悠悠苏醒，爬起来拍拍屁股上的灰，仍是一条好汉。而我们这个三期肺病的中国，一时站到世界舞台上，不可一世，可是被冷风一吹，当场就连打三个伟大的喷嚏，流出伟大的鼻涕，有人劝我们吃阿司匹林，我们就说他思想偏激、动摇国本，结果一个倒栽葱，两个人都架不起。[1]

柏杨所谓"一等国民"和"三期肺病"的说法，其实是说明整个民族的受教育程度。

国 耻 与 现 代 性

鸦片战争真正使得东亚的日本、中国这样传统的农业国进入了现代国家建设的进程。这个过程尽管对日本来讲并不容易，但日本人却将这种国耻化作了对现代性精神的一种追求。从 17 世纪耶稣会时期开始对南蛮文化的摄取，到 19 世纪早期基于"兰学"的发展，日本对于欧洲科学的态度变得更加开放。到了明治维新以后，日本对于欧美文化的摄取可以说是更加全面，并且从历史上来看，日本并没有像中国在 18 世纪晚期由于耶稣会知识输入的停止而中断了与西方的关系。至今你在日本的很多城市还可以看到一些日本人和洋人

1　柏杨著《丑陋的中国人》，第 136 页。

的塑像，日本人之所以纪念这些人，是因为他们曾经为日本的现代化进程做出过贡献。我认为这是一种正常的历史观。

对话与讨论伦理

1989 年，捷克剧作家哈维尔（Václav Havel，1936—2011）等人在布拉格成立了"公社论坛"，制定了八项的《对话守则》：

> 对话的目的是寻求真理，不是为了斗争。
>
> 不做人身攻击。
>
> 保持主题。
>
> 辩论时要用证据。
>
> 不要坚持错误而不改。
>
> 要分清对话与只准自己讲话的区别。
>
> 对话要有记录。
>
> 尽量理解对方。[1]

只有经历了之前捷克斯洛伐克铁幕下生活的人，才能真正理解哈维尔的这八项对话守则的内涵。

1　《山海经·人生纪实》2011 年第 6 期。

20世纪德国的两次焚书

每次到法兰克福，我都会来到罗马人广场的中央，看一眼在那里镶嵌在地上的一个纪念纳粹时期焚书的圆形纪念牌。1933年5月10日，受纳粹思想鼓动的青年学生，高唱着《德意志高于一切》("Deutschland über alles")的歌曲，高举着火炬，将数万本的所谓宣传"非德意志"思想的著作焚毁。这一"反非德意志精神运动"（Aktion wider den undeutschen Geist）在柏林的倍倍尔广场（Bebelplatz）规模更为巨大。当年的5月9日，帝国内务部长弗里克（Wilhelm Frick, 1877—1946）在向各州宣传部长的演讲中宣称：

> 要培养有政治觉悟的人，他们的全部思想和行为都应当根植于服务并献身人民大众，他们应当与国家的历史与命运完整地结合在一起，永不分离。[1]

历史却告诉我们，纳粹的意识形态本身是一场人类的灾难。这一愚昧的行为，在六八级的学生运动中，再次出现。1968年，因学生运动领袖杜契克（Rudi Dutschke, 1940—1979）在反越游行中遭枪击，愤怒的学生冲上了街头，包围了出版业巨头施普林格出版社，焚烧了满载图书报纸的火车，

---

[1] Paul Meier-Benneckenstein (hg.), *Dokumente der deutschen Politik*, Bd. 1, Berlin: Junker und Dünnhaupt Verlag, 1937, S. 301.

因为这家出版社旗下的《图片报》（*Bildzeitung*）曾公开指责过这位学生领袖。

张燧在《千百年眼》（1614）中对秦始皇的焚书坑儒的做法可谓疾首蹙额："以祖龙烈焰，煨烬之中，仅存如线。"（《千百年眼》卷一《上古文籍》）焚书的做法不仅烧毁了大量的古代书籍，也开启了中国两千多年的思想禁锢和文字狱的先河。书籍承载着长久以来人类的文化，焚书意味着对文化的破坏，这当然是一种反人类的行为。

正法眼藏

罗 马 法 与 做 学 问

一

如果仔细钻研罗马法和教会法的话，就会发现，法律的很多规则同样适用于做学问。

"Credenda est scriptura."[1] 这句话的意思是，写下来的东西应当被认真对待。也就是说，罗马时代如果有一个相应的文献就可以构成证据。我们知道，构成历史最重要的要素便是文献——所谓史料，因为文明史中大部分的史料都是文字材料。

"Cavendum est a fragmentis." 要小心处理残篇。原因在于，如果一篇文献是残篇的话，那么很多地方需要通过逻辑推理或想象补上。这里难免会有不真实的地方。历史的残篇同样需要用心对待，这正是历史学家发挥其想象力的地方。

"Argumenta non sunt numeranda, sed ponderanda." 关键的不是简单罗列论点，而是看他们的重要性。在做论文的时候，有时候，一个有说服力的论点胜过其他很多简单的罗列。

"Falsus in uno falsus in omnibus." 如果在某一点上有错误，那么全都会有错。这是做学问要慎重的原因，否则会因为一点的错误，而影响全部的论述。

"Generale nihil certum implicat." 一般性的表述并不包含确定的东西。因此，在做学问的时候要特别注意，任何的

---

1 *Dig.* 23, 37, 5.

宏大叙事都是建立在细致的个案研究基础之上的。此外，如果没有精确性的话，很多太过一般的说法都会导致错误的出现："In generalibus latet error."（错误就在太一般的说法之中。）我想，这也是为什么陈寅恪特别强调做学问的精确性（Genauigkeit）。

二

西塞罗提出一个人行为的具体条件时用了七个疑问词："quis, quid, ubi, quibus auxiliis, cur, quomodo, quando."[1] 他认为要确定一个人的行为要提出七个问题：谁？什么事？哪里？用什么方式？为什么？怎样促成？什么时间？我想这些也是一个历史学家在分析历史事件时理应提出的问题。

此外，罗马法中所规定的"testis unus, testis nullus"[2] 意思是说一个证人等于没有证人，这在历史学中是所谓"孤证不立"的原则：一般来讲，如果只有一条证据支持某个结论，这个结论是不可接受的。这在逻辑学上，被称为"弱命题"。例如某历史事件，如果对此仅有唯一的一条记录，而没有其他不同来源的文献做印证的话，一般就不会作为确定的史实来使用。话又说回来，证据也并非多多益善，重要的是要看证据是否具有说服力。因此还有另外一种说法："Testimonia ponderanda sunt, non numeranda." 意即证据是靠其分量，而不

1 Cicero, or Thomas *S. th.* I-II qu. 7, a. 3.
2 Cod. List. 4, 20, 9.

是数量。

学问之道

一、切中肯綮

《五灯会元》中有一则禅话，可以看作是学问之道：

> 曰："只如大洋海底行船，须弥山上走马，又作么
> 生？"师曰"：乌龟向火。"曰："恁么则能骑虎头，善
> 把虎尾。"师以拄杖点一下，曰："礼拜着。"（卷十六
> 《佛日文祖禅师》）

"骑虎头，把虎尾"是要抓住要害的意思，学问之道，也
在于发现门道，从而提纲挈领地掌握整体的道理。

二、向上一路，千圣不传

学问到了一定的程度，需要自己的不断修行领悟，导师
能够帮助的并不多。如果一心想尽快获得所谓的"道"的话，
其结果就像是猴子去捉水中的月亮一样不可行：

> 若言即心即佛，今时未入玄微；若言非心非佛，犹
> 是指踪之极则。向上一路，千圣不传。学者劳形，如猿
> 捉影。（《祖堂集》卷十五《盘山和尚》）

因此，做学问与学法一样，在很大程度上取决于个人的修行和体悟。

三、三个臭皮匠顶个诸葛亮的原因

我重新回到国内后发现我的学生们不会表达自己的意见，他们一直希望自己能将观点表达得完美，如果不完美的话，宁愿不说。我每次举例告诉他们，除了神之外，每个人只有一个视角，但却是独特的视角。因此最接近一件事物的描述，一定是来自不同视角描述的叠加。拉丁文中说："Plus vident oculi quam oculus."意思是说，几只眼睛的所见要比一只全面得多。这也是三个臭皮匠可以顶过一个诸葛亮的原因。

四、彻底性

做学问的"彻底性"（Gründlichkeit）在一则禅话中说得异常透彻：

> 师拟开口，蓦被拦胸一拳。忽大悟，直得汗流浃背，点头自谓曰："临济道：黄檗佛法无多子。岂虚语邪？"遂呈颂曰："为人须为彻，杀人须见血。德山与岩头，万里一条铁。"（《五灯会元》卷二十《净慈彦充禅师》）

帮助别人要帮到底，杀人一定要将人杀死。净慈彦充禅师的意思是，不论做什么事情都要彻底，不能半途而废。做学问当然也不例外。

五、小水穿石

学问中，知识的积累靠平时不懈的努力。《遗教经》中有"汝等常勤精进，譬如小水长流，则能穿石"的说法，说明即便是"小水"，只要"长流"，也能穿透坚硬的石头。而方法论的掌握要靠悟性，一项技能的掌握则需要一定的强度和一定量的训练。

六、无下手处下手

我读中学的时候，英语老师卢凤威先生告诉我说，做学问的方法是"大处着眼，小处着手"。这让我铭记至今，并且从中受益良多。这句话实际上只是做学问的一般方法，学问做到精到之处，常常会在别人认为没有办法下手的地方下手：

> 便如善财入弥勒楼阁，胜妙境界悉在目前，惟恐深信不及，转增迷闷。但向无下手处承当，无所得处受用，便是第一等直截简径法门。(《虚堂和尚语录》卷四)

"无下手处承当，无所得处受用"是一般人想不到的，从此处下手，便是直截了当之法门。而这些地方对于一般的修行者来讲，用禅宗的话叫作"蚊子上铁牛——无你下嘴处"(《祖堂集》卷十六《沩山和尚》)。只有道行深者，才可能寻得下手处。

七、细读与细嚼

不论什么时代，"细读"（close reading）都是阅读之关键所在。"细读"是指对文本的语言、结构、象征、修辞、音韵、文体等因素进行仔细解读，从而挖掘出在文本内部所产生的意义。[1]这在一则禅话中说得更加真切：

> 僧云："有一人十二时中，不依倚一物时如何？"师云："鹋臭布衫须脱却。"僧云："既不依倚一物，又脱个甚么？"师云："细嚼难饥。"（《虚堂和尚语录》卷二）

如果细嚼的话，之后是不容易饿的，也就是说只有慢慢地去体会，才可能理解得透彻。读书当然不例外了。拉丁文中说："Qui cadit a syllaba, cadit a toto."意思是说，如果忽略了一个音节的话，那就忽略了整个文本的意义。

八、弦急即断

学问之道除了方法之外，还要注意做任何的事情都要有张有弛，不要操之过急。《五灯会元》中有一段语录，说得很中肯：

> 祖又语彼众曰："会吾语否？吾所以然者，为其求

1　参考张剑著《细读》，载赵一凡等主编《西方文论关键词》，北京：外语教学与研究出版社，2006年，第630页。

道心切。夫弦急即断，故吾不赞。"(《五灯会元》卷一
《二十祖阇夜多尊者》)

琴弦拉得太紧，马上就会断掉的，重要的是要做到松弛
有度。

九、我们只能了解历史

20 世纪 80 年代的时候，流行过一段时间的未来学，人们
纷纷预测世界的未来。雅斯贝尔斯在《论历史的起源与目标》
中多次谈到，没有谁能够预知未来：

> 人对于未来思考的尊严，既在于对可能性事物的谋
> 划，也在于与此相同的建立在知识基础之上的无知，而
> 未来的基本原则是：人们不知道，今后还将发生什么。[1]

近日发现拉丁文中有一句话："Nemo tenetur divinare."[2] 意
思是说，没有谁被要求知道未来的事情。如果有朝一日人类
真的能预测未来的话，雅斯贝尔斯认为"这便是我们灵魂的
死亡"[3]。

1　卡尔·雅斯贝尔斯著，李雪涛译《论历史的起源与目标》，第 175—176 页。
2　*Dig.* 9, 2, 31.
3　卡尔·雅斯贝尔斯著，李雪涛译《论历史的起源与目标》，第 176 页。

十、还原历史语境

对于历史学来讲，特别重要的一个方法就是要还原事件的历史语境，而不是用当下的情境来理解历史事件和人物。这在罗马法中有一个很好的说法："Sermones semper accipiendi sunt secundum subjectam materiam et conditionem personarum." 意思是说，总是要根据词语所涉及的事物以及人物所处的环境来评判和接受这些话。这其实就是要求理解者还原一段话的历史语境。

作 文 之 法

Sabine 是波恩大学的博士生，在我们这边交换两年，前几天刚刚回德国。她在北外期间，每天一大早就到办公室，晚上才回去。任何一件事情，她都会特别认真对待。有时她开玩笑说，自己就像家具一样待在办公室。

孙莘老向欧阳修请教作文之法，欧阳修回答说：

> 无它术，唯勤读书而多为之，自工。世人患作文字少，又懒读书，每一篇出，即求过人，如此少有至者。疵病不必待人指擿，多做自能见之。（《东坡志林》卷一《记六一语》）

德文中说 Übung macht den Meister，意思是说练习成就

大师。在论及王羲之的成就时，曾巩（1019—1083）写道："羲之之书，晚乃善，则其所能，盖亦以精力自致者，非天成也。"（《墨池记》）我也一再跟我其他的学生说，不要觉得自己是一匹黑马，会一鸣惊人。踏踏实实地多读书是做学问的唯一方法。

主动掌握和被动掌握

学习外语的时候，要了解什么是主动掌握，什么是被动掌握。除了能够读懂之外，还可以用来遣词造句，可以说是主动掌握了；而那些你仅仅认识、知道的部分，只是被动掌握而已。但有的时候，你可能并不知道自己的很多知识和技能实际上只是被动掌握。一般来讲，如果没有经过足够的练习的话，是不可能将被动掌握转化为主动掌握的。《祖堂集》中有一段，很好地说明了这个问题：

> 众生与佛虽同一性，不妨各各自修自得。看他人食，终不自饱。（卷三《慧忠国师》）

只有自己吃饭，才能填饱肚子；只有经过反复训练，才可能具有某种能力或知识。每天看电视里的美食节目，只意味着你了解了这些美食而已，好像并不能解决自己的饥饿问题。

禅宗与全球史

一、动静等观与去中心主义

跟顾彬一起去旸台山的大觉寺，我很喜欢那里塑于15世纪的佛像，古朴凝重。寺院中无量寿佛殿的匾额"动静等观"系乾隆皇帝的御笔，顾彬问我是什么意思。我想所谓的"等观"是让人去除分别之心，破除"我执"。佛教认为，虚妄分别之心，会产生对事物或事理的固执不舍，这是所谓的"迷执"，梵语称 abhiniveśa。对于人我的执着，称为"我执"；对于世间万物的执着，称为"法执"。前者会产生烦恼障，而后者则产生所知障。大乘佛教主张二执皆空。这样的主张当然与全球史观的去中心主义有相通之处。如若去除掉了"我执"，自然不会有所谓"欧洲中心主义"，抑或"中国中心主义"了。

二、关联性

得知我开始从事全球史的研究，常常有人问我"全球史"与"世界史"的异同。我会举例来说，全球史所强调的是不同区域、不同时代的人物或事件的关联性（relevance），不是一般的"世界史"或"外国史"。这让我想到《五灯会元》中的一段禅话：

> 僧问："如何是衲僧变通之事？"师曰："东涌西没。"曰："变通后如何？"师曰："地肥茄子嫩。"（卷十五《北塔思广禅师》）

参透佛法的根本并不在于认识事物本身，而在于能够领会到事物之间的关联性，在于认识彼此之间的关系，相互之间的"势"的转化，之后才能做到无所不通。我想这也是全球史对学者的要求吧。

全球史告诉我们的并非有关某一国家、某一区域的知识本身，更多的是其中的关系史。因此，以往我们所认为的"强者"对"弱者"的影响史，在今天看来，更准确的表述应当是一种相互之间的互动史。布罗代尔（Fernand Paul Braudel，1902—1985）认为，即便基于地理环境的文化带是相对稳定的，但也还是相互交流和渗透的，没有任何一种文化的边界是一成不变、完全封闭的。[1] 其实，所有的文明都是在不断接触、交流、互动之中产生和发展的，并不存在一种所谓孤立的，跟外界没有任何关联性的文明形态。

互 动

《碧岩录》中说：

> 明镜当台，妍丑自辨；镆铘在手，杀活临时；汉去胡来，胡来汉去。（卷一）

1　费尔南·布罗代尔著，肖昶等译《文明史纲》，桂林：广西师范大学出版社，2003年，第30—32页。

胡人、汉人的杂居，你来我往，在当时被认为是悖乱、繁杂的现象。美国汉学家费正清认为中国近代以来是"冲击—回应"（impact-response）的历史——他所假设的是，欧洲是一个动态的近代社会，而中华帝国则是一个长期处于停滞状态的传统社会，其缺乏自身发展的内在动力，外来的挑战对中国是一种刺激，为中国提供了一种进步的机遇。也就是说，只有经过欧洲的冲击，中国传统社会才有可能摆脱困境，获得发展。这是典型的一方对另一方产生影响的假设。而"汉去胡来，胡来汉去"才真正超越了欧洲中心主义，显示出了双方的相互影响。

圆融与隔历

在佛教中，"圆融"的意思是融会贯通、不偏执、无所障碍，亦即各事各物皆能保持其原有立场，圆满无缺，而又为完整一体，且能交互融摄，毫无矛盾、冲突。佛教将相互隔离、各自成一单元者称作"隔历"。因此，全球史所谓的"互动"，是在佛教"圆融"的前提下的互动，而不是"隔历"。

汉西一境

刚才翻看多年前在武汉的照片，当时在归元寺拍了"汉西一境"的石碑，系同治六年（1867）汪家政所书。归元禅寺隶属于曹洞宗，又名归元寺，与宝通寺、溪莲寺、正觉寺并称"武汉四大丛林"。它是我国重点佛教寺院之一，虽然跟其他的禅宗寺院比较起来，历史并不久远，但这一丛林地位显赫，不同寻常。所谓"归元"所指的是出离生灭无常之此世，而还归真寂本元（即涅槃）之悟界，佛偈中有所谓"归元性不二，方便有多门"的说法。之所以被称为"汉西一境"——汉阳西部的一处风景，是因为寺内有古树参天，曲径通幽。如果我们将"汉西一境"看作是主谓结构的话，那么就可以作另外的阐释：中国和西方并无二致。也就是说，中西之间为完整的一体。

东野圭吾

放松的能力

从前翻译汉斯·昆的《世界宗教寻踪》中的佛教部分，一开始便谈到禅者的射箭，如何集中所有的精神于一点。当时我也在想，如果一个人随时随地精神过分集中的话，那么总有一天，那绷紧的弦会断掉的。前几日读东野圭吾的小说《毕业》，警局的秋川义孝是剑道四段，他在给加贺讲解剑道的秘诀时，认为根本不是什么"集中"，而是"放松"："你需要的并不是长时间地集中精神，而是要让自己处在一种随时都能集中精神的准备状态之中。这就是所谓放松的能力。"[1]

一个朋友告诉我，法国男人和女人之所以常会魅力四射，是因为他们很会放松。一个人的迷人之处往往来自于内心的安静和松弛，除了生死之外，人生还有什么大事吗？

青春面具

东野圭吾的小说《绑架游戏》，主人公佐久间给日星汽车的大老板葛城胜俊介绍自己设计的游戏"青春面具"后，葛城总结说："经验形成面相，面相决定人生。"[2] 这一模拟实际人

---

1 东野圭吾著，黄真译《毕业》，海口：南海出版公司，2012年，第59页。
2 东野圭吾著，郑悦译《绑架游戏》，上海：上海译文出版社，2010年，第83页。

生的游戏，实际上就是真正的人生。"比如某些特定职业的人的脸，用计算机读取之后平均化，就能描绘出只有这个职业的人才具有的脸。政治家的脸、银行职员的脸、三陪小姐的脸，这些都是真实存在的。但这些面相并不决定命运，而是经历不同决定面相不同。"[1] 一个人的面相，究竟是面具还是真相，真的很难辨别。

找不回的自我

为了救一个小女孩儿，二十四岁的成濑纯一（阿纯）脑部中弹负伤。伤愈出院后，他的性格完全变了：原本懦弱本分的他，成为了自信、要强的另外一个人，自己原本的绘画才能也转变成了从未有过的音乐才华。更为可怕的是他不断萌发的犯罪意识——对素不相识的人所具有的强烈杀意！后来他发现自己的大脑被植入的并非堂元博士所声称的死于车祸的关谷时雄，而是开枪打死他本人的京极瞬介的脑时，他整个人崩溃了。如果不能延续以往的那个"我"，即便是"我"的身体被救活了，又有什么意义呢？这是东野圭吾在《变身》中提出的重大伦理问题。从前的那个阿纯，他的意识沉睡了，他的身体被京极的意识控制了。他在杀死了曾经照顾过他的橘直子后，原本阿纯的意识暂时显现之时，对女朋

1　东野圭吾著，郑悦译《绑架游戏》，第82页。

友叶春惠说：“去找回来。找回我自己。”[1] 东野接下来写道：“我走出屋子，向暗夜迈去。”[2] 这暗示着阿纯是找不回自己原本的身份的。这个在物理意义和生理意义上“成功”的脑移植，在伦理学意义上彻底失败了：阿纯后来用从警察那里抢来的枪自杀了。

异化

这一词最初是从德文的 Entfremdung（英文：alienation）意译而来的，日文被译作“疏外”，所指的是自然、社会以及人人之间的关系对于人本质的改变和扭曲。将目的和手段颠倒，是异化最常见的表现方式。以前在德国生活的时候，常常看环法自行车比赛，特别羡慕那些既有爆发力又耐力十足的运动员，他们的身体异常强壮有活力！后来不断有丑闻出现，知道这些具有弹性肌肉和健康肤色的运动员，大都是科学家用时至当时查不出来的兴奋剂“喂养”出来的，之后我再也不看此类的比赛了。

东野圭吾在《鸟人计划》中给我们带来的是技术、兴奋剂与竞技伦理之间的关系思考。跳台滑雪天才榆井明遭人投毒身亡，警方不久便通过匿名信查出杀人凶手是榆井的教练

1　东野圭吾著，赵峻译《变身》，海口：南海出版公司，2016年，第265页。
2　出处同上，第265页。

峰岸贞男。峰岸曾经是榆井的队友：

> 不集训时，峰岸便待在禅寺里。除了培养集中力以
> 外，他真正的目的是想和榆井一样，再次获得纯粹享受
> 跳雪乐趣的心情。榆井宛如一个孩子一样不停地挑战飞
> 行。到底人类能够飞多远？他以此作为永恒的目标不断
> 挑战。胜负于他并不重要，精神压力等更不是他世界里
> 的东西。峰岸很羡慕他拥有的纯粹。[1]

拥有雄厚实力的日星滑雪队的领队杉江泰介发明的训
练机器，完全模仿榆井的跳雪动作，让他的儿子杉江翔完全
成为一个个性荡然无存的榆井的翻版。面对刑警须川的质疑
"为此就要舍弃天性，缠在一堆电线里按照电脑的指令来移动
身体？这简直就是像是人造人"[2]，杉江泰介却不以为然，他认
为："为体育而生的人，从来都只被要求胜利，而观众也都渴
求着超人的力量。……只要动用了国家预算，就要不择手段
地摘取奖牌。为了这个目的，就去尝试兴奋剂之类的吧，只
是不要被发现——这才是世间真实的声音。"[3]由于发现了榆井
背叛了峰岸而去了日星的实验室，将自己跳雪的所有数据都
"出卖给"了杉江，峰岸最终还是痛下了杀手，尽管后来的事

1　东野圭吾著，星野空译《鸟人计划》，海口：南海出版公司，2015，第147页。
2　出处同上，第221页。
3　出处同上，第222页。

情又是一波三折。故事的结尾处，刑警佐久间对滑雪队员泽村说："如果可以，我希望你能作为人类中的一员和别人决一胜负。我不想看一群人造人比赛。"[1] 这一句话实在发聋振聩。

因 果 报 应

佛教传入中国之后，"业"或"业力"的观念传入中国，认为所有"业"发生后都不会消除，将引起善恶报应等果。以前读黑塞（Hermann Hesse，1877—1962）的小说《悉达多》（*Siddhartha*, 1922），其中第二部分的第三章题目是 Sansara（梵文：saṃsāra），这是业报轮回。

近日读东野圭吾的《猛射》[2]，感触良多。因为唯一的姐姐秋穗的悲惨亡故，被复仇之火点燃的古芝伸吾心中只有一个目标，他将高中时代在汤川帮助下完成的轨道炮默默校准了方向，直指见死不救的国会议员大贺仁策。汤川极其欣赏这位后辈伸吾，他通过伸吾父亲的理想——开发一种扫雷机，并将之运到柬埔寨，说服伸吾放弃了犯罪的复仇。汤川最后规劝伸吾的几句话是："地雷和核武器同为科学家制作出来的最低级、最恶劣的代用品，无论在何种情况下，运用科学技

---

1 东野圭吾著，星野空译《鸟人计划》，第 255—256 页。
2 《猛射》，载东野圭吾著，叶娉译《禁忌魔术》，上海：上海译文出版社，2014 年，第 139—268 页。

术威胁人类生命都是无法原谅的。我作为一名有志于研究科学的人，想要修正过去的错误。"[1] 这一篇的最后一句话是"一阵风吹过，花瓣如雪般飘落"[2]，我认为，这是东野小说结构的高明之处。

宋元以来的话本小说，其中的故事都异常精致，前面的铺垫，最后一般都会有一个业报的结果。即便在此世没有结果，也会用一首"不是不报，时候未到"预示着会有一个三世六道的"总报"。

以前在波恩大学比较宗教学系读书的时候，知道对于神学家来讲特别棘手的一个问题是，神既然是从无中创造出一切（creatio ex nihilo），为什么要创造这么多邪恶的东西？这是《圣经》中著名的约伯（Hiob）之问："为什么恶人可以活着？"（伯 21:7）而后来的先知耶利米（Jeremiah）因同胞作恶多端而深感苦恼："为什么恶人的道路尽都亨通，诡诈背信的人全都安逸无忧呢？"（耶 12:1）前些日子重读关汉卿《感天动地窦娥冤》，其中第三折是全剧的高潮所在：当窦娥被推上刑场之时，她的反抗终于爆发了。窦娥在这出"法场问斩"中的"滚绣球"中唱道："天地也！只合把清浊分辨，可怎生糊突了盗跖、颜渊。为善的受贫穷更命短，造恶的享富贵又寿延。"[3] 实际上，窦娥提出的问题，是一个深刻的神学问题。

---

1 东野圭吾著，叶娉译《禁忌魔术》，第 266 页。

2 出处同上，第 268 页。

3 关汉卿著《感天动地窦娥冤》，载王季思主编《全元戏曲》（第 1 卷），北京：人民文学出版社，1990 年，第 198 页。

猫脑移植与人脑移植

东野在《蓝宝石的奇迹》中描写了少女未玖与珍稀猫咪"稻荷"的情缘：稻荷后来被车撞死了之后，它的脑子被移植到了得了肿瘤的"蓝宝石"的脑袋中，结果这一难以驾驭的"蓝宝石"在未玖那里成为了温顺的小猫咪。但最后研究所的"医学博士"安斋的话，让人不寒而栗：

> 安斋露出一个冷酷的笑脸："最终目的是实现人类的脑移植。因为猫脑和人脑就形状而言非常接近，最适合作为人脑研究的试验品。"

> "一旦成为现实，那么年纪大的人就可以通过年轻人的肉体重获新生，这将不再是天方夜谭⋯⋯"[1]

东野所关心的依然是人类终极的伦理问题。

科学与习俗

在"神探伽利略"系列中，凡是与物理学家汤川副教授

1　《蓝宝石的奇迹》，载东野圭吾著，朱田云译《第十年的情人节》，北京：人民文学出版社，第 201 页。

相关的案件，都会通过实验予以科学地解答。不过在东野的眼中，科学并非人类生活的全部。在《曲球》中，物理学家解释了台湾的风俗："台湾有许多优秀的物理学者。他们了不起的地方在于，即便某些文化和旧习俗是非科学性的，也绝不轻视——关于送钟的事情也是他们告诉我的。"[1] 科学并不能代替文化传统，这一点东野非常清楚。

诚意 vs 手腕心机

年轻的女性惨遭杀害后，一封来历不明的告密信寄到了警察局，告知警察凶手将现身东京柯尔特西亚酒店新年假面舞会上。刑警新田装作前台服务员与酒店礼宾台的尚美有一段有关新田的同事——能势警官的对话非常精彩：

> 新田歪着脑袋，"那个人有很强大的武器，是我不曾拥有的。"
>
> "什么武器？"
>
> "诚意。"新田说道，"不论对方是什么人，他都会先展示自己的诚意。不仅用词很小心，姿态也低，但绝对不是人前一套人后一套。看到他真诚的态度，任谁都会

1　《曲球》，载东野圭吾著，叶娉译《禁忌魔术》，上海：上海译文出版社，2014年，第92页。

要打开心扉。"

"诚意……吗?"

"对。像我这样的人动不动就想要耍手腕心机,虽然我也知道这样做是无法打动人心的。"

"手腕心机……"这样念叨了一句后,山岸尚美突然睁大了眼睛,仿佛醍醐灌顶。[1]

也许手腕心机可以一时取胜,但从长时段来看,最终胜利的一定是诚意。实际上,佛教一直告诫人们要远离心机:"悟了始知言无异,休将功妙用心机。"(《古尊宿语录·洞山第二代初禅师语录》)

钟表

以往读《利玛窦中国札记》的时候,[2] 知道利玛窦乘船从意大利到中国来,大约需要一两年的时间。后来他去世后,金尼阁(Nicolas Trigault,1577—1629)回欧洲,利用在船上漫长单调的时间,竟然将利玛窦用意大利语撰写的札记翻译成了拉丁文,并增加了传教史和利玛窦本人死后的一些内容。

---

1 东野圭吾著、李倩、黄少安译《假面之夜》,海口:南海出版社,2018年,第100页。
2 利玛窦、金尼阁著,何高济等译,何兆武校《利玛窦中国札记》(上下册),北京:中华书局,1983年。

顾彬教授告诉我，他 1974 年到北京语言学院留学，先是从德国飞到香港，之后用了几天的时间从香港经广州坐火车到北京。

自从有了钟表之后，人就以所谓的精确性断送了永恒。在没有电子邮件的年代，我们一直在等候来信，而国外来信的送达常常需要一个多星期的时间。而之后我们一直认为所有的事情都可以在瞬间得以解决。

《假面之夜》中的尚美常常对流行的观点提出自己的批评意见，也正是她从奶奶那里接受的对钟表的"落后"看法，救了自己的性命。从她与新田的一段对话，可以看出这位睿智女性的观点：

> 这几十年里，钟表计时越来越准确，即便是便宜货，每天的误差也不会超过一秒，但这也导致迟到的人越来越多。

> 有些人由于对时间的准确度过于自信，便想要充分利用时间，赶在最后一刻才到，结果却迟到了。这类人适合用不那么精确的钟表，这样一来，他们会因为担心迟到而总是提前行动。

> 就像不能过分依赖钟表一样，您只凭感觉行事也是很危险的。心灵和时间一样，需要充裕的距离感，这是

我想表达的意思。……过分自信是大忌。[1]

作为罪犯的森泽光留按照尚美的手表来调计时器的时间，而尚美从祖母那里继承的手表却慢了将近四分钟。"如果时间过分准确，就不会给自己留下余地了……"[2]尚美的话特别精确。

仪 式 感

尚美在与新田讨论杀人罪犯喜爱萝莉装的时候，提出了参加假面舞会时人们的"仪式感"：

> 一般成年女性还是会有点儿抗拒，所以要有一个克服抗拒心的理由。最好的理由就是仪式感。

> ……如果在活动上，抗拒心就会减轻很多。比如万圣节、我们酒店的跨年晚会都是很好的机会。你参加过一次就知道了，客人们的装扮真的很大胆。我总是能感到人类与生俱来的、对变身的渴望。[3]

---

1 东野圭吾著，李倩、黄少安译《假面之夜》，第198页。
2 出处同上，第346页。
3 出处同上，第216页。

在波恩留学的时候，我参加过几次在科隆举行的狂欢节。狂欢节时候的科隆，到处是奇装异服的人们，大家沉浸在欢乐中。作为天主教重镇的科隆，这里的"教条"自然要比其他新教地区多得多。为了寻找到一定的心理平衡，跟其他地区的人相比较，这里的人们更需要有一个机会大胆、随意地做自己想做的任何事情。他们在节日的时候，大声喧闹，纵情喝酒，载歌载舞，兴之所至时会亲吻身边不熟悉或不认识的人，"女巫"会拿着剪刀剪断男人们的领带，从而打破平日天主教人际和等级的界线。他们嘲讽历史和时政人物，所有平日真实、严肃的自我都被隐藏在了怪异的服装或面具之后。我想，这便是尚美所谓"仪式感"的意思。

职 业 道 德

我一直认为，中国目前最大的问题是很多人没有职业道德。职业道德就是要尽本分做好自己的本职工作。有一次我在全校的会上发言谈教师的职责，我说最重要的有两条：一是要教好书、育好人，二是要做好自己的科学研究。在此基础之上，如果一个人还能为国家服务的话，写一些内参和报告，也是可以的。结果遭到了某书记的不点名批评，认为"某些老师"的想法还是"中世纪"的想法，因为没有面对"真问题"。

近日在读《假面之夜》的时候，读到平时不苟言笑的氏原跟假扮成前台服务员的新田的一段话，很有感触：

> 氏原继续盯着自己手头的事，用一贯冷淡的口气回应道，"新年夜也好，什么夜也好，轮到了夜勤就是要上班。既然选择了酒店行业，就别想着圣诞节、新年什么的能和普通人一样好好享受节日。这一点，你们警察不也一样吗？"[1]

每个人有选择自己职业的自由，但一旦选择了，就要做好。我以前也特别欣赏"奔驰"厂家一段时间的广告词：The best or nothing。这是一个选择式的判断：或者……或者。我告诉我的博士生，作为一个学生，好好读你们的书，写好你们的论文，或者选择做其他的事情，但不管做什么都要做好。人不可能知道未来，但却可以做到事事尽心，做好每一件事情。拉丁文中说："Aut Caesar aut nullus (nihil)."意思是说，或者当皇帝，或者什么都不要。奥古斯都时期的伟大诗人奥维德（Ovidius，前43—18）在谈到谈恋爱的时候，曾经说过："Aut non tentaris aut perfice."[2]意思是，要么不开始，要么完成。

有一年在大阪开会，住在市内的一家酒店。中午的时候我回房间放东西，看到打扫卫生的老太太跪在厕所马桶前歪

1　东野圭吾著，李倩、黄少安译《假面之夜》，第318页。

2　Ovidius, *Ars amat.* 1, 389.

着头擦马桶。看到我进来后，老太太马上站起来，向我鞠躬，连声说对不起。这是职业道德。我想，连马桶都擦不好的民族，不太可能做成其他的"大事"吧。

超越性别？

森泽的妹妹世罗遭人强奸而亡之后，森泽再也无法通过化妆与妹妹玩扮演姐妹的游戏了。从此以后，他开始寻找妹妹的替身。找到之后，他便给对方洗脑，当他发现对方爱上了其他男人，已经不再回心转意的时候，便将扭曲的爱情转化为了仇恨。他曾对自己的第一个对象笠木美绪说道：

> "我想帮你……"他是这么跟我说的，"对于全体人类来说，男性的存在可能很有必要。但对于个人幸福来说，是不需要什么男性的。我为你创造一个没有男人的世界，你在那里生活下去就好。"[1]

一个凶杀案背后的原因竟然是"性别认同障碍"，尽管森泽本人认为自己是超越了男女性别。东野在这里表面上处理的是一件一般的凶杀案，但其背后却隐藏着诸多的伦理和社会的问题。

---

1 东野圭吾著，李倩、黄少安译《假面之夜》，第387页。

光 乐

"光乐"这个词在日语里我想也还没有被"词化"吧，仅仅是在东野圭吾的《造彩虹的人》中使用而已。白河光瑠知道自己具有一种对光的超自然的特殊感受能力之后，创造出了"光乐"，从而吸引了他的同龄人。处在青春期厌学阶段的政史通过"光乐"的洗礼，而精力倍增：

> 自从与白河光瑠相遇，沐浴在他演奏的光芒中，杂念渐渐从脑子里消失，一切开始好转。看着光芒，自己会沉醉其中，仿佛灵魂已经脱离了肉体，上升到更高的境界中。那应该能称为自我超越吧。而演奏结束后，他又会感到全身的神经都受到了洗礼，很容易就能够集中精神，活力也愈发高涨了。[1]

对于很多年轻人来讲，光瑠的"光乐"仿佛就是一种能量的来源，他们需要不断聆听、观看新的"光乐"。光瑠后来解释道："我在光的信息中融入了希望大家觉醒的感情。很快，发现这个信息的年轻人开始聚集到我身边。他们正如我期待的那样，开始渴求光乐，对光乐有了强烈的欲望。于是，

1 东野圭吾著，吕灵芝译《造彩虹的人》，北京：北京十月文艺出版社，2017年，第71页。

开始出现能够看见真正灵气的人了。"[1] 后来政史也逐渐具有了
可以通过周围人气场所产生的"光"判断人们想法的能力：
"大家都一样，大家都如此丑陋。仔细观察一番，他发现周围
充满了面具、伪装和欺骗。哪里都不存在真正的友情，所有
人心中都满是算计。"[2] 对于政史来讲，这才是真实的世界。

脑死与"临界境况"

原本觉得生活已经走到尽头的和昌和熏子夫妇，在准
备离婚的时刻，得知女儿瑞穗溺水的消息。面对主治医生进
藤提出的脑亡和捐献器官的说辞，夫妻两人当然是都不能接
受的。这是一种什么样的情景呢？这让我想到雅斯贝尔斯
哲学中"临界境况"的概念："临界境况"所涉及的是死亡
（Tod）、痛苦（Leiden）、斗争（Kampf）、罪责（Schuld）等
人无法逃脱的境况。世间的人，无论贫富，都无法摆脱"临
界状况"。这些失败（Scheitern）的经验，给人生带来敬畏之
心。尽管"临界境况"存在于世间，但只要人在其中保持开
放，就会指向"超验"："在临界境况中，人将摆脱或超越一
切不断流转的世间存在，或者指向虚无，或者感到真实的存

1　东野圭吾著，吕灵芝译《造彩虹的人》，第 210 页。
2　出处同上，第 140—141 页。

在。"[1] 当一个人体验到"临界境况"的时候，他便站在了"超越者"的面前，从而超越一切具体概念、逻辑、可理解性。但一个人超越了经验后，世间的一切都可能成为超越者的"密码"（Chiffre）。人以其理性在这些"密码"之中寻找意义，从而开启哲学的信仰。这一"临界境况"当然是针对瑞穗的父母而言的，三年多的守护，终于有一天熏子实现了对这一"临界境况"的超越。之后，熏子找到大村医生，提出要向官方表达愿意提供器官捐赠的请求："瑞穗已经去了那个世界，她一定在天堂说，希望她的身体可以帮助那些可怜的孩子。"[2]

日本的守灵仪式

东野圭吾的小说中，因为常常涉及死亡，所以守灵等与死亡相关的仪式会经常遇到。在守灵的仪式中，重要的是要请和尚来做水陆法会，超度亡灵。前来吊唁的亲朋好友要在逝者的遗像前鞠躬上香。《沉睡的人鱼之家》中有一段描写瑞穗的主治医生进藤来上香的情景：

---

1 Karl Jaspers, *Was ist Philosophie: Ein Lesebuch*, (hrsg.) Hans Saner, 2. Aufl., München: Piper Verlag, 1997, S. 43.
2 东野圭吾著，王蕴洁译《沉睡的人鱼之家》，北京：北京联合出版公司，2017 年，第 306 页。

身穿西装的进藤走向上香台，抬头看着遗照鞠了一躬后，拿起沉香，插进了香炉，然后合掌，后退一步，再度鞠躬。他的手上没有拿串珠，可能是从医院直接赶来的。[1]

也就是说，一般来讲正规去参加吊唁仪式的亲友除了正装之外，手上还要拿着串珠。从这些细节的描述，可以看到生者对死者的一种敬畏的态度。

多种的幸福

瑞穗溺水之后，作为母亲的熏子想尽办法让女儿又"活"了三年多的时间。她的公公多津朗由于看到熏子靠磁力刺激让瑞穗手脚活动，特别反感，认为熏子的行为根本就是"对神的亵渎"。[2]包括熏子的妹妹、儿子和外甥女都认为，其实瑞穗早已经死了，只是熏子还一直当作她还活着。[3]来为瑞穗上门朗读的教师新章房子却有另外的看法，她说："我猜想别人对你用这种方式照顾瑞穗可能有很多看法，但最重要的是坦诚面对自己的心境，我认为一个人的生活方式不符合逻辑

1　东野圭吾著，王蕴洁译《沉睡的人鱼之家》，第317页。
2　出处同上，第159页。
3　出处同上，第253页。

也没有关系。"[1] 在守灵的仪式上，熏子向丈夫和昌说出了她的心声："即使这个世界陷入了疯狂，仍然有我们必须守护的事物，而且，只有母亲能够为儿女陷入疯狂。"[2] 在之前她与榎田的对话中，实际上已经揭开了这样的一个谜：

> 熏子：因为我没有理由去说服这些人，那些人也不会来说服我。我觉得这个世界的意见不需要统一，有时候甚至不要统一反而比较好。
>
> 榎田：身为医生，当然希望病人得到幸福。听了你刚才的话，我觉得幸福并不是只有一种，而是有很多种不同的方式。只要你幸福，别人就无可置喙。你现在已经别无所求，我相信你也不会再来我的诊所了。[3]

生活好像并非做数学题，一定会有一个明确的对错。有时按照自己认定的路走下去就好。

生命延续的方式

《沉睡的人鱼之家》一书涉及儿童脑死后的器官捐赠的很多伦理问题。既然我们知道生命迟早会陨落，为什么不在有

---

1 东野圭吾著，王蕴洁译《沉睡的人鱼之家》，第221页。

2 出处同上，第316页。

3 出处同上，第295页。

价值的时候让给别人，使自己的生命得以延续？[1]但"移植了她的心脏的人，或是她的肾脏的人"[2]，还是她自己的生命吗？由于世界上从来没有任何一个以目前的标准判定为脑死的病人苏醒的病例，花费大量的金钱和精力维持"身体"的存活，究竟意义在哪里？这些当代伦理问题的讨论，使得东野圭吾的小说具有了当代意义。

异化了的世界

畑山清美是"中濑兴产"的总经理中濑公次郎庶出的女儿，后来才搬到亲生父亲公次郎的家中。为了独揽财产，她伪造了她父亲的遗嘱。但当"拜金女"弥生见到她时，她却说了一番对世人贪得无厌之欲望的鄙视：

> "你觉得那样幸福吗？被金钱束缚、被金钱支配……"

> "……抢购不需要的土地、不打高尔夫却花钱办一堆会员证、花几亿买不喜欢的名画……现在的人都像疯了

---

1 东野圭吾著，王蕴洁译《沉睡的人鱼之家》，第 220 页。
2 出处同上，第 41 页。

一样。再这么下去，有朝一日这个国家会变得不正常的。"[1]

正是声称自己看不惯当今异化了的社会的清美，由于遗嘱的原因杀害了在高尔夫俱乐部帮忙的北泽孝典——弥生的男友。

Big Brother 的时代

东野圭吾的《白金数据》涉及了当代的数据安全问题。警察厅特殊解析研究所通过非正常的方式获得众多患者的DNA数据，这引起了浅间玲司副警司的怀疑。他对主任解析员神乐龙平提出了自己的推测：

> 她（指三个月前曾经在东京都内一家医院看过妇科的山下郁惠——引者注）看病的那家医院，未经当事人的同意，就将她的 DNA 样本交给了你们研究所。不光是那家医院，很可能有好几家医院都有类似的行为。果真如此的话，你们研究所就有数量庞大的 DNA 数据。当然，不用说，这是违法行为。建立在这种违法行为基础

1　《谜团重重》，载东野圭吾著，吐雅译《那时的某人》，南京：译林出版社，2017年，第28页。

上的侦查，所以那须课长说，最初锁定嫌犯的过程有点儿麻烦。[1]

但是，社会上的一些特权阶层的人士，只要进入了"白金数据"就可以永远逍遥法外。作为特殊解析研究所所长的志贺孝志正是按照上头的意思保护"白金数据"的人。最后他对神乐说出了真实的想法：

> 为了保护"白金数据"，国家权力将全体总动员，秘密审判一个杀人犯根本易如反掌。你或许以为目前面对的是志贺这个小人物，但我背后有强大的势力，我只是传声筒而已。[2]

"Big Brother is watching you."（老大哥正看着你。）这是来自乔治·奥威尔的小说《1984》(*Nineteen Eighty-Four*，1949）中的一句名言，在大数据时代则更容易做到。

日本社会与火眼金睛

在大阪参加会议，住在南方附近的一家酒店，与繁华的

1　东野圭吾著，王蕴洁译《白金数据》，北京：北京联合出版公司，2018年，第24页。
2　出处同上，第317页。

市中心梅田只相隔一站十三，因为转车的缘故，常常被淹没在熙熙攘攘的人群之中。每次看到穿着讲究的日本人——男子西装革履，打着领带，涂脂抹粉的女子，很少能看出其本来面目——我总会想到东野圭吾的小说。有时会觉得，东野的分析往往太残忍了，他的小说常常要撕开日本社会的表面伪装，展示一个赤裸裸的众生相。这当然有别于一个超级伪装的日本社会，但是我们有必要像孙悟空一样无时无刻不用火眼金睛来甄别每一个不一定与我们有关的人吗？

附录

人名索引

1. 本索引以中文姓名或译为中文的外国人名姓氏的首字拼音为序排列。

2. 个别外国人名，由于惯用其名，在本索引中也排在名下，而非姓下。如：托马斯·阿奎纳（Thomas Aquinas）排在"T"下。

3. 日本人名按照汉字的发音，而非按照日语。如"东野圭吾"在 D（Dongye Guiwo）下，而非在 H（Higashino Keigo［ひがしのけいご］）下。

4. 生卒年有不同说法的，仅选其中一种。

5. 本索引不包括传说、文学作品中的人物名字，如阿 Q、宙斯等。

篇名索引

1. 本索引以中文书名或译为中文的外文书名、刊物名及篇名的首字拼音为序排列。

2. 篇名或题名有不同说法者，仅选其一种，并不作具体说明。

3. 外文书名或篇名统一以中文名的形式出现，在括弧中给出外文原名。

4. 没有中文译文或译本的篇名或书名（包括西文和日文的），以原文的形式给出，排列在每一部分字母下的最后。